HEYNE <

W0321855

Das Buch

Die Zukunft: Diverse globale Katastrophen haben die Erde so gut wie unbewohnbar gemacht und die Menschen dazu gezwungen, das All zu besiedeln. V1 ist die erste Kolonie der Menschen auf der Venus, doch die Umweltbedingungen auf dem Planeten machen das tägliche Überleben zu einem Balanceakt. In vollständiger Isolation wächst die »Generation V« heran, die ersten hundert auf der Venus geborenen Menschen. Einer von ihnen ist der Wissenschaftler Arik Ockley, der sich mit der Entwicklung einer künstlichen Photosynthese beschäftigt, die eine dauerhafte Besiedelung der Venus durch die Menschen ermöglichen soll. Doch dann hat Arik einen schrecklichen Unfall, und als er nach Wochen aus dem Koma erwacht, ist plötzlich alles anders: Die Sauerstoff-Ressourcen des Planeten sind fast aufgebraucht, ein einziges zusätzliches atmendes Wesen auf der Venus bedeutet das Ende für die Generation V – und Ariks Frau ist schwanger. Während Arik mit Hochdruck an einer Lösung für die künstliche Photosynthese arbeitet, kommt er einer gigantischen Verschwörung auf die Spur ...

Der Autor

Christian Cantrell studierte an der George Mason University in Washington und arbeitet als Softwareentwickler bei Adobe Systems. In seiner Freizeit widmet er sich dem Schreiben von Science-Fiction-Romanen. Der Autor lebt in North Virginia.

Mehr über Christian Cantrell und seine Romane erfahren Sie auf:

diezukunft.de

CHRISTIAN
CANTRELL

DER ZWEITE PLANET

ROMAN

WILHELM HEYNE VERLAG
MÜNCHEN

Die amerikanische Originalausgabe erscheint unter dem Titel
CONTAINMENT bei 47 North.
Deutsche Übersetzung von Norbert Stöbe

MIX
Papier aus verantwortungsvollen Quellen
FSC® C014496
FSC
www.fsc.org

Verlagsgruppe Random House FSC® N001967
Das für dieses Buch verwendete
FSC®-zertifizierte Papier *Holmen Book Cream*
liefert Holmen Paper, Hallstavik, Schweden.

Deutsche Erstausgabe 01/2015
Redaktion: Rainer Michael Rahn
Copyright © 2010 by Christian Cantrell
Originally published in the United States by Amazon Publishing, 2012.
This edition made possible under a license arrangement
originating with Amazon Publishing

Copyright © 2015 der deutschsprachigen Ausgabe by
Wilhelm Heyne Verlag, München,
in der Verlagsgruppe Random House GmbH
Printed in Germany 2015
Umschlaggestaltung: Nele Schütz Design, München,
unter Verwendung eines Motivs von shutterstock/sdecoret
Satz: Buch-Werkstatt GmbH, Bad Aibling
Druck und Bindung: GGP Media GmbH, Pößneck

ISBN 978-3-453-31607-2

www.diezukunft.de

Für zukünftige Generationen,
die ihr ganzes Wissen über die Welten,
in die sie hineingeboren wurden,
infrage stellen müssen.

ERSTER TEIL
VENUS

1
TOTALE ERDFINSTERNIS

Als Arik die Augen aufschlug, bemerkte er als Erstes, dass er den Kopf nicht bewegen konnte. Vom Hals aufwärts war er durch eine komplizierte starre Metallvorrichtung fixiert. Obwohl über seiner Stirn ein Sichtschutz angebracht war, wusste er irgendwie, dass man einen Teil seines Schädels entfernt und sein Gehirn freigelegt hatte. Er empfand keinen Schmerz – nur ein Kribbeln. Jemand, den er nicht sehen konnte, stellte Fragen, und er hörte die Geräusche winziger Elektromotoren, die zahllose kleine Eingriffe vornahmen. Dann ein stärkeres Kribbeln. Die Fragen hörten schließlich auf, das Gefühl verschwand, und als Arik die Augen wieder öffnete, erblickte er Dr. Nguyen.

»Zwinkern Sie, wenn Sie mich hören«, sagte der Chirurg. Er wartete das Zwinkern ab, dann beugte er sich zu Ariks Gesicht hinab und leuchtete ihm mit einer grellweißen Diode erst ins eine, dann ins andere Auge. »Gut. Willkommen zurück. Sie waren achtundneunzig Tage lang bewusstlos, ob Sie's glauben oder nicht.«

Arik hatte das Gefühl, als befände er sich nicht in seinem eigenen Körper, sondern in einer schweren, leblosen Hülle. Abgesehen von den Augen und der Fähigkeit, regelmäßige, mühsame Atemzüge zu machen, war er vollständig gelähmt. Vor Kurzem hatte man ihm den Kopf rasiert; oberhalb seines rechten Ohrs schwebte wie eine Musiknote ein sauberer, haarloser Schnitt – mit einem Laser akkurat kauterisiert, statt mit groben Stichen vernäht. Sein flaumiger Bart war gewachsen und hatte schwarze Flecken gebildet, die seinem jungenhaften Gesicht eine männliche Note verliehen.

»Versuchen Sie nicht, sich zu bewegen oder zu sprechen. Entspannen Sie sich einfach. Ihr Vater ist auf dem Weg hierher. Er wird Ihnen alles erklären.«

Arik brachte Ärzten und Chirurgen weniger Ehrfurcht und Ehrerbietung entgegen als die meisten anderen Nichtmediziner. Er hatte den Eindruck, sie konzentrierten sich vor allem darauf, Symptome zu kurieren, um Zeit zu gewinnen, während der Körper von selbst heilte. In seiner gegenwärtigen Lage aber war Arik verunsichert und verletzlich, deshalb hielt er sich an Dr. Nguyens Anweisungen und widerstand dem Impuls, sich aufzusetzen und Fragen zu stellen. Am meisten wünschte er sich, seine Frau zu sehen.

Sie befanden sich im Doc Pod. Die kleine Krankenstation und das dazugehörige Labor wurden offiziell als Medizinische Abteilung bezeichnet, doch die jüngere Generation, die ihrer Individualität Ausdruck verleihen und der Kultur der Kolonie ihren Stempel aufdrücken wollte, hatte sie Doc Pod getauft. Der Name blieb haften.

Der Raum war kubisch und eng, wie die meisten Räume der V1. (Die offizielle Bezeichnung der Kolonie lautete Ishtar Terra Station Eins, doch meistens beschränkte man sich auf das Rufzeichen.) Die Außenhülle bestand aus einer glatten, reaktionsträgen Metalllegierung, die der rauen Venusatmosphäre mindestens tausend Jahre standhalten sollte, doch im Innern war alles auf Funktionalität und Flexibilität angelegt. Die Wände des Behandlungsraums bestanden aus dickem, aber konfigurierbarem leitendem Polymethylmethacrylat, abgekürzt Polymeth, das ein weiches, warmes Licht spendete und elektronisch eingetrübt war, damit die Privatsphäre gewahrt blieb. Die Wand über Ariks Kopf war eine digitale Armaturentafel, die alle möglichen physiologischen Daten anzeigte. Er konnte sie nicht direkt sehen, doch die Farben, die auf seinen Herzschlag und seine Atmung reagierten, spiegelten sich in Dr. Nguyens mandelförmigen Augen wider.

»Wenn wir Sie in einer Überdruckkammer hätten unterbringen können, hätten wir die Operation möglicherweise vermeiden können«, sagte der Arzt, »aber wir haben von der Erde nicht die benötigten Spezifikationen erhalten, um eine zu bauen, und wir hatten den Eindruck, nicht länger warten zu können. Wenn der Blutfluss gestört ist, steigt das Risiko eines dauerhaften Hirnschadens von Minute zu Minute.«

Er rollte zum Fußende des Betts und streichelte mit einem schmalen Metallinstrument Ariks Fußsohle. Als Arik nicht reagierte, runzelte der Arzt die Stirn.

»So oder so wird einer von uns beiden Geschichte schreiben«, fuhr Dr. Nguyen fort. Er notierte etwas auf einem leuchtenden Polymeth-Tablet. »Entweder Sie werden der erste Mensch sein, der auf der Venus gestorben ist, oder ich werde die erste erfolgreiche Gehirnoperation jenseits der Erde durchgeführt haben.« Er lachte glucksend über seine Bemerkung, dann riss er sich zusammen. »In Anbetracht dessen, dass wir mehrere chirurgische Instrumente von Grund auf neu anfertigen mussten, dass wir uns mitten in einer totalen Erdfinsternis befinden und dass ich deshalb nicht die GSA konsultieren konnte, würde ich sagen, es ist ganz gut gelaufen.«

Als »totale Erdfinsternis« bezeichnete man den Zeitraum, in dem kein Funkverkehr zwischen Erde und Venus möglich war. Bestand eine direkte Sichtverbindung zwischen den beiden Planeten, war die Kommunikation einfach: Man brauchte nur von beiden Planeten aus die richtigen Satelliten anzupeilen, die Sender und Antennen auszurichten und die Sendungen abzusprechen. Befand sich die Venus jedoch auf der anderen Seite des Sonnensystems, wurde sie von einer Plasmakugel abgeschirmt, die 1,3 Millionen Mal größer war als die Erde und in der die Kräfte der Kernfusion tobten. Wollte man unter diesen Voraussetzungen ein Funksignal von einem Planeten zum anderen schicken, entsprach das einem hochkomplizierten Billardstoß auf einem Tisch von mehreren Milliarden Kilometern Breite. Man konnte das Signal von einem der vielen im Sonnensystem verteilten Kommunikationssatelliten weiterleiten lassen, oder man konnte versuchen, die hochfrequenten Mikrowellen von der eisenreichen Merkuratmosphäre reflektieren zu lassen. Man konnte das Signal sogar direkt durch die richtige Stelle in der Gravitationssenke der Sonne leiten, sodass es zur Erde abgelenkt wurde wie ein Golfball vom Rand des Lochs. Bisweilen aber kam es an den Übertragungsstellen zu Abweichungen vom Bruchteil eines Bogengrads, oder aber die Signale wurden von Sonnenflares gestört, oder die Satelliten waren mit höherrangigem Datenverkehr ausgelastet, und es ging gar nichts mehr. Dann blieb einem nichts anderes übrig, als darauf zu warten, dass das Sonnensystem eine einfachere und vielversprechendere Konfiguration einnahm.

Totale Erdfinsternisse machten die Menschen für gewöhnlich nervös.

»Genau genommen haben Sie einen Hirnschaden davongetragen, aber wir gehen davon aus, dass Sie sich fast vollständig davon erholen werden – vielleicht abgesehen von kleineren Gedächtnislücken.« Der Arzt zog ein paar Fasern aus einem Baumwollknäuel und streifte damit über Ariks Wimpern. Arik kniff die Augen zusammen – froh darüber, dass er auf seine Umgebung reagieren konnte, und sei es auch nur auf diese eingeschränkte Weise. Als er die Augen wieder aufschlug, wirkte der Arzt zufrieden. »Gut. Ihre Reflexe kehren zurück. Ihre Paralyse ist nur vorübergehend. Die haben wir eingeleitet, damit Sie beim Aufwachen keine unbedachten Bewegungen machen.«

Dass Dr. Nguyen die Körperlähmung erst jetzt ansprach, war typisch für seinen Umgang mit Patienten. Arik konnte sich zwar nicht daran erinnern, was ihm zugestoßen war, doch er nahm an, dass es mit einem schweren Wirbelsäulentrauma in Verbindung stand. Von dem Moment an, da er gemerkt hatte, dass er sich nicht bewegen konnte, hatte er versucht, sich ein Leben in totaler Abhängigkeit vorzustellen – ein Leben, das nur mithilfe von Robotprothesen und Computern bewältigt werden konnte. Der erste Tetraplegiker auf der Venus. Hier wurde Geschichte geschrieben, im Guten wie im Schlechten.

Die Tür in der dem Bett gegenüberliegenden Wand begann zu leuchten. Alle Innentüren der V1 waren identisch. Wegen der räumlichen Enge hatten sich Schwingtüren als unpraktisch erwiesen, und da fast alle Innenwände aus transparentem, elektrisch leitendendem Polymeth bestanden, kamen auch versenkbare Schiebetüren nicht infrage. Schließlich entschied sich die Global Space Agency für einen Mechanismus, der sich aus sechs langen, schmalen, senkrecht angeordneten Polymeth-Elementen zusammensetzte. Die Türen öffneten sich, indem die Elemente sich um neunzig Grad drehten und auf Schienen zur Seite fuhren – drei nach links und drei nach rechts –, wo sie mit einem charakteristischen Geräusch aneinanderstießen, welches das Eintreten eines Besuchers begleitete. Die Türen waren nicht nur ausgesprochen kompakt, sondern auch luftdicht, was die Steuerung der Sauerstoffverteilung in der V1 erleichterte. Und da sie leitend waren, konnte man alle möglichen Tricks implementieren und sie zum Beispiel aufleuchten lassen, wenn sich jemand näherte.

Etwas veränderte sich an dem Display über dem Bett, dann vernahm Arik die Stimme seines Vaters. Dr. Nguyen schaute hoch und tippte mit dem Zeigefinger auf die Wand. Die Tür öffnete sich, und Ariks Vater schlüpfte ins Zimmer. Ihm folgte Ariks junge Ehefrau, doch durch ein kleines Zögern signalisierte sie, dass sie es sich beinahe anders überlegt hätte. Er spürte, es musste etwas bedeuten, dass sie gezögert hatte, dass sein Vater als Erster eingetreten und dass sein bester Freund Cam nicht erschienen war.

Darien war älter, als man es beim Vater eines so jungen

Mannes erwartet hätte. Er gehörte zu den ersten Siedlern auf der Venus, und die jahrelange Belastung und Erschöpfung sah man ihm an. Es gab kaum eine Ähnlichkeit zwischen Arik und seinem Vater; selbst wenn er entspannt war, wirkte Ariks Gesichtsausdruck konzentriert. Darien hingegen stellte die zufriedene Miene eines stolzen Großvaters zur Schau. Als er ans Bett trat, hielt er die Hände hinter dem Rücken, als müsse er sich daran hindern, seinen Sohn zu berühren.

»Hört er mich?« Er schaute Arik an, sprach aber zum Arzt.

»Ja. Er reagiert normal auf Reize. Er kann sich nur noch nicht bewegen.«

»Gott sei Dank, dass du wieder bei Bewusstsein bist«, sagte Darien. Sein Lächeln wirkte ein wenig gezwungen und stand im Widerspruch zu seinem besorgten Blick. Er wandte sich an den Arzt. »Was haben Sie ihm erzählt?«

»Keine Einzelheiten, wie Sie es gewünscht haben.«

Darien schaute wieder seinen Sohn an und wählte seine Worte mit Bedacht. Als er sich gesammelt hatte, beugte er sich vor. »Arik, du hattest einen sehr schweren Unfall.« Er sprach langsam, überdeutlich und ein wenig zu laut. »Bei einem Aufenthalt im Freien hat dein Schutzanzug versagt. Wir haben dich reingeholt, aber da war es schon zu einer Hirnembolie gekommen. Du kannst von Glück sagen, dass du noch am Leben bist.«

»Die Technologie für diesen Eingriff gab es hier noch nicht«, rief Dr. Nguyen Arik in Erinnerung.

»Aber du wirst wieder gesund werden. Alles ist gut gegangen.«

»Na ja, im Großen und Ganzen schon«, verbesserte ihn Dr. Nguyen. »In ein paar Tagen wissen wir mehr.«

Darien sah den Doktor und dann wieder Arik an. Es bestand eine gewisse Diskrepanz zwischen dem Optimismus seines Vaters und der brutalen Objektivität des Arztes. Das ängstigte Arik mehr, als die Wahrheit es vermocht hätte.

»Deine Mutter wäre gern bei dir gewesen, als du zu dir gekommen bist«, sagte Darien, brachte den Satz aber nicht zu Ende. Er schenkte seinem Sohn ein aufmunterndes Lächeln, dann wandte er sich rasch wieder an den Arzt. »Yun, wann werden wir wissen, ob er Gedächtnislücken hat?«

»Sobald er wieder sprechen kann. Das ist der einzige Weg.«

»Wann wird das sein?«

»Das lässt sich im Moment unmöglich vorhersagen. Wir schränken seine Bewegungen nicht mehr ein, deshalb sollte er in ein, zwei Tagen wieder mobil sein. Die Frage ist, wie schwer sein Gehirn geschädigt wurde. Wie Sie wissen, mussten wir verletztes Gewebe entfernen, doch das Gehirn ist ein erstaunlich widerstandsfähiges und anpassungsfähiges Organ. Ich glaube nicht, dass er einen dauerhaften Hirnschaden zurückbehalten wird, doch es dürfte eine Weile dauern, bis er wieder sprechen kann und seine motorischen Fähigkeiten wiederhergestellt sind.«

Zum dritten Mal erschrak Arik über den Begriff »Hirnschaden«. Der Arzt gebrauchte ihn so beiläufig, als redete er von Karies oder einem verstauchten Knöchel. Arik war zwischen zwei Bemühungen hin- und hergerissen;

einerseits wollte er der Unterhaltung folgen, andererseits bemühte er sich, seine geistigen Fähigkeiten einzuschätzen. In seiner Gegenwart von einem Hirnschaden zu sprechen war das Gleiche, als eröffnete man einem Konzertpianisten, er habe eine Hand verloren.

Darien hatte bei der Erklärung des Arztes die Lippen zusammengekniffen und genickt. Cadie tauchte zwischen den beiden Männern auf, und Darien legte ihr den Arm um die schmalen Schultern.

Cadie war eine kleine Frau, die sich gut in die beengte Umgebung der V1 einfügte. Obwohl ihre Eltern beide Japaner waren, hatte sie seltsamerweise westliche Gesichtszüge: runde Augen, volle Lippen, Sommersprossen – eine kleine Elfe. Mitfühlend und nervös lächelnd blickte sie auf ihren Gatten hinunter, das glatte schwarze Haar hing herab, die Ohren schauten hervor. Arik konnte erkennen, dass sie den Tränen nahe war, und er fragte sich, weshalb sie nicht seine Hand nahm oder seine Wange streichelte. Offenbar kämpfte sie mit einem der großen Paradoxa menschlicher Kommunikation: Manchmal fiel es einem umso schwerer, etwas zu sagen, ja bedeutsamer die Mitteilung war. Darien erlöste sie von ihrem inneren Widerstreit.

»Arik«, sagte er, »es gibt etwas, das du wissen solltest.«

Cadie trug ein dunkles, langärmliges Synthetikkleid, und wenn es sich über ihrem Körper spannte, offenbarte es eine kleine Rundung, die noch nicht da gewesen war, als Arik sie zum letzten Mal gesehen hatte. Selbst für jemanden, der noch nie eine Schwangere gesehen hatte, war das Anzeichen nicht zu übersehen.

Die Veränderung an seiner Frau machte ihm bewusst,

wie viel Zeit verstrichen war. Arik hatte das Gefühl, in die Zukunft versetzt worden zu sein – oder vielmehr fühlte er sich, als hätte die Zukunft unvermittelt die Gegenwart ersetzt. Seine Augen weiteten sich, als er seinen Blick auf die kleinen Hände seiner Frau zu richten versuchte, die sie über der sanften Rundung ihres Bauchs verschränkt hatte. Es fiel ihm schwer zu begreifen, dass in ihr Leben heranwuchs, das in eine abgeschlossene Welt hineingeboren würde, wo alles ständig exakt berechnet wurde und deren Sauerstoffvorrat nicht ausreichte, um eine wachsende Bevölkerung zu versorgen.

»Wie du siehst«, sagte Ariks Vater, »musst du deine Arbeit so bald wie möglich wiederaufnehmen.«

2
LEUCHTTURM MENSCHLICHEN ERFINDUNGSGEISTES

Die erste auf einem anderen Planeten geborene Person war Ariks bester Freund Cam. Drei Wochen später kam Arik als neunundzwanzigstes Baby auf einem anderen Planeten zur Welt. Nach Arik wurden binnen zwei Monaten noch einundsiebzig weitere Kinder geboren. Zu dieser außerirdischen Bevölkerungsexplosion kam es, ungefähr neun Monate nachdem man festgelegt hatte, dass die V1 genug sauerstoffangereicherte Luft produzieren konnte, um hundert zusätzliche Menschen zu versorgen. Und keinen mehr.

Diese hundert Babys wurden als Generation V bezeichnet oder auch als Gen V. Mehrere der ursprünglichen Gründer der V1-Kolonie (jeder, der nicht auf der Venus geboren war, galt als Gründer) beanspruchten die Urheberschaft für dieses clevere Kürzel; das V stand natürlich für Venus, aber Gen V konnte man auch als fünfte Besiedelungswelle betrachten, nachdem die ersten vier mit Raketen und großen Kapseln eingetroffen waren, die als Saat-Pods bezeichnet wurden.

Die erste Person, die auf einem anderen Planeten geboren wurde, war zufällig auch die größte. Die exaktesten Messinstrumente, die auf der V1 verfügbar waren, hatten festgestellt, dass Cam genau zwei Meter groß war (deshalb war er auch kein großer Freund der kompakten vorgefertigten Türen). Da die Masse der Venus nur 81,5 Prozent der Erdmasse betrug und die Gravitation dementsprechend schwächer ausfiel, war Cam größer als ein Durchschnittsmensch. Dass kein anderes der übrigen neunundneunzig Kinder sich durch überdurchschnittliche Körpergröße auszeichnete, reichte nach Ansicht der meisten Leute nicht aus, die Hypothese zu widerlegen. Im Großen und Ganzen war dies eine Tatsache.

Die ersten hundert auf einem anderen Planeten geborenen Kinder schrieben erneut Geschichte als der erste Jahrgang, der auf einem anderen Planeten einen Hochschulabschluss machte. Der Unterricht in der V1-Kolonie war freilich weniger strukturiert als auf der Erde. Die Eltern waren für die Grundlagen verantwortlich: Lesen, Schreiben, Mathematik, ein wenig Geschichte sowie Biologie, Chemie und Physik in den Grundzügen. Da alle Bewohner der V1 über eine gute Ausbildung verfügten, wurde der Heimunterricht mithilfe von Lernsoftware als vernünftig angesehen, zumindest bis zum Universitätsniveau.

Irgendwann aber brauchten die Kids mehr Förderung, als ihre arbeitenden Eltern leisten konnten, und benötigten Unterricht auf Gebieten, auf denen diese sich nicht auskannten. Deshalb teilte man sie in Zehnergruppen auf und schickte sie für jeweils ein, zwei Stunden in der Kolonie herum. Der Unterricht konzentrierte sich auf verschiedene Bereiche der Biochemie, der Physik, der Ingenieurswissenschaften und natürlich der Informatik, die für alle Wissenschaftsbereiche so notwendig war wie der Gebrauch des Messers fürs Kochen.

Es gab keine speziellen Unterrichtsräume. Das »Brain Pod« befand sich jeweils dort, wo sich die wenigen für die Verwaltung zuständigen Personen gerade aufhielten, denn auf den interaktiven Polymeth-Oberflächen der V1 konnte man jeden beliebigen virtuellen Arbeitsplatz aufrufen, was ein hohes Maß an Flexibilität ermöglichte. Das Brain Pod diente vor allem dazu, die Lerngruppen herumzuschicken, Stundenpläne zusammenzustellen und Lehrer zuzuordnen. Schließlich erklärten sie das Studium der Studenten mittels Mehrheitsbeschluss für beendet, und jeder musste zum Abschluss ein letztes Projekt einreichen. Das von einer Kommission ausgewählte beste Projekt wurde bei der Abschlussfeier im Public Pod der ganzen V1-Kolonie präsentiert – und den Zuschauern von der Erde, die sich die Mühe machten, sich einzuschalten. Um die Zahl der zu bewertenden Projekte zu reduzieren, ermutigte das Brain Pod die Studenten zur Gruppenarbeit.

Es erstaunte niemanden, dass das Projekt von Arik und Cadie ausgezeichnet wurde. Am Morgen der Abschlussfeier testeten sie ihre Geräte auf der Bühne des Venera Auditoriums und probten mehrfach ihren Vortrag. Um ein Computerprogramm vorzuführen, das auf einer ganz gewöhnlichen Hardware lief, war keine komplizierte Logistik vonnöten, doch Cadie und Arik hatten noch nie etwas in der Öffentlichkeit präsentiert. (Wenn man auf der Venus aufwuchs, blieb wenig Zeit für weihnachtliche Krippenspiele und Talentshows.) Der Anblick der vielen leeren Sitze machte sie nervös, gab ihnen das Gefühl, wichtig zu sein, und brachte bei beiden eine gewisse Besessenheit zum Vorschein. Als die Veranstaltung begann, setzten Arik und Cadie sich nicht zu ihren Mitstudenten, sondern nahmen in der vordersten Reihe Platz, damit sie es nicht so weit zur Bühne hatten. Während sie darauf warteten, dass das Licht gedimmt wurde, winkten sie nervös ihren Freunden zu und hielten im Saal Ausschau nach ihren Eltern und Lieblingslehrern.

Das Venera Auditorium (Public Pod) war eines der ersten Gebäude, die man auf der Venus errichtet hatte. Es bot gleichzeitig allen Kolonisten (damals waren es nur zwanzig) und deren gesamter Ausrüstung Platz. Als die Kolonie wuchs, wurde es zu einem Lagerhaus, doch die Ansicht setzte sich durch, dass es der Moral der Kolonisten zuträglich wäre, wenn sie einen Versammlungsort für besondere Anlässe hätten. Ein neues, größeres Lagerhaus wurde gleich nebenan als Teil der Infrastrukturabteilung erbaut, und das Public Pod war geboren. Die verbogenen und korrodierten Überreste der Venera 14 Sonde, die von den Russen 1981 gestartet worden war und die man später im Zuge der Planetenerkundung wiederentdeckt hatte, waren an der Rückseite als interaktives Polymeth-Teil ausgestellt, das unermüdlich von seiner eigenen Bedeutung kündete.

Gegenwärtig gab es exakt eintausend Sitze im Public Pod. Am Morgen der Abschlussfeier waren 1098 Personen anwesend. (Eigentlich gab es 1100 Menschen in der V1-Kolonie, doch zwei Posten waren offenbar zu wichtig, als dass man sie hätte verwaisen lassen dürfen). Die überzähligen Besucher verteilten sich hinter den Sitzreihen und auf den Gängen, doch es war klar, dass man irgendwann eine neue Lösung für die ein halbes Dutzend Ereignisse im Jahr finden musste, bei denen sich alle versammelten. Es wurde davon gesprochen, die Kuppel – inzwischen bei Weitem das größte Gebäude der V1 – in eine Mehrzweckhalle umzuwandeln, sobald man für die mehr als hunderttausend Farne darin, welche die Station mit Sauerstoff versorgten, einen effizienteren Ersatz gefunden hatte.

Kelley sprach fast immer bei solchen Anlässen, doch für gewöhnlich wurde er von jemand anderem angekündigt. Eine Frau, die im Juice Pod (der Energieabteilung) arbeitete, hatte die Rolle des Zeremonienmeisters übernommen und verstand sich inzwischen darauf, ein wenig Spannung aufzubauen, bevor sie ihn auf die Bühne rief. Heute aber bestritt Kelley die Veranstaltung allein. Alle wussten, dass er ein besonderes Interesse an Gen V hatte, vor allem an deren Erziehung. Für ihn war das eine Herzensangelegenheit.

Kelley war der Boss. Dieses Wort beschrieb am treffendsten die Autorität, die er ausstrahlte. Er hatte kein offizielles politisches Amt inne (die V1 wurde von der GSA verwaltet), doch er hatte das Sagen. Man sah ihn nur selten, ein deutlicher Hinweis auf seine Wichtigkeit. Man nahm an, dass er seine Zeit damit verbrachte, die komplizierten Angelegenheiten der V1 zu regeln, dass er ständig mit der Erde in Verbindung stand, die Interessen seiner Leute vertrat und vor dem nächsten Startfenster mehr Vorräte einforderte. Als er die Bühne betrat, wurde das Wandlicht gedimmt. Ehrfurchtsvolle Stille breitete sich aus.

»Guten Morgen, Ishtar Terra Station Eins.« Die leitenden Polymeth-Wände verstärkten seine Stimme, sodass er überall im Raum gleich gut zu verstehen war. Ein Mikrofon war unnötig. »Heute ist ein ganz besonderer Tag – ein Tag, auf den ich mich schon seit Langem freue.«

Es war bereits still, doch Kelleys feierlicher Tonfall führte dazu, dass es noch stiller wurde. Bisweilen wirkte Kelley wie ein Gebrauchtwagenhändler, doch er hatte auch eine authentische und verletzliche Seite, die sogar seine Kritiker bewunderten. Er war etwa genauso alt wie Ariks Vater, wirkte aber viel jünger. Seine dunkle Haut und sein kurzes Haar kaschierten sein wahres Alter, wenngleich seine großen, freundlichen Augen bisweilen unendlich müde wirkten.

»Wieder einmal ehren und feiern wir einen *Leuchtturm des menschlichen Erfindungsgeistes.* Ich verwende diesen Ausdruck nicht zum ersten Mal, doch noch nie war er so relevant und wahr wie heute.«

Er blickte zu Boden und ging ein paar Schritte umher, während er seine Gedanken sammelte.

»Die Bedeutung dieses Tages lässt sich kaum überschätzen.« Kelley hob den Kopf und schaute ins Publikum. Es war, als spräche er jeden einzelnen Zuhörer ganz persönlich an. »Wir wollen uns kurz vergegenwärtigen, was diese Feier bedeutet. Heute feiern wir nicht nur den Studienabschluss dieser hundert Studenten. Heute ist der Tag, da wir das Geschick der ersten außerirdischen Kolonie in die Hände der ersten Generation legen, die nicht auf der Erde geboren wurde. Heute bricht eine neue Zukunft an, nicht nur für uns, sondern für die ganze Menschheit. Der heutige Tag kündet von neuen Ideen und frischer Kreativität. Irgendwann, wenn wir über den

Fortschritt der Menschheit staunen, wenn uns die Technologie, die wir heute verwenden, hoffnungslos veraltet und sogar komisch erscheint, werden wir uns an diesen Tag und diesen Moment erinnern. Die Generation V ist das Fundament, auf dem die Zukunft der V1 und die der ganzen Menschheit errichtet werden wird.«

Kelley hielt inne und deutete einen Themenwechsel an, und das Publikum nahm die Gelegenheit wahr und spendete kurzen Applaus. Die Absolventen wirkten verunsichert und wussten anscheinend nicht, ob sie ebenfalls klatschen sollten.

»Aber verlasst euch nicht darauf«, fuhr Kelley fort. »Ihr müsst euch selbst drum kümmern. Jetzt aber möchte ich zwei Menschen vorstellen, von denen ich glaube, dass sie den Geist der V1 verkörpern – zwei Menschen, die über die Beschränkungen und Grenzen des Lebens auf der Venus hinweggeschaut und Inspiration und neue Möglichkeiten gefunden haben. Meine Damen und Herren – Freunde –, es ist mir eine Freude, Ihnen die Sieger des ersten Innovationswettbewerbs für Studenten vorstellen zu dürfen: Arik Ockley und Cadie Chiyoko.«

Es wurde erneut geklatscht. Die Frau vom Juice Pod, die neben Cadie saß, erhob sich und geleitete sie zur Bühne. Als sie die Stufen erklommen, war Kelley bereits herabgestiegen. Arik wandte sich zum Publikum um und staunte, wie wenig er im Licht der Scheinwerfer erkennen konnte. Sie hatten ihren Auftritt bei Raumbeleuchtung geprobt, doch jetzt fühlte er sich vollkommen verunsichert. Wenn sie das Publikum nicht sahen, konnten sie auch nicht einschätzen, wie ihre Präsentation aufgenommen wurde.

»Hi, ich bin Arik, und das ist Cadie«, begann Arik ein wenig überhastet und erschrak über seine verstärkte Stimme. »Heute möchten wir ein Projekt vorstellen, an dem wir gearbeitet haben und das sich ODSTAR nennt, Organic Data Storage and Retrieval – Organische Datenspeicherung und -abfrage. ODSTAR ist das Ergebnis intensiver Forschung auf den Gebieten der DNA-Nanotechnologie, der DNA-Informationsverarbeitung, der Biochemie und der Genetik.«

Er bekam überhaupt keine Reaktionen mit. Plötzlich hatte er das Gefühl, den Leuten die Zeit zu stehlen. Die ganze Kolonie würde ihn für den Arbeitsrückstand verantwortlich machen, den die Präsentation unweigerlich zur Folge hätte. Interessierte sich überhaupt jemand für ODSTAR? Würde es ihnen die Arbeit erleichtern oder ihr Leben angenehmer gestalten? Hörten sie ihm wirklich zu, oder taten sie das nur aus Respekt für Kelley?

»Das vorgegebene Thema für unsere Abschlussarbeit lautete ›Maximierung minimaler Ressourcen‹. Es gibt vieles, woran es uns hier in der V1 mangelt, doch anstatt uns Gedanken darüber zu machen, was uns fehlt, haben wir uns auf die beiden Dinge konzentriert, die im Überfluss vorhanden sind: Rechenkraft und DNA.«

Zu Anfang der Proben hatte Cadie Arik überreden wollen, den Vortrag allein zu übernehmen, doch Arik setzte Redezeit mit Anerkennung gleich und hatte sich folglich geweigert. Cadie war eine brillante Biologin, und Arik erinnerte sie wiederholt, dass er ohne sie mit dem Projekt gescheitert wäre. Zwar hatte er die ganze Software geschrieben und die Hardware entworfen und gebaut, doch ohne sie hätte er nicht einmal gewusst, wo er hätte anfangen sollen. Schließlich hatte Cadie eingewilligt, sich an der Präsentation zu beteiligen, und sie hatten die Stichpunkte gemeinsam verfasst. Jetzt war sie an der Reihe.

»In der V1 gibt es ungefähr einhundert Quadrillionen menschliche Zellen«, begann Cadie. Sie sprach langsamer als Arik, und man merkte ihr an, dass sie ihren Text Wort für Wort auswendig gelernt hatte. Sie stand sehr aufrecht und hatte die Hände verschränkt. Trotz der Scheinwerfer sprach sie ohne das geringste Stocken. »Jede dieser Zellen enthält DNA-Stränge, und jeder dieser Stränge enthält etwa drei Milliarden Basenpaare, beziehungsweise siebenhundertfünfzig Millionen Informationsbytes. Das summiert sich zu fünfundsiebzig Septillionen Bytes, beziehungsweise fünfundsiebzig Yottabytes – beinahe so viel wie die Speicherkapazität eines tragbaren Quantenfestspeichers.«

Arik übernahm wieder.

»Des Weiteren verfügen wir in der V1 über mehr als ausreichend Rechenkraft. Seitdem wir die Parallelspeicher unserer Rechner-Cloud durch Elektronenspeicher ersetzt haben, verfügt jeder einzelne Einwohner über mehr Rechenkraft als die gesamte Menschheit bis zum Bau des ersten Elektronencomputers.«

»Und je mehr Rechenkapazität man hat«, fuhr Cadie fort, »desto besser versteht man die DNA und kann mit ihr arbeiten. Die Modifizierung und Verbesserung unserer DNA und das Einfügen neuer Chromosomen ins menschliche Genom sind bereits so alltäglich, dass es in fünfzig Jahren keinen einzigen Menschen mehr geben wird, der kein künstlich erzeugtes genetisches Material in sich trägt. Wir haben unseren Genpool bereits so weit überarbeitet, dass es sich bei über fünfundneunzig Prozent aller Krankheitsfälle, mit denen sich die Medizinische Abteilung befassen muss, um körperliche Verletzungen und nicht mehr um Krankheiten handelt.«

Es entstand eine kurze, peinliche Pause, dann merkte Arik, dass er wieder an der Reihe war. Eigentlich hätte er jetzt einen Scherz machen und vorschlagen sollen, man hätte auch das Gen für Unbeholfenheit entfernen sollen, doch er hatte das Gefühl, dass es nicht funktionieren würde.

»So gut wir darin geworden sind, die DNA zu modifizieren und zu manipulieren, so hat doch noch niemand versucht, das menschliche Genom zum Speichern und Auslesen nichtbiologischer Instruktionen und Informationen zu benutzen. Daten in unseren körpereigenen genetischen Strukturen zu codieren, ist zwar nicht annähernd so effizient wie ein anorganischer Quantenspeicher, könnte es uns aber ermöglichen, Informationen von einer Generation an die nächste weiterzugeben, was eines Tages auch bewusst geschehen und unsere Fähigkeit, Informationen mit null Prozent Fehlerquote zu speichern und auszulesen, dramatisch verbessern könnte.«

Während Arik sprach, tauchte aus dem Bühnenboden ein Podium mit geneigter transparenter Oberfläche hervor. Arik zog einen kleinen dunklen Kasten aus der Tasche und näherte sich dem Podium. Cadie griff nach einem schmalen roten Zylinder in einer Tasche an der Vorderseite ihres Kleids. Arik zeigte den Kasten dem Publikum.

»Das ist das ODSTAR-Interface«, sagte er und stellte es aufs Podium. Als das Gerät die Verbindung mit Ariks Arbeitsplatz herstellte, leuchtete unmittelbar unter dem Kasten ein rotes Quadrat auf. Arik sah Cadie an.

»Darin befindet sich etwa ein Milliliter von Ariks Blut. Es enthält DNA, in die wir ein spezielles vierundzwanzigstes Datenspeicherchromosom eingefügt haben.«

Sie reichte die Blutprobe Arik, der sie auf den Kasten legte. Das rote Quadrat begann zu flackern, und beide wandten sich der hinter ihnen befindlichen Polymeth-Wand zu. Pixel für Pixel baute sich eine große blaue Kugel auf.

»Bei einem der ersten Raumflüge zum Erdmond hat die Besatzung von Apollo 17 eines der noch immer atemberaubendsten Fotos unseres Heimatplaneten aufgenommen. Das Foto gilt als eines der berühmtesten der menschlichen Geschichte und wurde millionenfach reproduziert. Dies jedoch ist das erste Mal, dass es aus menschlicher DNA reproduziert wurde.«

Man sah eine erstaunlich scharfe Aufnahme der Erde im vollen Sonnenschein, die trockenen Wüsten Nordafrikas, dessen Horn zur Arabischen Halbinsel vorsprang, den saphirblauen Südatlantik und den Indischen Ozean, die unter dichten Wolkenwirbeln lagen, die mit der südlichen Polarkappe verschmolzen.

»Das ist die Blaue Murmel.«

Ariks Befürchtung, das Publikum werde dem Vortrag nicht folgen oder die Bedeutung des Experiments nicht würdigen können, erwies sich als unbegründet. Aus dem gleißenden Licht brach eine Woge des Beifalls los. Arik und Cadie hatten mit einer solchen Reaktion nicht gerechnet und wussten nicht, was sie tun sollten. Arik trat vom Podium zurück. Er und Cadie standen unter der gewaltigen blauen Kugel und lächelten. Kelley tauchte zwischen ihnen auf und legte ihnen beiden die Hand auf die Schulter. Sein Griff war fest, und Arik wurde bewusst, wie groß Kelley war.

»Der Leuchtturm menschlichen Erfindungsgeistes!«, übertönte Kelley triumphierend den Beifall. Arik nahm wahr, dass das Publikum sich von den Plätzen erhob, während der Applaus weiter anschwoll. Als Kelley wieder das Wort ergriff, sprach er ruhig und gelassen, doch seine Stimme ertönte aus allen Wänden. »Und hiermit übergeben wir die V1 an eine neue, äußerst tüchtige Generation.«

3

DIE GESCHICHTE DER V1, TEIL 1
DAS ENDE DES WELTRAUMZEITALTERS

Auf Kelleys Anregung hin erstellten die Gründer eine umfassende Geschichte der V1. Die Fertigstellung des Projekts nahm über zwei Jahre in Anspruch. Am Ende stand eine Art interaktive Multimediadokumentation mit Hunderten von Meldungen und enzyklopädischen Artikeln, Interviews, schriftlichen und filmischen Tagebucheinträgen und Dutzenden Stunden Nachrichtensendungen. Hintergrund dafür war die Annahme, dass Gen V (und darauf folgende Generationen) ein großes Interesse an den erstaunlichen und beispiellosen Lebensumständen der Gegenwart haben würde – und dass sie mit ihrem wissenschaftlichen und analytischen Hintergrund eines Tages versuchen würde, alle Details ihrer Jugend auf der Venus zu rekonstruieren.

Diese Annahme stellte sich als falsch heraus. Die Gründer betrachteten V1 natürlich aus ihrer eigenen Perspektive. Dass sie die ersten Menschen waren, die auf einer anderen Welt eine dauerhafte Kolonie errichtet hatten, war für sie alles andere als selbstverständlich. Sie träumten noch immer von der Erde; sie kannten viele Menschen auf der Erde; bisweilen redeten sie über die Erde, als hätten sie sie nie verlassen, und wenn sie es merkten, hielten sie inne und lachten peinlich berührt. Dass sie vermutlich niemals zu dem Planeten zurückkehren würden, auf dem sie geboren und aufgewachsen waren, belastete die Gründer bisweilen, und das würde sie vermutlich ihr ganzes Leben lang begleiten.

Für Gen V galt das nicht. Gen V beschäftigte sich kaum noch mit der Erde. Da diese Menschen auf der Venus geboren waren, wunderten sie sich nicht über die geringere Schwerkraft, stellten das Training für den Fall eines Sauerstoffverlusts nicht infrage und klagten nicht über die Dinge, die sie nicht hatten. Die Gründer mussten sich damit abfinden, dass Gen V ihre Lebensumstände als gegeben ansah und entsprechend wenig Interesse an Geschichte hatte – wie wohl alle anderen Jugendlichen seit Entstehung des Menschen.

Für Gen V war das Leben auf der Venus vollkommen normal.

Im Rückblick war klar, dass die *Geschichte der V1* für die Gründer eine größere Bedeutung hatte als für Gen V. Sie bot in schwierigen Zeiten eine willkommene Ablenkung. Sie half ihnen, die Perspektive zu wahren, mit der Isolation fertigzuwerden und ihren Platz in der Geschichte zu verstehen. Da sie von Gen V jedoch kaum zur Kenntnis genommen wurde, entschied sich das Brain Pod für eine andere Vorgehensweise, um der jüngeren Generation ein wenig Geschichtsbewusstsein zu vermitteln. Man gründete eine kleine Kommission, welche die Aufgabe hatte, die ganze Geschichte der V1 auf drei prägnante Teile zu verdichten: Beginn und Ende des ersten Weltraumzeitalters der Erde, die Erdkrise (die beinahe zur Auslöschung der menschlichen Spezies geführt hätte) und schließlich die Geburt des zweiten Weltraumzeitalters, das zur ersten (und bislang einzigen) Gründung einer permanenten Kolonie jenseits der Erde geführt hatte. Nachdem das Vorhaben von einem Subkomitee und Kelley persönlich abgesegnet worden war, wurden alle drei Dokumente öffentlich zugänglich an einem zentralen Ort des Quantenspeichers abgelegt, und man bat Gen V, das Material zu begutachten. Das war's. Was Gen V betraf, so repräsentierten die drei Dokumente die maßgebliche Geschichte der V1 und damit vermutlich alles, was sie je über den Heimatplaneten ihrer Eltern erfahren würden.

Teil Eins der *Geschichte der V1* begann mit folgenden Worten: »Alles begann vor 13,73 Milliarden Jahren mit dem Urknall.« Den Logs zufolge war dieser Satz erst relativ spät eingefügt worden, ein gutes Beispiel dafür, was auf der Venus als Jux bezeichnet wurde.

Tatsächlich begann das Dokument mit dem Start des ersten Satelliten im Jahr 1957: mit einer glänzenden Kugel aus Alulegierung mit der Bezeichnung Sputnik 1. Das erste Lebewesen wurde einen Monat später mit dem Sputnik 2 in den Weltraum geschossen: eine Hündin namens Laika (alias *Muttnik*), die trotz der Vorkehrungen der Russen an Hitze und Stress verstarb. Damals wusste man noch nicht, ob ein Lebewesen die relativ kurze Reise in den Weltraum, geschweige denn den langen, beschwerlichen Flug zu anderen Planeten überhaupt überleben konnte.

Der Sputnik war ein Weckruf für die Amerikaner, die es nicht gewohnt waren, auf technischem Gebiet übertrumpft zu werden. Nachdem sie das ganze Erziehungssystem daraufhin umgestaltet hatten, der wissenschaftlichen Herausforderung zu begegnen, und nach Gründung der NASA (National Aeronautics and Space Administration) starteten die Vereinigten Staaten schließlich Explorer I. Das Weltraumzeitalter hatte sich zu einem Weltraumwettrennen entwickelt.

Eine Zeit lang lagen abwechselnd Amerikaner und Sowjets vorn, wenngleich Letztere alles in allem die Führung behaupteten. Sie brachten den ersten Menschen in den Weltraum (Juri Gagarin) und landeten das erste Raumfahrzeug auf einem anderen Himmelskörper (dem Mond). Die Amerikaner konterten mit den ersten wirtschaftlich nutzbaren Satelliten (Wetter, Kommunikation, Navigation, Spionage) und fuhren schließlich den endgültigen Sieg ein, als die ersten Menschen den Fuß auf den Mond setzten (Neil Armstrong und Edwin »Buzz« Aldrin im Mare Tranquilitatis). Doch schon damals, als es um den Mond ging, nahm die Welt bereits Mars und Venus ins Visier. Die amerikanische Sonde Mariner 4 passierte den Mars 1965 in zehntausend Kilometern Abstand, und die Sowjets ließen 1966 eine Sonde auf der Venus zerschellen. Damals stellte es schon einen großen Erfolg dar, einen Planeten anzusteuern und zu treffen. An eine Landung dachte noch niemand.

Erst in den Siebziger- und Achtzigerjahren wurde die planetarische Exploration ernsthaft in Angriff genommen. Den Amerikanern gelangen die ersten Vorbeiflüge an Merkur, Jupiter, Saturn, Neptun und Uranus. Sie schossen die ersten Fotos von der Marsoberfläche und nahmen die erste Bodenprobe. Die Russen bevorzugten eine rauere Umgebung und konzentrierten sich auf die Venus. Sie brachten die erste Sonde in eine Umlaufbahn und landeten sogar ein paar robuste Raumfahrzeuge auf der Oberfläche der Venus. 1981 schoss Venera 13 ein paar Fotos, nahm eine Bodenprobe und zeichnete die ersten Umweltgeräusche einer anderen Welt auf, bevor sie 127 Minuten nach der Landung durch Hitze und Atmosphärendruck zerstört wurde. In dieser Zeit wurde die Venus zum lebensfeindlichsten Planeten des inneren Sonnensystems erklärt, völlig ungeeignet für eine Besiedlung. Es hieß, man solle lieber auf der Sonnenseite des Merkur Urlaub machen als im Schatten auf der Venus.

Die Space-Shuttle-Ära brachte gewaltige Fortschritte bei der Eroberung des Weltraums. In Zusammenarbeit mit der European Space Agency wurde die erste Sonde auf dem Titan gelandet, dem größten Mond des Saturn, und die Volksrepublik China schoss als drittes Land der Welt einen Menschen in den Orbit. Das Space Shuttle ermöglichte auch den Bau der Internationalen Raumstation ISS, eine gewaltige Leistung in der Geschichte der Menschheit. In den Augen der Öffentlichkeit hatte das Projekt freilich das Manko, dass die Raumstation ganz anders aussah als die, welche man aus Filmen kannte. Die Amerikaner verfolgten ihre Mars-Obsession weiter und landeten mehrere Rover und Sonden, weil die Entdeckung von Leben – und sei es in fossiler oder mikroskopisch winziger Form – die Finanzierung auf Jahrzehnte gesichert hätte. 1996 verkündeten amerikanische

Wissenschaftler gar, sie hätten in einem in der Antarktis entdeckten Meteoriten fossile Bakterien gefunden, wenngleich nie mit Sicherheit festgestellt wurde, ob die Mikrofossilien vom Mars stammten oder erst nach dem Aufprall auf der Erde eingelagert worden waren. 1990 wurde das erste Teleskop in den Orbit gebracht, doch es war nicht verwendbar, da der Hauptspiegel eine Abweichung von zwei Millionstel Zentimetern aufwies. Die astronomische Gemeinde schaute gebannt zu, als im Orbit nachträglich ein optischer Korrekturspiegel am Teleskop montiert wurde, der den Fehler erfolgreich kompensierte und die internationale Peinlichkeit in einen Triumph ohnegleichen verwandelte.

Die Amerikaner machten den Fehler, die betagte Space-Shuttle-Flotte durch Orion- und Aresraketen ersetzen zu wollen, die in den Augen der Öffentlichkeit von den Kommandomodulen und Startfahrzeugen der Sechziger- und Siebzigerjahre kaum zu unterscheiden waren. Inzwischen war die Welt gelangweilt vom Weltraumprogramm, das sich vor allem mit der Versorgung der ISS, unverständlichen Experimenten und Sonden befasste, deren Entdeckungen sich dem normalen Steuerzahler nicht erschlossen. Der Rückschritt von richtigen Raumschiffen zu altmodischen Raketen machte die Lage der NASA auch nicht besser.

Die Russen hingegen entschieden sich, ihr viel leistungsfähigeres und fortschrittlicheres Shuttle-Programm nach einem einzigen unbemannten und nicht öffentlich gemachten Flug im Jahr 1988 einzustellen und sich wegen ihrer Budgetprobleme auf konventionellere Raketensysteme zu beschränken. Das Buran-Energia war zwar das fortschrittlichste Raumfahrzeug seiner Zeit – fortschrittlicher als das amerikanische Space Shuttle –, doch es bekam nie Gelegenheit, sich ins Bewusstsein der Menschheit einzuprägen. Während es so schien, als stagniere das russische Raumfahrtprogramm, gewann man den Eindruck, das amerikanische Programm mache einen gewaltigen Schritt nach vorn, während es tatsächlich einen Rückschritt darstellte, zumal in Anbetracht der vielen Orbitalflüge, die amerikanische Astronauten an Bord russischer Sojusraketen unternahmen.

Die NASA sah sich aufgrund massiver Budgetkürzungen schließlich zum kompletten Ausstieg aus der bemannten Raumfahrt gezwungen und hielt in der Privatindustrie Ausschau nach praktikableren und günstigeren Innovationsformen. Bedauerlicherweise stellte die Privatindustrie alsbald fest, dass es nicht genug exzentrische Milliardäre gab, um ernsthafte Projekte zu finanzieren, und dass im näheren Umkreis keine kostbaren Mineralien, Edelsteine oder sonstige Ressourcen zu finden waren, angesichts derer man das erforderliche Kapital hätte aufbringen können, um die Menschheit über den nahen Orbit hinauszubringen. Es gab zwar noch immer Geld von der Regierung, doch das meiste davon wurde von verschmähten ehemaligen NASA-Managern verwaltet, welche die Administration gewarnt hatten, es sei ein großer Fehler, sich auf die Privatindustrie zu verlassen, und die daher entschlossen waren, ihre Prognose wahr werden zu lassen.

Verunsichert von den stetigen Fortschritten der Chinesen bei Satelliten, Raketen und Robotertechnologien, beschloss eine neue Administration, Milliarden in das Ziel zu investieren, die NASA an ihre alten Triumphe anknüpfen zu lassen, indem man auf den Mond zurückkehrte, der, wie sich herausstellte, immer noch so war, wie man ihn vor fast einem Jahrhundert verlassen hatte. Anstatt zu dem nationalen Triumph zu werden, auf den der Präsident gehofft hatte, erzielten die Mondmissionen nur bescheidene Zuschauerquoten, trafen auf Unverständnis und führten zu einem Übermaß an Vermarktung und einem Wiederaufleben der Theorie, wonach die erste Mondlandung nur vorgetäuscht worden sei. Das auf der erdabgewandten Seite des Mondes installierte Teleskop machte zwar ein paar beeindruckende Bilder von einem kleinen felsigen Planeten in der bewohnbaren Zone eines nahen Sonnensystems, doch im Großen und Ganzen wurde die Mondbasis, welche die Amerikaner bauten, als armseliger Ersatz für die bemannte Mission zum Mars angesehen, mit der die Öffentlichkeit gerechnet hatte.

Wirkungsvoller als der wahrgenommene Innovationsmangel waren die mit den Weltraumprogrammen einhergehenden Umweltbedenken. Die globale Durchschnittstemperatur stieg in dieser Zeit infolge des gleichen Treibhauseffekts, der auf der Venus für außergewöhnlich hohe Temperaturen sorgt. Doch während der hohe CO_2–Gehalt in der Venusatmosphäre natürlichen Ursprungs ist, war er auf der Erde auf die unaufhörliche Verbrennung organischen Materials zurückzuführen, das in die Erdkruste eingelagert war. Die steigenden Temperaturen führten zu einem globalen Klimawandel und, wie vorhergesagt, zu heftigen Wetteranomalien wie Dürre, Hungersnöten und Krankheiten sowie indirekt zu einer wachsenden Zahl von Völkermorden und größeren Kriegen. Amerikanische, russische, europäische und chinesische Raketen, die inmitten von Abgaswolken starteten, wurden zum Symbol des Umweltfrevels statt kühner Forschung. Schließlich fielen Milliarden Dollar für die ISS und die Mondprojekte dem vorherrschenden Slogan *Die Erde hat Vorrang* zum Opfer.

Mit Ausnahme von China gaben fast alle Länder ihr Weltraumprogramm auf. Hunderttausende Wissenschaftler und Ingenieure verloren ihre Arbeit und erfuhren am eigenen Leib, dass sich Kenntnisse auf dem Gebiet der Astrophysik und der Luft- und Raumfahrttechnik nicht ohne Weiteres auf andere Erwerbszweige übertragen ließen. Chinesische Shenzhou-Raketen sorgten dafür, dass in der ISS nicht das Licht ausging, und transportierten noch ein paar Astronauten, Kosmonauten und Taikonauten hin und her, doch dies geschah nahezu unbemerkt von der Öffentlichkeit.

Knapp drei Jahre später wurden nur noch die Wartung und der Ersatz unverzichtbarer militärischer Satelliten finanziert. Die Chinesen waren die einzigen Bieter bei der Versteigerung der Kontrakte für den Rücktransport der letzten Bewohner der ISS und des Mondpersonals sowie für die Demontage der betagten Internationalen Raumstation, die in kleine Komponenten zerlegt wurde, welche beim kontrollierten Atmosphäreneintritt verglühten.

Das erste Weltraumzeitalter endete mit einer Reihe spektakulärer Feuerbälle über dem östlichen Pazifik.

4
ERDFAHRSTUHL

Den Absolventen des Erziehungswesens der V1 boten sich nicht viele Karrieremöglichkeiten, doch es lag nicht im allgemeinen Interesse, ihnen Jobs aufzuzwingen, die ihren Neigungen nicht entsprachen. Die Erziehungsabteilung und die Vertreter aller anderen Abteilungen beschlossen daher die Bildung einer dreiköpfigen Kommission, die sich die Wünsche der Absolventen anhören, Optionen besprechen, ihre Bedenken berücksichtigen und letztlich entscheiden sollten, wem sie am nächsten Tag Bericht erstatten würden. Die meisten Absolventen wussten genau, wohin sie wollten, und hatten sich auf die betreffende Tätigkeit vorbereitet, seit sich bei ihnen spezielle Neigungen oder Begabungen gezeigt hatten. Niemand rechnete mit Überraschungen.

Die Karrierekommission sollte an zehn aufeinanderfolgenden Tagen zehn Anhörungen durchführen, angefangen mit dem ältesten Absolventen. Cam, der über die seltene Kombination von Intelligenz, Koordinationsvermögen und großer Körperkraft verfügte, wurde der Infrastrukturabteilung zugeteilt (Wrench Pod) und sollte rasch in eine Verwaltungsposition aufsteigen, falls er dies wünschte. Seine Fähigkeiten eigneten sich perfekt für die Instandsetzung von Robotern, die Planung und Konstruktion neuer Pods und lange, anstrengende Außenbordeinsätze (die GSA sprach noch immer von Außenbordaktivitäten, obwohl das in Zusammenhang mit der V1 keinen Sinn ergab).

Wegen des hohen Arbeitsaufwands für die Wartung und Erweiterung der V1 konnte etwa die Hälfte der Absolventen mit einer Zuteilung zum Wrench Pod rechnen. Die Infrastrukturabteilung hatte die Erziehungsabteilung in den vergangenen Jahren wegen chronischer Unterbesetzung und Überlastung dahingehend bearbeitet, ihr möglichst viele Studenten zuzuteilen. Bei der Bildung der Karrierekommission ließen sich die Vertreter des Wrench Pods nur kurz blicken und erklärten, dass sie keine Zeit für solche Nebensächlichkeiten hätten und Dinge wie Druckausgleichsventile und Luftumwälzungssysteme wesentlich wichtiger seien. Niemand wollte, dass sich verbitterte, überarbeitete und ausgepowerte Leute darum kümmerten.

Alle Absolventen gingen mit großem Interesse in die ersten Anhörungen der Karrierekommission. Kaum dass Cam sich außer Hörweite des Public Pods befand, wurde er mit Fragen gelöchert. Wer saß in der Kommission? Was sagten sie? Wem wurde er zugeteilt? Wann sollte er anfangen? Cam berichtete, dass alles reibungslos und professionell ablaufe; man habe ihn nur gefragt, in welcher Position er der V1 seiner Meinung nach den größten Dienst erweisen könne, und ihn nach den Gründen gefragt. Man ließ ihm ein paar Minuten Zeit für die Antwort, bat ihn, ein, zwei Punkte weiter auszuführen, und dann wurde auch schon beschlossen, dass er sich am folgenden Tag um 0700 Uhr im Wrench Pod melden solle. Das Ganze dauerte nur etwa zwanzig Minuten. Da die Kommissionsmitglieder an dem Tag noch weitere neun Anhörungen durchführen und sich außerdem noch um ihre Arbeitspflichten kümmern mussten, bevor sie nach Hause gehen durften, sah keiner einen Anlass, das Ganze unnötig in die Länge zu ziehen.

Die nachfolgenden Absolventen machten ähnliche Erfahrungen, und als Arik an die Reihe kam, war die Neugier bereits erlahmt. Niemand wollte das bisschen Zeit, das ihnen vor Beginn ihrer beruflichen Laufbahn blieb, darauf verwenden, Mitabsolventen auszufragen. Cam galt anfangs als Glückspilz, weil er als Erster drangekommen war, was ihm mit an Sicherheit grenzender Wahrscheinlichkeit die Wunschposition verschafft hatte, doch dann begann man die jüngeren Kandidaten zu beneiden, da sie sich der vermutlich längsten Ferien ihres Lebens erfreuen konnten.

Arik verfolgte das Drama nicht, doch er wusste, dass Zaire zusammen mit Cam dem Wrench Pod zugeteilt worden war. Ihre Freunde und Familien hatten sie gewarnt, dass es möglicherweise nicht gut für die Beziehung sei, wenn man zu viel Zeit miteinander verbrachte, doch sie freuten sich darüber, dass sie den gleichen Arbeitsplatz hatten. Falls sich das wider Erwarten als problematisch erweisen sollte, konnten sie immer noch darum bitten, unterschiedlichen Arbeitsschichten zugeteilt zu werden. Hani ging zum Play Pod, Syed zum Code Pod, Cadie wurde erwartungsgemäß dem Life Pod zugeteilt, und man nahm an, dass Arik in Kürze zu ihr stoßen werde – sie war einen Tag älter als er. Auch sie würden darauf achten müssen, dass ihre Beziehung keinen Schaden nahm, doch man wollte das ODSTAR-Team auf keinen Fall auseinanderbrechen. Dafür hatte Kelley sich persönlich eingesetzt.

Ariks Anhörung war die neunte am dritten Tag. Er wartete vor dem Public Pod, bis der nächstälteste Absolvent – ein Junge namens Seth, den Arik seit jeher um sein Selbstbewusstsein beneidete – herauskam und Arik die Tür aufhielt. Das Public Pod verfügte über die einzige traditionelle Schwingtür der V1, denn es war vor dem Eintreffen der vorgefertigten Polymeth-Türen errichtet worden. Niemand hielt es für nötig, die Tür auszuwechseln.

»Viel Glück«, sagte Seth freundlich, als Arik an ihm vorbeiging. Der Ausgang seiner Anhörung ließ ihn anscheinend gleichgültig, und auf einmal fühlte Arik sich beklommen. Er war es gewohnt, ungehindert zu forschen und seine Themen selbstständig auszuwählen, doch nun wurde ihm bewusst, dass ein solcher Luxus das Privileg der Jugend war. Jetzt erst machte er sich klar, wie vieles von dem, was er als selbstverständlich betrachtet hatte, sich ändern würde. Er war im Begriff, sich in ein Produktionsmittel zu verwandeln, dem bestimmte Aufgaben zugeteilt werden würden, die auf eine bestimmte, vorgeschriebene Weise erledigt werden mussten. Seine Kreativität und Produktivität würden eingeschränkt und auf die Probleme umgelenkt werden, die seine Vorgesetzten des Aufwands wert befanden. Arik war im Begriff, erwachsen zu werden.

Das Venera Auditorium war vermutlich der am wenigsten geeignete Ort für die Anhörungen der Karrierekommission, doch es war der einzige Raum der V1, der von niemandem sonst genutzt wurde. Auf dem Podium stand ein transportabler Polymeth-Schreibtisch, hinter dem die drei Kommissionsmitglieder an ihren geöffneten Arbeitsplätzen saßen. (Zweifellos bemühten sie sich zwischen den Anhörungen, auf dem Laufenden zu bleiben, damit sie anschließend nicht so viel nacharbeiten mussten.) Vor dem Schreibtisch stand ein Stuhl, gerade so weit entfernt, dass der Sitzende sich isoliert fühlen musste. Das Durchschreiten des langen Mittelgangs, das Passieren der vorderen Sitzreihe, das Erklimmen der Treppe und das Überqueren der Bühne wirkten absurd, doch es half ein wenig, dass die drei Kommissionsmitglieder emsig weitertippten, bis Arik Platz genommen hatte.

Der Mann zur Linken war Fai, ein untersetzter Chinese, der zu den ersten zwanzig Kolonisten gehörte. Er hatte die ursprünglichen Computersysteme beaufsichtigt und schließlich die Technologieabteilung gegründet, der er auch vorstand – die informelle Bezeichnung Code Pod lehnte er ab. Fai war einer der wenigen, die mit Ariks Programmierfähigkeiten mithalten konnten, wenngleich er längst die Neugier und die Leidenschaft am Neuen verloren hatte, die Arik auszeichneten. Arik brachte er eine komplizierte Mischung aus Bewunderung und Feindseligkeit entgegen.

In der Mitte saß ein hochgewachsener Mann mit sich lichtendem Haar. Er hieß Zorion, und Arik kannte ihn kaum. Er wusste nur, dass er eine hohe Stellung in der Energieabteilung innehatte und ein Experte für Kernfusion war. Er hatte Verständnis für Ariks heikle Lage und versuchte ihn mit einem aufgesetzten, aber freundlichen Lächeln zu beruhigen.

Ganz rechts saß Ariks Mutter, mit deren Anwesenheit in der Kommission niemand gerechnet hatte. L'Ree wirkte am wenigsten engagiert von den dreien und hatte noch immer nicht von ihrem Arbeitsplatz aufgeschaut. Arik fragte sich, ob Fai und Zorion sich L'Rees Verhalten bewusst waren. Vielleicht nahmen sie an, dass sie den Überblick über den Interviewplan verloren hatte und nicht gemerkt hatte, dass ihr Sohn vor ihr Platz genommen hatte, doch Arik wusste, dass seiner Mutter kaum etwas entging. Arik hegte keinen Groll gegen seine Mutter, und soweit er wusste, hatte sie auch nichts gegen ihn, doch ihre Beziehung war schon immer eigentümlich distanziert gewesen. Vielleicht betonte sie die Distanz jetzt noch zusätzlich, damit niemand auf den Gedanken kam, sie wolle ihrem Sohn eine Vorzugsbehandlung zukommen lassen. Anderseits konnte sie vielleicht gar nicht anders.

L'Ree galt als eine der attraktivsten Frauen des V1, doch ihre Schönheit wurde von ihrer ausgeprägten Ernsthaftigkeit abgeschwächt. Arik galt selbst als ernsthafter junger Mann, und alle nahmen an, er habe seinen Ehrgeiz und seine Intelligenz von seiner Mutter geerbt, doch ihrer beider Persönlichkeit war vollkommen unterschiedlich, sogar gegensätzlich. Arik hatte Cadie einmal gesagt, er und seine Mutter könnten einander einfach nicht verstehen, und sie hätten beide längst aufgehört, sich um Verständnis zu bemühen.

Zorion war der Kommissionsvorsitzende und führte nach allem, was Arik gehört hatte, auch das Wort. Er wollte L'Ree anscheinend Gelegenheit geben, als Erste zu sprechen, doch als sie es vorzog, weiterhin unbeteiligt zu bleiben, leitete er die Anhörung ein.

»Hi, Arik. Würden Sie uns bitte sagen, an welcher Stelle Sie Ihrer Ansicht nach der V1 den größten Dienst erweisen können, und dies auch begründen?«

Arik hatte im Geiste schon Dutzende Szenarien durchgespielt und sich überlegt, wie er seinen Vorschlag präsentieren sollte, doch es war ihm keine Vorrede eingefallen, die sein Ansinnen hätte weniger radikal erscheinen lassen und den Eindruck, er sei ein Dissident, abgemildert hätte. Deshalb entschied er sich für eine direkte Vorgehensweise und die Improvisation.

»Ich will zur Erde.«

L'Ree schaute hoch. Fai wurde zornig, als hätte Arik ihn persönlich beleidigt, während Zorions Gesichtsausdruck verriet, dass er der Antwort etwas abgewinnen konnte. Vielleicht langweilte er sich bei den Anhörungen und begrüßte die Abweichung vom Üblichen. Arik wandte sich direkt an ihn.

»Ich möchte mit dem Bau des Erdfahrstuhls beginnen, und ich glaube, das sollte absoluten Vorrang haben.«

Die Bezeichnung *Erdfahrstuhl* bezog sich auf eine Reihe von Prozessen, Raumfahrzeugen und Startorten, die eines Tages die bidirektionale Reise zwischen Erde und Venus nicht nur möglich, sondern hoffentlich zur Routine machen sollten.

»Warum?«, fragte Zorion. Er klang weder skeptisch noch voreingenommen. Er wirkte aufrichtig neugierig.

»Wenn wir politisch und kulturell keinen Kontakt zur Erde halten, werden wir uns zunehmend isolieren, und wenn wir zu lange warten, könnte es irgendwann zu spät sein.«

»Wir sind nicht *isoliert«*, sagte Fai. »Wir stehen in ständiger Verbindung mit der Erde.«

»Ich nicht.«

»Aber jeder, der darauf angewiesen ist.«

»Jeder, der Zugang zur Erde haben möchte, sollte die Möglichkeit dazu bekommen«, erklärte Arik. »Und jeder Erdbewohner, der Zugang zur Venus haben möchte, sollte ihn bekommen. Wenn wir zulassen, dass unsere Kultur auseinanderdriftet, wird das unweigerlich zu Konflikten führen. Wir müssen uns jetzt damit befassen, statt abzuwarten.«

»Das ist absurd«, sagte Fai genervt. »Es lohnt nicht, darüber zu sprechen.«

»Ich würde ihn gern anhören«, sagte Zorion. »Dafür sind diese Anhörungen doch da, nicht wahr? Fahren Sie fort, Arik.«

»Ich finde, wir sollten aufhören, die V1 als Kolonie zu betrachten. Kolonisierung führt irgendwann unweigerlich zur *De*kolonisierung. Das hat die Geschichte immer wieder gezeigt. Der Erdfahrstuhl wird die V1 von einer Kolonie in eine Erweiterung der Erde verwandeln. Die Menschen werden hin- und herreisen und ihr Wissen und ihre Kultur miteinander teilen. Vor allem aber sollten die Menschen selbst entscheiden dürfen, wo sie leben und wohin sie reisen möchten. Das sollte man ihnen nicht vorschreiben, jedenfalls nicht für die Dauer ihres ganzen Lebens.«

L'Ree verlagerte die Haltung und räusperte sich, um kundzutun, dass sie etwas sagen wolle. »Im Moment tun wir, was wir tun *müssen,* nicht das, was wir tun *wollen.* Wenn wir den Erdfahrstuhl brauchen, werden wir ihn bauen.«

»Der Bau wird Jahre in Anspruch nehmen«, erwiderte Arik. »Wahrscheinlich Jahrzehnte. Wenn wir warten, bis wir ihn brauchen, wird es zu spät sein. Das versuche ich gerade klarzumachen. Wir müssen vorausschauend planen. Wir tun immer so, als wäre das unvermeidlich, aber wenn wir dem Vorhaben nicht oberste Priorität geben, wird es nie dazu kommen. Ich glaube nicht, dass der Erdfahrstuhl ein Luxus oder eine Neuheit ist. Ich glaube, er ist unabdingbar für den langfristigen Erfolg der V1, vielleicht sogar für ihr langfristiges *Überleben.«*

»Wissen Sie, wie hoch die Fluchtgeschwindigkeit auf der Venus ist?«, wandte Fai sich an Arik. Offenbar wollte er eine andere Taktik einschlagen, um das Thema zu beenden und die Anhörung wieder in die Spur zu bringen.

»Zehn Komma vier-sechs Kilometer pro Sekunde.«

»Und wie sollen wir ohne Treibstoff eine Geschwindigkeit von zehn Komma vier-sechs Kilometern pro Sekunde erreichen?«

»Offenbar benötigen wir eine erneuerbare Energiequelle. Und Raumschiffe. Und hundert andere Dinge, mit deren Planung wir jetzt beginnen müssen. Ich behaupte nicht, es wäre nicht viel Arbeit, aber ich glaube, es wird einfacher sein, als den meisten Leuten klar ist.«

»Einfacher?« Fai wirkte belustigt und beleidigt zugleich. »Eine Rakete aus Materialien zu bauen, die wir nicht haben, sie mit einem Treibstoff anzutreiben, den wir nicht raffinieren können, und sie von einer Rampe zu starten, über die wir nicht verfügen, das soll *einfach*

sein? Wir könnten nicht mal den Hitzeschild bauen, der für den Eintritt in die Erdatmosphäre erforderlich ist.«

»Sie reden von dem, was wir nicht haben, anstatt von dem, was wir haben«, entgegnete Arik. »Das ist der Unterschied zwischen Ihrer Generation und meiner.«

Fai war es nicht gewohnt, dass man so mit ihm sprach. Arik wusste, dass er ein angesehener Computerexperte war, und wenngleich ihn niemand als pedantisch charakterisiert hätte, legte er doch Wert darauf, dass seine Studenten und Untergebenen ihm den gebührlichen Respekt erwiesen. Arik aber war weder boshaft noch vorsätzlich respektlos; er wies einfach nur auf die relevanten Fakten hin.

»Dann erklären Sie uns, über welche Komponenten wir Ihrer Ansicht nach bereits verfügen«, sagte Zorion.

»Erstens geht es nicht darum, ein Zweiwegesystem zu bauen. Wir verfügen bereits über die Startplätze, Raumfahrzeuge, das Wissen und die Erfahrung, um von der Erde zur Venus zu gelangen. Zweitens geht es auch nicht darum, von der Venus zur Erde zu kommen. Wir müssen lediglich von der Venus zum Mond gelangen, denn es gibt bereits ein bewährtes System für den Verkehr zwischen Erde und Mond. Daraus folgt, dass wir nicht einmal einen Hitzeschild benötigen.«

»Was ist mit dem Treibstoff?«, fragte Fai.

»Bis wir eine eigene Treibstoffquelle erschlossen haben, können wir den für das Erreichen des Venusorbits erforderlichen Treibstoff von der Erde bekommen.«

»Für das Erreichen der Orbitalgeschwindigkeit, mag sein«, räumte Fai ein. »Aber was ist mit der *Flucht*geschwindigkeit?«

»Wir müssen lediglich in einen parabolischen Orbit einschwenken, dann fliegen wir mit einem Swing-by-Manöver Richtung Erde und bremsen auf die gleiche Art und Weise wieder ab. Da wir uns von der Sonne entfernen, verlieren wir stetig Geschwindigkeit, was bedeutet, dass wir ohne Aerobremse so weit verzögern können, dass wir in den Mondorbit einschwenken. Die Physik übernimmt die meiste Arbeit.«

»Arik, wir wissen alle, dass du ein kluger Bursche bist«, sagte L'Ree genervt. »Niemand hier stellt deine Intelligenz infrage, und ich glaube, es zweifelt auch niemand daran, dass du das Projekt verwirklichen könntest, wenn du nur genügend Zeit zur Verfügung hättest. Aber darum geht es nicht. Es geht darum, dass wir deinen Beitrag auf einem anderen Gebiet brauchen. Bevor wir etwas Neues in Angriff nehmen, müssen wir das Luftproblem lösen.«

Arik hatte damit gerechnet, dass er bei der Kommission auf Skepsis treffen würde, doch es hätte ihm schon gereicht, wenn ihn wenigstens seine Mutter unterstützt hätte. Wenn sie sich für ihn eingesetzt hätte – selbst wenn Zorion und Fai sie am Ende überstimmt hätten –, wäre es für ihn schon ein kleiner Sieg gewesen, und er hätte die Sache abgehakt. Ihre Ablehnung aber steigerte nur noch seine Entschlossenheit.

»Du weißt genau, dass die Umweltbedingungen stabil sind«, sagte Arik zu seiner Mutter. »Und das schon seit Jahren.«

»Sie sind stabil, aber das gilt nicht für uns. Im Moment können wir keine einzige zusätzliche Person auf der Venus versorgen. Findest du das nicht problematisch? Glaubst du nicht, dass Gen V irgendwann wird heiraten und Kinder bekommen wollen?«

»Wir können Luft von der Erde importieren«, sagte Arik. »Wir verfügen über Hunderte unbenutzte Tanks.«

L'Ree lehnte sich zurück und sah Zorion an. Offenbar glaubte sie sich nicht im Besitz der nötigen Autorität für den nächsten Schritt.

»Arik«, sagte Zorion, »wir wissen wirklich zu schätzen, dass Sie und Ihre Generation eine eigene Sichtweise auf das Leben in der Station haben. Deshalb warten wir ja so gespannt auf Ihren Beitrag. Aber Sie müssen zur Kenntnis nehmen, dass wir einen anderen Blickwinkel einnehmen als Sie.«

Zorion hielt inne. Er sammelte seine Gedanken und legte sich sorgfältig seine nächsten Worte zurecht. Er beugte sich vor und blickte zu der schweren geschlossenen Tür an der Rückwand des Auditoriums, bevor er fortfuhr.

»Arik, es ist von größter Wichtigkeit, unsere Abhängigkeit von der Erde so weit wie irgend möglich zu verringern. Wenn unsere Umweltsysteme ausfallen oder mit der Entwicklung nicht Schritt halten sollten, wären wir in den elementarsten Dingen von der Erde abhängig. Das ist keine starke Position für eine Kolonie, meinen Sie nicht auch?«

Arik begriff auf einmal, dass sich die Diskussion gar nicht mehr darum drehte, ob es zu einer Dekolonisierung kommen würde – man stellte bereits Überlegungen an, wie man damit umgehen sollte. Noch ehe er überhaupt Platz genommen hatte, hatte die Kommission sich mit der Prämisse seiner Argumentation bereits abgefunden gehabt; lediglich seine Schlussfolgerung stellte sie infrage. Arik sprach sich für vorausschauende Maßnahmen aus, während sie bereits defensiv dachten.

»Ich möchte Ihnen keine Angst machen, Arik«, fuhr Zorion fort, »und im Moment besteht auch kein Anlass zur Besorgnis. Aber Sie müssen einsehen, dass wir die Dinge in einer bestimmten Reihenfolge erledigen müssen, und im Moment *müssen* wir das Luftproblem lösen. Arik, wir brauchen Sie im Life Pod.«

»Aber wenn wir die Dekolonisierung vermeiden, haben wir kein Luftproblem mehr«, erwiderte Arik »Genau darum geht es doch.«

»Arik, was war Ihre erste Aussage zur Kolonisierung?«

Arik versuchte sich zu erinnern, was er gesagt hatte, dann wurde ihm bewusst, dass man ihm eine Falle stellte. »Dass sie unweigerlich zur Dekolonisierung führt.«

»Unweigerlich bedeutet definitionsgemäß, dass es auf jeden Fall so kommen wird und sich nicht vermeiden lässt. Das sind Ihre Worte, nicht meine. Und da wir eine Kolonie mit äußerst begrenzten Ressourcen sind, was macht da mehr Sinn: die Ressourcen darauf zu verwenden, etwas verhindern zu wollen, das sich nicht verhindern lässt, oder sie für die Vorbereitung auf den Ernstfall zu verwenden?« Arik wusste, dass die Frage rhetorisch gemeint und die Anhörung beendet war.

5
UMERZIEHUNG

Abgesehen von Dr. Nguyen hatte Arik nur einen einzigen Besucher. Sein Vater kam fast jeden Tag, doch da die Zahl von Ariks weißen Blutkörperchen unerklärlicherweise stark abgenommen hatte und er deshalb anfällig war für Infektionen, hatte man Cadie, Cam und Ariks Mutter gebeten, mit ihm per Videostream zu kommunizieren, anstatt ihn zu besuchen.

Das Krankenhausbett stand jetzt neunzig Grad versetzt zu der Position, in der Arik aufgewacht war, sodass er die größere freie Polymeth-Fläche des Raums vor sich hatte. Sein Arbeitsplatz nahm von den Füßen bis zur Decke fast die ganze Wand ein. Es wimmelte darauf von Diagrammen, Videofeeds und scrollenden Programmiercodes.

Arik schaute mit ausdruckslosem Gesicht auf die Wand, seine Hände ruhten flach neben seinem Körper. Er hatte das BCI aufgesetzt, das sein Vater ihm mitgebracht hatte. Dieses Gerät wurde manchmal auch Psychomaus, Wellenkappe, NP (Neuroprothese) oder, nicht besonders aussagekräftig, auch Kopfkrabbe genannt. Es bestand aus einem weißen Polymerhub, der auf dem Hinterkopf saß und dessen breite, flache Finger alle vier Hirnlappen überdeckten. Genau genommen handelte es sich um ein NIBCI, ein nichtinvasives Brain-Computer-Interface; es war kein Implantat, sondern saß außen auf dem Kopf.

Nicht jeder konnte ein BCI benutzen. Die meisten Menschen bevorzugten weiche Tastaturen aus Polymeth oder Multitouch-Oberflächen. Manche gaben die Befehle auf horizontalen Polymeth-Oberflächen ein, oder aber sie verwendeten ein Greif-Computer-Interface, wenn sie wirklich stark beeinträchtigt waren. GCIs glichen langen Handschuhen und registrierten eine große Bandbreite von Bewegungen, Impulsen und Gesten und übersetzten sie in verschiedene Befehle. (Gesten konnte man natürlich auch ohne zusätzliche Hardware registrieren, doch die meisten Leute legten Wert auf das taktile Feedback eines physischen Apparats.) Alle diese Methoden ließen sich mit Augentrackern und Stimmeninput kombinieren. Ein BCI aber stellte die bei Weitem effektivste Methode dar, die zur Kommunikation mit Maschinen je erdacht worden war – jedoch nur dann, wenn man sie beherrschte.

Seit Beginn der BCI-Forschung wurde das Gebiet als »fruchtbar« betrachtet, die wissenschaftliche Umschreibung dafür, dass noch ein langer Weg zurückzulegen ist. Das Problem war die Lernkurve. Mit invasiven BCIs waren die Forscher recht erfolgreich, da sie bestimmte Hirnregionen, die mit bestimmten Aufgaben in Beziehung standen, präzise ansprechen konnten; die Probanden brauchten nur etwas Spezielles zu denken, und schon wurde ihre Intention auf dem vor ihnen befindlichen Arbeitsplatz realisiert. Doch in dem Maße, wie sich um die Implantate herum Narbengewebe bildete, wurden die Signale beeinträchtigt, und niemand wollte sich regelmäßig einem neurochirurgischen Eingriff unterziehen. Außerdem musste man die Hardware hin und wieder upgraden, um mit der weiterentwickelten Software Schritt zu halten – ein Prozess, der einen sechzehnstündigen neurochirurgischen Eingriff erforderte.

Der Focus verlagerte sich deshalb zu nichtinvasiven BCIs wie dem, das Arik verwendete, doch das Problem dabei war, dass in den meisten Fällen ein äußerst aufwändiges Training notwendig war. Da die außerhalb des Gehirns befindlichen Sensoren weit mehr Störsignale auffingen, musste der Proband lernen, seine Gedanken zu fokussieren und zu kontrollieren, um das Signal-Rausch-Verhältnis zu verbessern. Außerdem war es sehr schwer, präzise Signale zuzuordnen, wenn man die Gehirnwellen so weit entfernt von ihrem Ursprung maß. Es war, als versuchte man zu verstehen, was jemand auf der anderen Seite eines lärmerfüllten Raums sagte, anstatt dass die betreffende Person einem direkt ins Ohr flüsterte.

Ariks Eltern hatten ihn schon in jungen Jahren wegen der Arbeit einer brillanten afrikanischen Neurologin namens Kainda Nsonowa mit der BCI-Technologie bekannt gemacht. Damals teilten sich die BCI-Forscher in zwei Lager. Die einen glaubten, es obliege der Hard- und Software, die exakten Muster aus dem Rauschen herauszudestillieren, die anderen meinten, der Proband müsse lernen, deutlichere Signale zu produzieren. Nsonowa zeigte, dass die Lösung irgendwo in der Mitte lag. Sie und ihr Team trugen dazu bei, die Feldstärke zu verbessern, indem sie Systeme konstruierten, die es Rechnern und Menschen erlaubten, sich gemeinsam fortzuentwickeln und zu lernen.

Nsonowa postulierte, dass diese Koevolution bereits in möglichst jungen Jahren beginnen müsse. Sie fand heraus, dass Siebenjährige, die seit dem dritten Lebensjahr mit BCI trainiert hatten, so effizient mit Maschinen interagieren konnten wie Erwachsene mit einer beliebigen anderen Methode oder einer Kombination verschiedener Methoden der Mensch-Maschine-Interaktion. Im Alter von zwölf Jahren waren sie mindestens doppelt so tüchtig wie Erwachsene, und mit vierzehn konnten sie komplexe Aufgaben zehn- bis zwanzigmal so schnell bewältigen wie ein Erwachsener.

Nsonowa hatte nachgewiesen, dass Menschen, die mit BCI aufwuchsen, Maschinen so mühelos steuern konnten wie ihre eigenen Gliedmaßen.

Die Herausforderung, BCI zu nutzen, faszinierte Arik, und er und der Rechner stellten sich sehr schnell aufeinander ein. Die meisten Trainingsprogramme waren als Spiele angelegt, die Arik verschlang, und mit sechs Jahren war er am Computer besser als jeder Erwachsene der V1. Mit zehn modifizierte Arik das Lernen, die Anpassung und die Adaptionsalgorithmen, und mit zwölf war er mit BCI zwölfmal so schnell wie jeder andere. Häufig wurde er gefragt, wie er das anstelle, doch Arik wusste darauf keine Antwort. Er verstand die Funktionsweise von Hard- und Software, doch den organischen Aspekt – sein eigenes Gehirn – verstand er nicht. In seiner Wahrnehmung war es so, als würde er einen Code auf einer Tastatur eingeben, ohne die Abfolge der Ziffern nennen zu können. Das Wissen war in einem Bereich seines Gehirns gespeichert, der dem Bewusstsein nicht zugänglich war.

Ariks Eltern waren mit Nsonowas Forschung gut genug vertraut, um Ariks Arbeit an einem Zwei-Wege-BCI zu beenden. Es dauerte nicht lange, da wurde Arik klar, dass die Computerrückmeldung an den Menschen einen Engpass darstellte, sobald man den Prozess der Kommunikation mit dem Rechner beherrschte. Nach der Verarbeitung des Inputs musste der Computer seinen Output in eine grafische Form konvertieren, was normalerweise dadurch geschah, dass Polymeth-Moleküle an bestimmten X-Y-Z-Koordinaten angeregt wurden. Die X-Y-Koordinaten wurden dafür benötigt, den Output in ein kohärentes Muster zu bringen, während die Z-Koordinate die Tiefe des Ereignisses wiedergab, was festzulegen half, welche Wellenlänge des Lichts entweichen durfte. Auf diese Weise konnte man Milliarden verschiedene Farben darstellen. Die Photonen überwanden den Abstand zwischen dem Polymeth und Ariks Augen, regten die Zäpfchen und Stäbchen der Netzhaut an, wurden in elektrische Impulse umgewandelt und vom Sehnerv an die Sehrinde im Hinterhauptslappen weitergeleitet. Erst dann konnte Arik überhaupt beginnen, den visuellen Input zu verarbeiten, was je nach Aufgabe in unterschiedlichen Hirnregionen stattfand.

Arik konnte sich eine weit effektivere Verarbeitung des Computeroutputs vorstellen. Wenn das BCI es einem erlaubte, unter Umgehung der primitiven Inputmethoden effizienter mit dem Rechner zu kommunizieren, ließe sich dann nicht ein BCI bauen, das auch die primitiven

Outputmethoden umging? Konnte man vielleicht auf die visuelle Darstellung, das Polymeth und die Augen ganz verzichten und die Information direkt ins Hirn übermitteln? Nsonowa lehnte es ab, sich mit Zwei-Wege-BCIs zu beschäftigen. Sie siedelte ihre eigene Definition von Machbarkeit zwischen dem an, was sie wusste, und dem, was sie nicht wusste, und die Risiken einer Umgehung der Sicherungen, welche die Evolution zwischen den Augen und dem Gehirn eingebaut hatte, kannte sie nicht. Sie wusste nur, dass das Denken etwas vollständig anderes war, als einem Computer die Kontrolle über das eigene Gehirn zu überlassen. Der kleinste Softwarefehler, die geringste Hardwarefehlfunktion oder fehlerhafte Berechnung konnte Folgen haben, für die sie nicht die Verantwortung übernehmen wollte. Sie fand die neue Technologie zwar reizvoll, vielleicht sogar unvermeidlich, doch sie wollte nicht selbst dafür verantwortlich sein, und Ariks Eltern sorgten dafür, dass auch ihr Sohn die Finger davon ließ.

Als Arik sich nach der Operation zum ersten Mal das BCI auf den Kopf setzte, hatte er Angst, er könnte es nicht mehr benutzen. Da er keine genaue Vorstellung von einer Embolie hatte und nicht wusste, was die OP in seinem Gehirn verändert hatte, konnte er auch nicht vorhersagen, ob seine neurologische Konditionierung beeinträchtigt und die Beziehung zur BCI-Software gestört worden war. Für Arik waren Computer Prothesen. Benötigte er mehr Speicherkapazität und Rechenleistung, als in seinem Kopf vorhanden war, oder wollte er seine Kommunikationsfähigkeiten erweitern, setzte er das BCI auf, öffnete seinen Arbeitsplatz und verschmolz auf eine Weise mit der Maschine wie noch kein Mensch vor ihm. Sollte diese Beziehung einmal beschädigt werden, würde er sie vermutlich nie mehr vollständig wiederherstellen können, und ein integraler Bestandteil von ihm wäre tot.

Arik nahm an, dass er entweder kein Problem haben würde, mit dem Computer zu kommunizieren, oder dass der Rechner unvorhersehbare Reaktionen zeigen würde. Entweder die konditionierte Hirnregion konnte vollständig interagieren, oder sie war irreparabel geschädigt. Stattdessen aber lag das tatsächliche Ergebnis irgendwo in der Mitte, wie Nsonowa es vermutlich vorhergesagt hätte. Er konnte anscheinend normal mit dem Rechner kommunizieren, doch hin und wieder traten »Fehler« auf. Bei einer getippten Erklärung für Dr. Nguyen – Arik konnte noch immer nicht richtig sprechen – beschrieb er es folgendermaßen: Er habe das Gefühl, er könne eine normale, flüssige Unterhaltung führen, doch dann falle ihm das nächste Wort nicht ein. Oder er gebe einen Code auf einer Tastatur ein, den er schon Tausende Male eingetippt habe, doch dann könne er sich auf einmal nicht mehr an die nächste Zahl erinnern. Arik begriff, dass es keine bestimmte Hirnregion gab, die wusste, wie man das BCI benutzte; vielmehr war das Wissen über die ganze neuronale Struktur verteilt. Doch sie war nicht bloß einmal gespeichert. Anscheinend gab es eine gewisse Redundanz, denn mit etwas Übung gelang es ihm, das Wissen wiederherzustellen und die Lücken zu füllen. Es kam darauf an, unbewusst die redundanten Information zu lokalisieren und die beschädigten Routinen neu zu sequenzieren. Es brauchte etwa eine Woche anstrengenden, wiederholten Übens, dann war Arik mit dem BCI wieder so fit wie zuvor.

Von seinem Arbeitsplatz aus sah Arik, wie Dr. Nguyen sich in Begleitung von Raakesh Priyanka, einem Freund seines Vaters, seinem Krankenzimmern näherte. Dr. Nguyen klopfte niemals an, deshalb verzichtete Arik auch darauf, ihm die Tür zu öffnen. Der Chirurg berührte neben der Tür die Wand, dann glitten die Lamellen beiseite. Beide Männer traten unangekündigt in den Raum.

»Hi, Arik«, sagte Dr. Nguyen. Er warf einen Blick auf das Krankenblatt an der Wand über dem Bett. »Wie fühlen Sie sich heute Morgen?«

Arik hatte seinen Arbeitsplatz bereits geleert und schrieb in so großen Buchstaben, dass die Worte von jeder Position aus zu lesen waren.

GUT.

»Sie können noch immer nicht sprechen?«

Arik hatte wieder zu sprechen begonnen, doch seine Aussprache war noch undeutlich. Er tippte lieber, wenngleich *tippen* nicht unbedingt die treffende Bezeichnung war. Seine Sätze erschienen komplett auf der Wand, nicht Buchstabe für Buchstabe, und zwar schneller, als wenn er sie hätte aussprechen müssen.

Ich arbeite noch dran.

»Gut. Üben Sie weiter. Priyanka kennen Sie ja schon.«

Priyanka war ein untersetzter, gut aussehender Inder Anfang vierzig. In Ariks Jugend war er hin und wieder zu Besuch gekommen. Wenn Arik zu Hause war, hatte er sich jedes Mal erkundigt, woran er arbeite, und anders als bei anderen Freunden seiner Eltern hatte sein Interesse aufrichtig gewirkt. Arik wusste nicht, womit Priyanka sich beschäftigte, was ihm seltsam vorkam, denn eigentlich wusste man von jedem, woran er in der V1 arbeitete. Der eigene Beitrag zum Ganzen war ein wichtiger Bestandteil der Identität. Arik war sich nicht sicher, ob er wirklich so wenig über Priyanka wusste, oder ob er es vergessen hatte. An andere Details erinnerte er sich genau, zum Beispiel daran, dass Priyanka nie zum Essen geblieben und immer gegangen war, bevor sie am Esstisch Platz genommen hatten. Arik hatte er zum Abschied zugewinkt.

Ja. Hi, Priyanka.

»Arik, Priyanka möchte ein paar Dinge mit Ihnen bereden. Ist das okay?«

Ja.

»Gut. Geben Sie mir Bescheid, wenn Sie etwas brauchen.«

Dr. Nguyen ging so abrupt und umstandslos hinaus, wie er eingetreten war. Priyanka schaute sich nach einer Sitzgelegenheit um. Der einzige Stuhl im Raum stand so, dass man im Sitzen Ariks Gesicht, aber nicht die Wand sehen konnte. Als Arik bemerkte, dass Priyanka überlegte, wie er die Unterhaltung möglichst ungezwungen gestalten konnte, verlagerte er seinen Arbeitsplatz zu der Wand rechts vom Bett, die vom Stuhl aus gut einzusehen war. Priyanka lächelte.

»Danke.«

Priyanka hatte ein Siliziumpapier dabei. Es war in der Mitte gefaltet, doch Arik machte mehrere handschriftliche Zeilen darauf aus. Siliziumpapier bestand aus zwei sehr dünnen Lagen Plastik, dazwischen waren einige

Milliarden magnetisierter Perlen von einem Mikrometer Durchmesser eingelagert. Mit einem magnetischen Stift übertrug man entweder positive oder negative magnetische Ladung, wodurch entweder die schwarze oder die weiße Halbkugel nach oben befördert wurde, je nachdem, ob man schreiben oder etwas löschen wollte.

»Yun hat mir gesagt, du könntest bald wieder nach Hause.«

Das hoffe ich.

»Ich auch. Hattest du irgendwelche Probleme mit dem BCI?«

Anfangs ein bisschen, aber jetzt nicht mehr.

»Gut. Du verfügst über eine sehr seltene Gabe.«

Alles eine Frage der Übung.

Priyanka lächelte. Er warf einen Blick auf seine Notizen, dann faltete er das Papier wieder. Anscheinend war er jetzt bereit, den eigentlichen Grund seines Besuchs anzusprechen. Arik fragte sich, weshalb man jemanden wie Priyanka zu ihm ließ, während seine Frau und sein bester Freund von ihm ferngehalten wurden.

»Arik, bevor du nach Hause gehen kannst, möchte ich dir ein paar Fragen stellen.«

Okay.

»Hast du irgendwelche Erinnerungen an den Unfall?«

Nein.

»Was ist das Letzte, woran du dich erinnerst?«

Meine Erinnerung ist nicht linear. Sie gleicht eher einem Apfel mit Wurmlöchern.

»Interessant. Wie wär's, wenn du mir erzählen würdest, woran du dich *nicht* erinnerst?«

Ich kann mich nicht an eine Fehlfunktion meines

Schutzanzugs erinnern. Und ich erinnere mich auch nicht, draußen gewesen zu sein.

»Aber du erinnerst dich, dass du nach draußen gegangen bist?«

Teilweise.

»Erinnerst du dich, überhaupt jemals draußen gewesen zu sein?«

Nein, aber ich glaube, ich war schon oft draußen.

»Weshalb?«

Weil ich mich nicht erinnern kann, dass ich nervös gewesen wäre.

»Hat dir jemand gesagt, was du draußen gemacht hast?«

Ja.

»Was war das?«

Ich habe ein Experiment vorbereitet.

»Was für ein Experiment?«

Das weiß ich nicht mehr. Ich weiß nur, dass es mit meiner Machbarkeitsstudie zum Terraforming der Venus in Verbindung stand.

»Hältst du das Terraforming der Venus für möglich?«

Möglich ist es wahrscheinlich, aber nicht praktikabel.

»Erklär das bitte.«

Es ist theoretisch möglich, die Venusatmosphäre mit der entsprechenden Ausrüstung und in einem angemessen großen Zeitraum gegen eine andere auszutauschen, die Leben ermöglichen könnte, doch im Moment gibt es keine Techologie, mit der man das bewerkstelligen könnte.

»Aber irgendwann musst du geglaubt haben, dass es machbar sei.«

Daran erinnere ich mich nicht. Ich kann nur annehmen, dass ich geglaubt habe, die Forschung daran sei lohnend.

»Weshalb hältst du das Projekt jetzt für undurchführbar?«

Ich habe die Ergebnisse meiner Experimente gesehen.

»Was ergibt sich daraus?«

Der Anbau genveränderter Pflanzen in dem vorhandenen Boden ist gegenwärtig der einzige Ansatz zum Terraforming der Venus. Der Venusboden ist jedoch steril.

»Wundert dich das?«

Nein. Das entspricht den Erwartungen.

»Wie bist du zu der Hypothese gelangt?«

Wir wissen, dass die Umweltbedingungen auf der Venus zu extrem sind. Nicht einmal die robustesten uns bekannten Mikroben könnten hier überleben.

Priyanka nickte. Offenbar war er zufrieden mit Ariks Antworten, doch es lag auf der Hand, dass er und einige andere nicht glücklich damit waren, dass er überhaupt draußen gewesen war. Arik fragte sich, ob sie etwas vor ihm verbergen wollten und ob seine Isolation vielleicht noch einen anderen Grund hatte als sein geschwächtes Immunsystem.

»Kannst du mir sagen, was man unter KP versteht, Arik?«

Künstliche Photosynthese.

»Was hältst du von künstlicher Photosynthese?«

Das ist ein schwieriges Thema.

»Würdest du meinen, sie stellt eine Herausforderung dar?«

Ja.

»Glaubst du, diese Herausforderung wäre deinen Einsatz wert?«

Ja.

»Glaubst du, künstliche Photosynthese ist machbar?«

Sie ist machbar. Die Frage ist, ob sie auch praktikabel ist.

»Okay. Glaubst du, sie ist praktikabel?«

Ja.

»Glaubst du, die KP ist wichtiger als das Terraforming?«

Ja. Ich glaube, Terraforming ist gegenwärtig nicht machbar.

»Erinnerst du dich, dass deine Aufgabe bei der Umweltabteilung darin besteht, an der KP zu forschen?«

Ja.

»Fühlst du dich fit genug, deine Arbeit wiederaufzunehmen?«

Ja.

»Gut.« Priyanka faltete das Papier wieder und schob es in seine Brusttasche. »Ich möchte dir noch eine letzte Frage stellen, Arik. Kannst du mir erklären, *weshalb* die KP so wichtig ist?«

Die Sauerstoffproduktion der Umweltabteilung liegt unter dem Planziel. Gegenwärtig haben wir keine Kapazitäten für zusätzliche Bewohner.

»Warum können wir nicht einfach Pressluft von der Erde importieren?«

Wir müssen die Abhängigkeit von der Erde so weit wie möglich reduzieren.

»Genau«, sagte Priyanka. Er erhob sich und lächelte. »Also, ich finde, dein Erinnerungsvermögen funktioniert perfekt. Ich werde mich für deine baldige Rückkehr an deinen Arbeitsplatz aussprechen.« Er wandte sich zur Tür, dann hielt er inne. »Übrigens, dein Vater hat mir die Neuigkeit von Cadie berichtet. Meinen Glückwunsch.« Er beobachtete Arik aufmerksam. »Ich hoffe, du machst dir keine Sorgen. Manchmal braucht es nur ein bisschen Druck, um einen entscheidenden Durchbruch zu erzielen.«

Arik antwortete nicht. Priyanka blickte zur Wand, dann sah er wieder Arik an. Arik rang sich ein Lächeln ab, dann tat Priyanka ihm den Gefallen, die Tür zu öffnen.

6
DIE GESCHICHTE DER V1, TEIL 2
ERDKRISE

Aus den historischen Aufzeichnungen, die Kelley zusammengestellt hatte, ging hervor, dass die Klimakrise der Erde schließlich als »Erdkrise« bezeichnet wurde, ein Sammelbegriff für die verheerende Luftverschmutzung und andere Umweltprobleme, die sich zusammen mit dem Klimawandel entwickelt hatten. Grassroot-Bewegungen infiltrierten erfolgreich die meisten politischen Institutionen, doch die politische Führung steckte in der Klemme, denn nahezu alle verfügbaren Optionen hätten erhebliche Auswirkungen auf die Weltwirtschaft gehabt. Das Zeitalter des Skeptizismus war längst vorbei; es gab fast keinen Menschen mehr, der nicht aus eigener Erfahrung wusste, was es bedeutete, auf einem hoffnungslos verschmutzten Planeten zu leben, und die neu entstandenen Organisationen befassten sich fast mit nichts anderem. Doch für einen gewählten Politiker war es nahezu unmöglich, die erforderlichen Gesetze zu erlassen und die Art von Sanktionen durchzusetzen, die messbare Ergebnisse erzielt hätten. Es gab ein paar Jahrzehnte mit »stufenweisen Reduzierungen« und »wirtschaftlichen Anreizen«, doch es gab so viele

Ausnahmen und Schlupflöcher, dass die Aussicht, nennenswerte Ergebnisse zu erzielen, gleich null war.

Dann aber kam es zu zwei Neuerungen, die es möglich machten, die Erdkrise technologisch und ökonomisch zu beherrschen. Die erste war die Kernfusion, bei der atomare Partikel miteinander verschmolzen wurden, anstatt Atome zu spalten. Die Kernfusion findet normalerweise in Sternen statt, wenn die Gravitationskräfte so stark werden, dass die Wasserstoffatome miteinander verschmelzen, und das Gleiche passiert in Atomwaffen, wenn die Energie einer kleineren Kernspaltungsbombe die wesentlich stärkere Fusionsreaktion auslöst.

Trotz der Verbindung zur nuklearen Kriegführung ist die Kernfusion wesentlich sicherer als die Kernspaltung. Fusionsreaktionen erfordern ganz spezielle Bedingungen, die selbstregulierend sind; sollte etwas schiefgehen, kommt der Prozess einfach zum Erliegen, und die Gefahr einer Kettenreaktion ist nahezu ausgeschlossen. Außerdem entsteht bei der Fusion weniger radioaktiver Abfall als bei der Kernspaltung, was weniger Aufwand bei der Entsorgung und ein geringeres Sicherheitsrisiko bedeutet. Der Trick bei der Kernfusion besteht freilich darin, die Reaktion in Gang zu bringen und unter kontrollierten Bedingungen so ablaufen zu lassen, dass mehr Energie frei wird, als zunächst aufgewendet werden muss. Bedingungen herzustellen, wie sie normalerweise nur im Innern von Sternen zu finden sind, ist äußerst energieintensiv, was bedeutet, dass es zu einem erheblichen Energieverlust kommt, bevor die Reaktion von selbst abläuft.

Als die Technik für eine sichere und effiziente Kernfusion perfektioniert war, wuchsen überall in der industrialisierten Welt Fusionsreaktoren wie Einkaufszentren aus dem Boden. Der Prozess wurde durch zwei Entdeckungen millionenfach effizienter: Erstens fand man heraus, wie man den nuklearen Abfall wieder in Brennstoff umwandeln konnte; und zweitens entwickelte man eine Technik, um die freigesetzte Fusionsenergie direkt zu nutzen, anstatt erst Wasser zu verdampfen und damit Turbinen anzutreiben. Schon nach wenigen Jahrzehnten stand fast überall auf der Welt eine unbegrenzte Menge billiger, umweltneutraler Energie zur Verfügung.

Gleichzeitig mit der Einführung der Kernfusion wurde in den meisten Industriestaaten das mit einem Nobelpreis ausgezeichnete Konzept der End-of-Life-Plans, kurz ELPs, eingeführt. ELPs waren leicht verständliche Anweisungen zur Entsorgung von Produkten und Verpackungen. Natürlich gab es strenge Richtlinien für die ELPs, die auch überwacht wurden. Dazu gehörte, Produkte nach Ablauf der Nutzung an den Hersteller zur Wiederverwertung zurückzugeben, sie an örtlichen, auf das Recyceln spezialisierten ELP-Stationen abzugeben oder sie in die entsprechende Abfalltonne zu werfen, wenn das Material harmlos war.

Die ELPs wurden bei den Verbrauchern konsequent durchgesetzt. Jeder Verstoß wurde mit Geldstrafen oder Sozialdienst geahndet, bisweilen auch mit fantasievollen öffentlichen Strafen wie dem Tragen hellgrüner Overalls. Kein Produkt durfte ohne gültiges ELP-Zertifikat erworben, verkauft oder importiert werden, was zur Folge hatte, dass ebenso viel Sorgfalt auf die spätere Entsorgung eines Produkts verwandt wurde wie auf seine Herstellung. Produkte, die weder leicht recycelbar, wiederverwertbar, erneuerbar, kompostierbar, umwandelbar oder biologisch abbaubar waren, blieben im Regal stehen. Die Menschen wollten bei der Entsorgung ein ebenso reines Gewissen haben wie beim Kauf.

Ursprünglich hatte man befürchtet, die ELPs könnten die bereits angeschlagene Weltwirtschaft weiter belasten. Die Theorie besagte, dass steigende Kosten für Forschung und Entwicklung zu Preisen führten, die der Markt nicht tragen konnte. Tatsächlich aber leiteten die ELPs eine neue Ära des nachhaltigen ökonomischen Wachstums und Wohlstands ein. Selbst die klügsten und bestbezahlten Ökonomen hatten das schlechte Gewissen unterschätzt, das die Medien den Konsumenten nach und nach eingeimpft hatten, weil sie Produkte kauften, die jahrhundertelang in Deponien überdauerten, während sie nur für kurze Dauer oder höchstens ein Jahr lang funktionierten. Die Preise stiegen, das ist wahr, jedoch nur vorübergehend; die Mehrkosten wurden durch die Dynamik des unbeschwerten Konsumierens und durch die Möglichkeit der Wiederaufbereitung und des Wiederverkaufs ausgemusterter Produkte mehr als aufgewogen. Völlig neue Industrien entwickelten sich rund um die ELP-Stationen. Die Herstellungskosten sanken, da immer mehr recycelte Komponenten verwendet und immer weniger Rohstoffe gekauft und umgewandelt werden mussten. Viele Fabrikanten wurden zu Refabrikanten. Die Qualität der Produkte verbesserte sich sogar, sodass deren Einzelteile in zukünftigen Versionen wiederverwendet werden konnten. Die Elektronikfirmen bauten sehr schnelle Prozessoren in ihre Geräte ein, untertakteten sie jedoch. Wenn sie bei der Wiederverwertung wieder im Produktionsprozess auftauchten, wurden die Beschränkungen einfach aufgehoben, und das Gerät wurde als neue, verbesserte Version verkauft. Die ELPs gestatteten es selbst den größten und mächtigsten multinationalen Konzernen, von nachhaltigen und verantwortungsvollen Herstellungsmethoden zu profitieren, ohne ihre aggressive Firmenpolitik einmotten zu müssen.

Die Kosten für Herstellung, Verpackung und Transport wurden durch automatisierte On-Demand-Fabriken weiter reduziert. AODF hatten ursprünglich ein ähnliches Konzept wie Drucker. Ein Drucker konnte jedes erdenkliche Bild herstellen, vorausgesetzt, er verfügte über die nötigen Farben und die entsprechenden Anweisungen. Desgleichen konnten AODF auf der Grundlage von Bauplänen, Spezifikationen und den erforderlichen Rohstoffen Tausende unterschiedliche individualisierte Produkte produzieren, verpacken und versenden.

AODF waren theoretisch ausgesprochen simpel, stellten in der Praxis aber die komplexesten Systeme dar, die je geplant und gebaut worden waren. Eine typische AODF nahm Dutzende Quadratkilometer ein und umfasste Tausende hochdiversifizierte Roboter und Maschinen sowie Hunderte Tonnen Rohstoffe. Wenn eine AODF online ging, brauchten die Menschen nur noch Rohstoffe anzuliefern und die versandfertigen Waren abzutransportieren. Alles andere wurde von hochflexiblen, eigenständigen, selbstorganisierenden Maschinen erledigt. Der ganze Prozess der Terminierung und der

Koordination lief vollautomatisch ab, einschließlich der Annahme und Bestätigung von Bestellungen, der Lokalisierung entsprechender Pläne und Spezifikationen, der Konvertierung der Rohstoffe, der Herstellung und Verpackung der fertigen Produkte – alles so schnell und effizient wie möglich. AODF bereiteten sogar Versandpläne vor, bevor die Produkte auf die Laderampe geschafft und abtransportiert wurden.

Selbst die Erfinder der AODF hatten nur eine vage Vorstellung von dem, was in den riesigen, unbeleuchteten elektronischen Bienenstöcken vor sich ging.

AODF ermöglichten bei der Produktion eine bislang unvorstellbare Effizienz. Ein paar Dutzend AODF fertigten über 90 Prozent der weltweit benötigten Produkte, und jedes davon wurde nur dann gefertigt, wenn es gebraucht wurde. AODF waren in der Lage, Fehlerdiagnosen und Reparaturen durchzuführen, die aufgrund der hohen Arbeitskosten bislang unrentabel gewesen waren, und nach und nach wurden sie so weit verbessert, dass sie alle möglichen Rohstoffe verarbeiten konnten – selbst Wagenladungen von Produkten, die ihre Haltbarkeit überschritten hatten. Alles, was hergestellt wurde, hatte das Potenzial, sich in einer AODF irgendwann in etwas anderes zu verwandeln, und fast nichts wurde verschwendet. Und natürlich erfolgte der Betrieb mit der im Überfluss vorhandenen und vollkommen verschmutzungsfreien Energie der Fusionsreaktoren.

Doch selbst nachdem die Erzeugung von Treibhausgasen und die Luftverschmutzung fast vollständig zum Erliegen gekommen waren, so war doch schon so viel Kohlendioxid und Methan freigesetzt worden und in den

Meeren gebunden, dass selbst die optimistischsten Prognosen für Hunderte Jahre einen weiteren Temperaturanstieg vorhersagten. Dank der unbegrenzt vorhandenen Energie war es jedoch möglich, die infrarotabsorbierenden Moleküle in der Luft in weniger schädliche Stoffe aufzuspalten, ohne zusätzlichen Abfall zu erzeugen. Luftkatalyse-Maschinen reduzierten die Treibhausgase viel schneller, als Mutter Natur es vermocht hätte, und ebneten so den Weg für einfachere und billigere Innovationen wie Eispapier.

Eispapier wurde von einem Collegestudenten erfunden, der herausfand, dass die dem Himmel zugewandte Oberfläche sämtlicher Autos weltweit nahezu der Fläche der längst geschmolzenen arktischen und antarktischen Eiskappen entsprach. Anstatt einen Fachartikel über sein Konzept zu verfassen – was seinen Professor verärgert hätte, weil er nicht selbst darauf gekommen war –, ging er vom College ab und erfand das Eispapier. Dank seiner Freundin – die Politikwissenschaft studierte, bevor sie das Studium ihrerseits hinschmiss – wurde das Eispapier alsbald für jede Motorhaube, jedes Dach, jeden Anhänger und jeden Kofferraum Vorschrift, wodurch die Fähigkeit der Erde, Sonnenstrahlung in den Weltraum zu reflektieren, in wenigen Jahren wiederhergestellt wurde. Durch die Korrelation mit der Strahlungsreflexion durch Autos wuchs die Eispapiermenge proportional zur Industrialisierung und Urbanisierung bestimmter Regionen, sodass diese Methode letztlich effektiver und effizienter war, als die Polarkappen es je sein konnten.

Mit dem Aufblühen der globalen Wirtschaft und der saubersten, gesündesten Umwelt seit der industriellen

Revolution wurde die Erdkrise offiziell für »abgewendet« erklärt, und es war wieder an der Zeit, den Blick auf die Weltraumerkundung und Expansion zu lenken – oder, wie die Politiker nicht müde wurden zu wiederholen, »mit dem Weltraum endlich ernst« zu machen. Die Herausforderungen der vergangenen 160 Jahre hatten zu einem beispiellosen Maß an globaler Zusammenarbeit geführt, die sich auf das neue Weltraumprogramm übertrug und zur Gründung der Global Space Agency GSA führte.

Die Zentrale der GSA wurde dort errichtet, wo China, Pakistan und Indien aneinandergrenzen, in der Region Aksai Chin. Logistisch machte das Sinn, denn die Gegend war nahezu unbewohnt; aufgrund der Abschirmung durch den Himalaya gab es kaum Niederschläge, und es handelte sich um eine flache Salzwüste, auf der man leicht bauen konnte. Anfangs gab es Bedenken wegen der bisweilen extremen Kälte, doch die Russen überzeugten die Gebietsauswahlkommission, dass Raketenstarts bei Minustemperaturen nicht nur sicher, sondern auch belebend seien. In politischer Hinsicht war der Ort ein Symbol für die Fähigkeit der Weltgemeinschaft, jahrhundertealten Streit um des Wohlergehens der Menschheit willen hintanzustellen.

Die GSA brauchte eine Aufwärmphase, bevor sie große Missionen in Angriff nahm, deshalb stellte man die Mondbasis fertig (die nie als Weltraumkolonie betrachtet wurde, denn sie war zwar ständig bemannt, doch es gab keine dauerhaften Siedler), setzte das Mondteleskop instand, baute die ISS II (die diesmal wie eine richtige Weltraumstation aussah, mit rotierenden Segmenten, in denen Schwerkraft herrschte, und großen Beobachtungsdecks mit Fenstern) und unternahm sogar mehrere bemannte Marsmissionen. Mit einer Erfolgsrate von 99 Prozent, mit unerwarteter öffentlicher Unterstützung und in einer Zeit des ökonomischen, wissenschaftlichen und kulturellen Aufschwungs hatte sich die Menschheit das Recht verdient, sich im gesamten Sonnensystem auszubreiten.

7
WASSERDRUCK

Am Tag bevor Arik die Arbeit im Life Pod aufnahm, bekam er eine Audionachricht von einer ehemaligen Lehrerin. Ihre Stimme klang kultiviert und selbstbewusst, jedoch mit besorgtem Unterton.

»Hallo, Arik. Hier Rosemary Grace. Ich habe gerade erfahren, dass Sie dem Life Pod zugeteilt wurden. Ich hatte zwar gehofft, dass wir Sie bekommen würden, glaubte aber, dass es nicht möglich wäre. Ich möchte Sie bitten, morgen auf dem Weg zur Arbeit in meinem Büro vorbeizuschauen. Ich würde gern ein paar Dinge mit Ihnen besprechen. Es dauert nur ein paar Minuten. Betrachten Sie es als Ihre letzte Hausaufgabe. Bis dann.«

Rosemary arbeitete in der Abteilung für Wasseraufbereitung, die Ariks Vater leitete. Sie war ursprünglich eine Umwelt- und Hydraulikspezialistin, hatte Gen V aber nicht nur mit der Strömungslehre, der Fließdynamik und der Teilchenbildgeschwindigkeitsmessung bekannt gemacht. Auf diesen Gebieten seien Computer gut, hatte sie gemeint. Die nächste Generation von Wissenschaftlern und Ingenieuren müsse bessere Kompetenzen in den Bereichen haben, in denen Computer nicht gut seien: Kreativität, Intuition, Erfindungsreichtum und, vielleicht am wichtigsten überhaupt, Neugier.

Während der einen Hälfte ihres Unterrichts ging es um harte Wissenschaft, während der anderen weniger um Wissen, als vielmehr darum, *lernen* zu lernen – kritisch und kreativ zu denken, um unlösbar erscheinende Probleme zu bewältigen. Ihre Unterrichtsstunden waren die anregendsten, fesselndsten und herausforderndsten, die Arik je erlebt hatte.

Gleich zu Anfang hatte sie ihnen die wahre Bedeutung von Ockhams Rasiermesser klar gemacht. Entwickelt im vierzehnten Jahrhundert von einem englischen Logiker, wurde Ockhams Rasiermesser im Allgemeinen so verstanden, dass von mehreren gleichwertigen Hypothesen für gewöhnlich die einfachste die richtige sei. Rosemarys Ansicht nach stellte dies ironischerweise eine unzulässige Vereinfachung des Prinzips dar und keine zutreffende oder auch nur nützliche Interpretation. Nichts sei einfach, betonte sie, und es gebe keinen Grund, eine einfache Lösung für wahrer anzusehen als eine komplizierte. Ihrer Erfahrung nach sei ein System umso brauchbarer, verlässlicher und realistischer, je mehr Variablen, Feinheiten, Abweichungen und Eventualitäten es berücksichtige. Unsere Vorliebe für das Einfache – unser Bedürfnis, alles auf Gut oder Schlecht, Schwarz oder Weiß, On oder Off zu reduzieren – lasse sich nur selten dem Universum aufzwingen, so sehr wir uns auch bemühten. Wenn etwas einfach scheine, habe man es einfach nicht genau genug betrachtet und nicht genug Schichten entfernt, um den Kern zum Vorschein zu bringen.

Die wahre Bedeutung von Ockhams Rasiermesser,

glaubte Rosemary, liege darin, dass Erklärungen und Lösungen von allem befreit werden sollten, was keine wirkliche Bedeutung für das fragliche System habe. Beim Lösen von Problemen gehe es weniger um Vereinfachung, sondern man müsse sie in richtiger und realistischer Weise auf das Relevante reduzieren. Und eine der besten Methoden, ein Problem auf das Relevante zu reduzieren, bestehe darin, die meisten Annahmen zu verwerfen. Nichts habe Forscher dermaßen in die Irre geleitet und den wissenschaftlichen Fortschritt so stark behindert wie falsche und unangemessene Annahmen und Vorurteile.

Rosemarys persönliches Motto, das sie ihren Studenten unablässig einschärfte, lautete: Stelle alles infrage.

Rosemarys Büro lag im ersten Stock des Wet Pods, unmittelbar über der Aufbereitungsanlage, gleich neben der Metalltreppe. Der Geruch der Chemikalien aus der Wasseraufbereitungsanlage erinnerte Arik an seinen Vater; er hing in seiner Kleidung und in seinem Haar, und wenn Arik sich als Kind zum Arbeitsplatz vorgebeugt hatte, um ihm zu helfen, oder wenn Darien an ihm vorbeigegangen war, hatte er den Geruch geschnuppert. Die meisten Leute fanden ihn unangenehm, doch er erinnerte Arik an zu Hause.

Als die Tür aufging, wurde der Geruch vom Duft frisch gebrauten Kaffees überlagert, und Arik erinnerte sich, dass Rosemary stets eine Kanne mit frischem Kaffee bereithielt, obwohl sie Tee eigentlich lieber mochte. Damit kaschierte sie den Geruch der Chemikalien – der sie an Arbeit erinnerte, nicht an zu Hause – und sorgte für ein stetes Kommen und Gehen ihrer Mitarbeiter, sodass sie sich auf dem Laufenden halten konnte, ohne formelle Meetings einberufen zu müssen. Einmal sagte sie zu ihren Studenten, Meetings dienten nicht der Kommunikation, sondern dem Beheben von Kommunikationspannen. In einer gut organisierten Arbeitsumgebung sollte die Kommunikation unterbrechungsfrei, effizient und organisch vonstattengehen. Formelle Meetings wären dann nur selten nötig.

»Treten Sie ein, Arik«, sagte Rosemary freundlich. »Danke, dass Sie gekommen sind.«

Sie saß vor ihrem Arbeitsplatz, die Hände um einen Becher Tee gelegt. Rosemarys Alter war schwer zu schätzen, denn ihr scheinbares Alter hing stark von ihrer jeweiligen Tätigkeit ab. Wenn sie sich konzentrierte, traten die Falten um ihre Augen und ihren Mund hervor, und ihr drahtiges Haar wirkte eher grau als blond. Wenn sie sich aber ereiferte – wenn sie redete, in Bewegung war, lächelte und gestikulierte –, dann wirkte sie ungewöhnlich schön und ebenso jugendlich wie Arik.

Die Bürowände waren gegenwärtig transparent und gewährten eine fantastische Aussicht auf die Wiederaufbereitungsanlage. Man sah ein kompliziertes Netzwerk von Rohren, Ventilen, Pumpen und schmalen Laufstegen, dazwischen klare, blaue Wasserflächen. Darien hatte Arik als Kind mehrfach im Wet Pod herumgeführt, und einige Vorlesungen hatten in Rosemarys Büro stattgefunden, deshalb war der Anblick für ihn nichts Neues. Interessanter fand er das komplizierte Modell der Anlage auf dem Tisch in der Mitte des Raums.

»Wollen Sie mir vor Beginn meiner Laufbahn eine

letzte Lektion erteilen?« Arik schaute sich das Modell genauer an, beugte sich vor und betrachtete es aus verschiedenen Blickwinkeln.

»Könnte man so sagen. Wissen Sie, was für ein Modell das ist?«

»Nein. Die V1 kann es nicht sein.«

»Ist es auch nicht. Das ist die V2. Oder jedenfalls das Modell im aktuellen Entwicklungsstadium.«

»Ist das maßstabsgetreu?«

»Ja. Fallen Ihnen irgendwelche Unterschiede zur V1 auf?«

»Das Gewächshaus fehlt.«

»Ja, das ist der auffälligste Unterschied. Sonst noch etwas?«

Wie gewöhnlich gab Rosemary nichts von sich aus preis, Arik musste es selbst herausfinden. »Der Wasserturm.«

»Genau. Wie Sie wissen, verwenden wir Pumpen, um Wasserdruck aufzubauen, aber Pumpen benötigen eine Menge Energie und müssen ständig gewartet werden. Da der Wasserverbrauch heftig schwankt, setzen wir unterschiedliche Pumpen ein, um den Druck je nach Nachfrage zu erhöhen oder zu senken. Das ist nicht nur ineffizient, sondern auch unglaublich *unelegant.*«

»Dann soll die V2 also mit einem Wasserturm ausgestattet werden?«

»Das ist mein Vorschlag. Wassertürme benutzen die Schwerkraft, um den erforderlichen Druck zu erzeugen. Und man benötigt nur eine einzige Pumpe, um den Turm vom Wasserreservoir aus aufzufüllen. Das verbraucht viel weniger Energie und senkt den Wartungsbedarf.«

»Weshalb hat die V1 keinen Wasserturm?«

»Damals konnte man noch keinen bauen. Eigentlich gilt das noch immer, aber darüber mache ich mir später Gedanken. Erst mal muss ich nachweisen, dass die Idee gut ist. Was meinen Sie?«

»Ich finde, das klingt sinnvoll. Je weniger bewegte Teile, desto besser.«

»Genau. In Bezug auf den Maschinenbau wurde noch kein wahreres Wort gesprochen.«

»Weshalb haben Sie ein reales Modell gebaut?«, fragte Arik. »Wieso haben Sie sich nicht mit Computermodellen begnügt?«

»Ah, eine ausgezeichnete Frage und exakt der Grund, weshalb ich Sie hergebeten habe. Wir haben Computermodelle, aber woher sollen wir wissen, dass sie zutreffend sind, wenn wir sie nicht an einem physischen Modell testen?«

»Weshalb sollten sie nicht zutreffend sein? Auf mich macht das einen recht unkomplizierten Eindruck.«

Rosemary betrachtete stirnrunzelnd das Modell. »Ich weiß nicht warum, aber das ist es nicht. Alles, was mit dem Wasserspeicher und der Verteilung in Zusammenhang steht, korreliert im physischen Modell und in der Computersimulation, und das physische Modell ist auch im exakten Maßstab ausgeführt, aber die Drucksensoren zeigen höhere Werte an als bei den Computermodellen.«

»Dann muss es im physischen Modell einen Fehler geben.«

»Warum beim physischen Modell? Warum nicht im Computermodell?«

»Weil die hydrostatischen Formeln gut verstanden und

bewiesen sind, deshalb können sie nicht falsch sein. Außerdem können Computermodelle viel leichter analysiert werden, deshalb steckt der Fehler wahrscheinlich im physischen Modell.«

»Stimmt, aber andererseits hat das physische Modell den Vorzug, real zu sein. Außerdem unterliegt es der tatsächlichen Schwerkraft. Die Alltagsphysik ist ein Argument, um das man schwerlich herumkommt.«

»Vermutlich ist es gleichgültig, wo das Problem liegt«, sagte Arik. »Wichtig ist nur, dass es einen Widerspruch gibt, der verstanden werden muss.«

»Das ist die richtige Betrachtungsweise. Die Annahme, der Fehler liege hier oder dort, würde einen daran hindern, die Lösung zu finden. Bedauerlicherweise suche ich schon seit zwei Tagen danach und kann ihn nicht finden.«

Arik begriff, dass dies nicht seine letzte Unterrichtsstunde war, sondern dass Rosemary – zweifellos die anregendste, fesselndste und effektivste Lehrerin, die er je gehabt hatte – ihn um Hilfe bat. »Soll ich's mal versuchen?«

»Bitte. Natürlich nicht jetzt gleich, sondern dann, wenn Sie Zeit haben. Ich würde die Softwaremodelle gerne zur Analyse ans Code Pod geben, aber Sie wissen ja, wie das läuft. Es würde Monate dauern, bis die sich damit beschäftigen, und weitere fünfzehn Minuten, bis es heißt, sie könnten nichts machen.«

»Vergessen Sie das Code Pod«, sagte Arik. »Ich mache das. Kopieren Sie einfach alles, was ich brauche, auf meinen Arbeitsplatz.«

»Ich danke Ihnen, Arik«, sagte Rosemary. »Ich weiß, Sie werden erwartet, aber da ist noch etwas.«

»Kein Problem.«

»Ich möchte Ihnen im Hinblick auf die Arbeit im Life Pod einen kleinen Rat geben.«

»Okay.«

»Man wird Sie bitten, einige sehr schwierige Probleme zu lösen, Probleme, an denen andere bislang gescheitert sind.«

»Das hoffe ich.«

Rosemary beugte sich vor und setzte den Becher ab. Arik hatte den Eindruck, sie wolle seine Reaktion auf ihre nächste Äußerung genau mitbekommen. »Ich kann Ihnen nur raten, sich auf Ihren Instinkt zu verlassen. Bislang konnten die Probleme nicht deshalb von niemandem gelöst werden, weil sie unlösbar wären. Sondern weil noch niemand die richtige Herangehensweise gefunden hat. Kennen Sie Einsteins Definition des Wahnsinns?«

»Nein.«

»Immer wieder und wieder das Gleiche tun und jedes Mal andere Ergebnisse erwarten.«

Arik nickte. Er verstand, was sie ihm damit sagen wollte. Sie spielte auf alles an, was sie Arik und Gen V über das Denken gelehrt hatte – und verknüpfte ihre unkonventionelle Lehrmethode mit der Aufforderung an Arik, in der realen Arbeitswelt unkonventionell zu denken. Nicht seine Kenntnis auf den Gebieten der Programmierung, der Botanik oder der Chemie würden letztlich über seinen Erfolg im Life Pod entscheiden; es kam vor allem darauf an, dass er sich auf die Dinge konzentrierte, die er nicht wusste.

»Ich verstehe.«

»Gut. Dann können Sie sich vermutlich denken, worin mein letzter Rat besteht.«

»Ich glaube schon«, sagte Arik. »Alles infrage zu stellen.«

Rosemary nickte lächelnd. Das war aufmunternd gemeint, doch Arik kannte sie zu gut, um ihr Unbehagen nicht zu spüren.

8
DAS SMARAGDAUGE DER VENUS

Vier Tage, nachdem Arik und Cadie die Arbeit im Life Pod aufgenommen hatten, gab es eine Einführung. Die Karrierekommission würde noch zwei Tage mit Anhörungen beschäftigt sein, doch die Direktorin der Umweltabteilung hatte ihre Anstellungsquote bereits erfüllt und erwartete kein zusätzliches Personal mehr.

Arik und Cadie hatten die ersten vier Tage im Labor verbracht. Ihre Büros grenzten aneinander, und wenn die Polymeth-Wand, die sie voneinander trennte, nicht getrübt war, konnten sie einander sehen. Das war natürlich kein Zufall; sie brauchten ihr eigenes Labor, damit der eine Chemikalien mischen konnte, während der andere Software testete, doch sie waren auch auf reibungslose Zusammenarbeit angewiesen. Sie konnten sich schnell mal besuchen oder ihre Arbeitsplätze auf beide Seiten der geteilten Polymeth-Wand projizieren und sich austauschen. Bislang hatten sie nicht viel Zeit miteinander verbracht, doch sie wussten, dass der professionelle Umgang, den sie bei der Arbeit am ODSTAR-Projekt entwickelt hatten, auch bei der Lösung der realen Probleme im Life Pod von Nutzen sein würde.

Die Anfänger hatte man gebeten, die Kuppel erst nach der offiziellen Führung zu betreten, deshalb nahmen Arik und Cadie dort noch keine Aufgaben wahr. Arik verbrachte seine Zeit damit, seine Kenntnisse auf den Gebieten der Botanik, der Photosynthese und der menschlichen Atmung zu erweitern; Cadie, die bereits über ein gutes Grundwissen in Biologie verfügte, beschäftigte sich vor allem mit den Lebenserhaltungssystemen der V1. Abwechselnd stehend und sitzend, schoben sie ihre Arbeitsplätze auf den Laborwänden umher, studierten Videos und 3-D-Modelle und lösten virtuelle Probleme, um ihr Wissen zu testen und zu vertiefen. Am Nachmittag des vierten Tages empfingen alle neuen Mitarbeiter eine Videonachricht. In der Ecke des Arbeitsplatzes erschien Subhas Gesicht und forderte sie fröhlich auf, sich den Rest des Tages freizunehmen. Am nächsten Morgen sollte die Einweisung erfolgen. Schluss mit Spielen; jetzt wurde es ernst.

Am nächsten Tag standen Arik, Cadie und die anderen sechs Berufsanfänger vor dem Eingang der Umweltabteilung. Bis auf zwei hatten sie zwar alle bereits die Arbeit aufgenommen und Büros zugeteilt bekommen, doch dies war die offizielle Initiation. Das Gefühl von Erwartung und Staunen war in der Gruppe nahezu greifbar – und auch ein wenig Stolz war dabei. Arik wurde bewusst, dass sie von jetzt an von den Gründern als ebenbürtig angesehen würden; von heute an würden sie Seite an Seite arbeiten, die gleichen Probleme lösen, über die gleichen Missgeschicke klagen und die gleichen Triumphe miteinander teilen. Er wusste, er würde eine Menge Fragen stellen müssen, bis er sich eingearbeitet hätte, doch er wusste auch, dass es nicht lange dauern würde, bis seine Kollegen ihn um Rat fragen würden.

Bei der Einweisung ging es vor allem um den Zugang zur Kuppel. Die kleine Eingangsschleuse war zwar nicht gesichert, soviel Arik wusste, doch nur Mitarbeitern des Life Pods war der Zugang gestattet. Arik vermutete, dass nicht mehr als hundert Personen die Kuppel je betreten hatten und nur ein kleiner Prozentsatz davon wirklich begriffen hatte, was sie da vor sich hatten.

Die Kuppel war das Herz der V1. Sie befand sich im Zentrum der Station, und ihre Aufgabe war es, die V1 auf möglichst effiziente und intelligente Weise mit Atemluft zu versorgen.

Ursprünglich hatte Arik mit der Entscheidung der Karrierekommission, ihm die Umsetzung des Erdfahrstuhls zu verweigern, gehadert, doch schon nach wenigen Stunden in seinem neuen Labor und dem ersten Blick durch die halbtransparente Wand, welche das Life Pod von der Kuppel trennte, gewann die Erregung über das Neue und Unbekannte die Oberhand. Ihm wurde bewusst, dass ihn weniger der Erdfahrstuhl als solcher gereizt hatte, sondern vielmehr die damit verbundene Herausforderung, die Gelegenheit, kreativ zu denken, und die Aussicht, etwas Bedeutendes zu schaffen. Wenn ihm die Arbeit im Life Pod die gleichen Erlebnisse verschaffen konnte, war er bereit, sich vollständig reinzuhängen.

Cadie stand neben Arik, während sie darauf warteten, dass die Einweisung begann. Die Direktorin würde sie persönlich herumführen. Sie hieß Subhashini Ramasubramanain, ließ sich aber gerne Subha nennen. Sie war eine umgängliche Frau mit einer ungewöhnlichen Begeisterung für ihre Arbeit. Sie war mit Priyanka verheiratet und etwa im gleichen Alter wie er, wirkte aber viel jünger, was sich auch in ihrer Kleidung ausdrückte. Alle Bewohner der V1 trugen praktische, leichte, einheitlich gefärbte Kleidungsstücke aus Nanofasern, die kompatibel waren mit den UV-Apparaten, mit denen sie keimfrei gemacht wurden. Alle außer Subha. Nie sah man sie ohne langen, bunten Baumwollrock oder bodenlangen Sari. Wie sie ihre Kleidung reinigte, wussten nur sie und Priyanka.

Heute trug sie einen Rock mit weinrotem Blumenmuster und ein weißes Synthetiktop: Sie trat aus dem Life Pod und begrüßte ihre neuen Mitarbeiter mit breitem Lächeln. Die Zähne blitzten in ihrem dunklen Gesicht.

»Guten *Mor*-gen«, trällerte sie. »Sind alle da?« Sie zählte die Anwesenden mit dem Zeigefinger ab. »Großartig! Dann kann es ja losgehen!«

Sie stellten sich in einer Reihe auf und traten nacheinander durch die Tür in den Eingang des Life Pods. Cadie hielt sich an Ariks Seite, und er ergriff unwillkürlich ihre Hand, dann besann er sich und ließ sie wieder los. Sie wechselten einen verstohlenen Blick und lächelten sich an. Subha ging rückwärts, damit sie die Gruppe im Blick behalten konnte.

»Zunächst möchte ich Sie alle in der Umweltabteilung willkommen heißen und Ihnen dazu gratulieren, dass Sie für diese verantwortungsvolle Aufgabe ausgewählt wurden. Alle Stellen in der V1 sind im Prinzip gleichwertig, doch ich glaube, wir alle wissen, dass einige gleichwertiger als andere sind.«

Das gefiel den Zuhörern. Vermutlich bekamen alle Berufsanfänger in den anderen Abteilungen Ähnliches zu hören. Es bestand eine gutmütige Rivalität zwischen den einzelnen Pods, die sich hin und wieder, wenn die Zeit es erlaubte, im Play Pod in Kricketspielen manifestierte. Subha wollte diese Tradition anscheinend fortführen.

»Die Umweltabteilung ist in zwei Sektionen aufgeteilt: die Labore und die Kuppel. Alle Laboratorien liegen beiderseits dieses Flurs, in der Mitte befinden sich zwei Lagerräume. Aufgrund der räumlichen Beschränkungen dient Ihr Labor auch als Büro, und bedauerlicherweise werden sich einige von Ihnen das Labor miteinander teilen müssen, bis wir die Räumlichkeiten umkonfiguriert haben. Wir hoffen, dass alles fertig ist, wenn Sie anfangen, aber die Infrastrukturabteilung ist trotz unserer Drohung, ihren Sauerstoff umzuleiten, nicht fristgerecht fertig geworden.«

Die Gruppe registrierte mit Erleichterung, dass ihre Vorgesetzte Humor besaß. Arik sah Cadie an und bemerkte, dass sie lächelte, von Subhas Vortrag ganz in Beschlag genommen. Bislang gefiel Subha Arik, doch ein abschließendes Urteil wollte er sich noch vorbehalten. Seiner Erfahrung nach hatten einige der nachtragendsten Menschen, denen er je begegnet war, anfangs einen umgänglichen Eindruck gemacht. Man konnte unmöglich wissen, ob jemand ein freundliches Wesen hatte oder auf beiden Seiten des sozialen Spektrums zu Hause war. Im Geiste vernahm Arik Rosemarys Stimme, die ihn daran erinnerte, alles infrage zu stellen.

»Wenn man Sie erst einmal bestimmten Projekten zugeteilt hat, werden Sie besser verstehen, woran Sie forschen und mit wem Sie zusammenarbeiten werden, deshalb wollen wir uns über die Labors im Moment noch keine Gedanken machen. Ich glaube, wir sollten den Vormittag besser in der Kuppel verbringen, was meinen Sie?«

Cadie und die anderen jubelten vor Begeisterung, und auch Arik musste lächeln. Sie standen am Ende des Flurs, vor der kleinen Polymeth-Schleuse, dem Eingang zur Kuppel. In gewisser Weise symbolisierte dies den Beginn ihres Erwachsenenlebens.

»Ausgezeichnet. Als Erstes dürfte Ihnen auffallen, dass Sie die Kuppel durch eine Luftschleuse betreten müssen. Die Schleuse trägt dazu bei, die Innenatmosphäre stabil zu halten, damit man den Sauerstoffgehalt leichter überwachen und regeln kann. Alles läuft vollautomatisch ab, Sie brauchen nichts weiter zu tun als zu warten. Wir gehen jeweils zu zweit in die Schleuse, die anderen warten, bis sie an der Reihe sind.« Sie zeigte auf einen der Berufsanfänger. »René, Sie kommen mit mir.«

Subha betrat die Schleuse als Erste, René folgte ihr. Hinter ihnen schloss sich die Tür. Ihre Haare bewegten sich und die Kleidung flatterte, während die Luft ausgetauscht wurde. Als der Ausgleich hergestellt war, öffnete sich vor ihnen die Tür, und sie traten hindurch. René machte ein komisches Gesicht, als er sich umschaute und die Luft schnupperte. Subha gab ein Zeichen, dass die nächsten beiden in die Schleuse gehen sollten.

Da René Subha begleitet hatte, war die Zahl der Wartenden ungerade. Normalerweise hätte Arik sich zurückgehalten und hätte die Schleuse als Letzter betreten, doch es kam ihm selbstverständlich vor, dass er und Cadie gemeinsam hineingingen. Arik hatte sich immer schon gewünscht, Cadie mal in die Kuppel zu führen, und er hatte seinen Vater hin und wieder gefragt, ob sich das machen ließe, hatte aber keine Erlaubnis bekommen. Deshalb machten sie das Gleiche wie alle anderen Paare der V1; sie vertieften sich in interaktive 3-D-Umgebungen, spielten Tischtennis im Play Pod, fuhren mit der Magnetschwebebahn von Pod zu Pod und johlten in den Tunneln, die Hände auf den harten Plastiksitzen ineinander verschränkt.

Die Tür schloss sich hinter ihnen, und sobald Arik das Zischen der Ventile hörte und das einströmende Gas roch, geriet er in Panik. Sein erster Gedanke war, etwas sei defekt und die Kammer werde mit irgendwelchen Abgasen gefüllt. Statt des kühlen, reinen Geruchs, den er erwartet hatte, schmeckte die Luft metallisch und brannte. Auf einmal begriff er, weshalb René das Gesicht verzogen hatte. Arik und Cadie sahen einander fragend an. Als sich die vor ihnen befindliche Tür öffnete, stellte Arik fest, dass die Kuppelatmosphäre den gleichen Geruch aufwies und dass die anderen Gruppenmitglieder ebenso perplex waren wie er. Subha machte das Ganze anscheinend Spaß. Sie wartete, bis alle in der Kuppel waren.

»Okay. Weiß jemand, woher der Geruch kommt?«

»Düngemittel?«, riet Jun.

»Nein. Das Düngespray, das wir einsetzen, ist geruchlos.«

»Kohlendioxid?«, schlug René vor.

»Kohlendioxid ist ebenfalls geruchlos.«

Alle warteten gespannt auf die richtige Antwort, doch es kamen keine weiteren Vorschläge. Arik legte sich eine Theorie zurecht, doch Cadie kam ihm zuvor.

»Die Pflanzen produzieren keinen reinen Sauerstoff.«

»Ah, sehr gut, Cadie«, sagte Subha. »Was Sie da riechen, ist Ozon oder O_3.«

Subha ging den Flur entlang in Richtung Mittelpunkt. Die Wände waren hoch, wurden aber immer niedriger, je weiter sie kamen, sodass der Blick sich allmählich weitete und sie den Sonnenschein und den starken Luftzug der Luftumwälzungsanlage zu spüren bekamen.

Arik entspannte sich in dem Maße, wie er sich an den Geruch gewöhnte.

»Die Pflanzen, die wir hier anbauen, produzieren O_3. Auf diese Weise ist die Ausbeute fünfzig Prozent höher, als wenn sie reines O_2 produzieren würden. Das Ozon benötigen wir für die Wasseraufbereitung und die Filtersysteme. In Konzentrationen von mehr als einem ppm ist Ozon leider auch giftig, allerdings zerfällt es unter diesen Bedingungen sehr schnell, und es bildet sich reines O_2. Die Luft, die Sie atmen, ist zwar ungiftig, doch unsere Nase nimmt Ozon bis zu einer Konzentration von einem hundertstel ppm wahr, was in etwa der Ozonmenge in der Kuppel entspricht, die sich noch nicht in Sauerstoff umgewandelt hat. Zum Glück gewöhnt man sich schnell daran. Ob Sie's glauben oder nicht, aber irgendwann empfindet man den Geruch als angenehm.«

Als sie in der Mitte der Kuppel anlangten, hatten sie die Wände hinter sich gelassen und standen im größten Raum, in dem sie sich je aufgehalten hatten. Ein kollektiver Seufzer war zu vernehmen. Das Gewächshaus war eine geodätische Kuppel von gewaltigen Ausmaßen, weit größer, als Arik es erwartet hatte – größer, als man es aufgrund der begrenzten Möglichkeiten auf der Venus hätte erwarten können. Das Gerüst bestand aus Plastikrohren, die Tausende polyedrische Dreiecke bildeten, an der Innenseite mit dicken, transparenten Plastiktafeln verkleidet. In der Mitte der Kuppel befand sich eine Grube mit einer Leiter, die zu einem großen schwarzen, zylindrischen Tank hochführte. Ringsum stiegen Terrassen wie Tribünen in einem Stadium bis zum Rand der Kuppel an, alle bedeckt mit in gleichmäßigen Abständen angepflanzten, perfekt geformten und wundervoll grünen Farnen. Der 3024-Stunden-Sonnentag der Venus hatte erst vor wenigen Erdtagen begonnen, deshalb war genügend Sonnenlicht vorhanden, doch wegen der dichten Venusatmosphäre hatte es eine trübe, senfgelbe Farbe. Dennoch warf es Schatten, und alle außer Subha blinzelten in dem Licht. Dies war das erste Mal, dass Arik die Sonne auf der Haut spürte – näher würde er dem Gefühl, sich im Freien aufzuhalten, wohl nie kommen. Das Erstaunen der Berufsanfänger war nahezu greifbar.

»Willkommen«, sagte Subha, breitete die Arme aus und schaute sich um, »im Smaragdauge der Venus.«

Die Kuppel wurde bisweilen poetisch als Smaragdauge der Venus bezeichnet. Die Atmosphäre war zwar zu dicht, als dass Satelliten ein Bild im sichtbaren Spektrum hätten aufnehmen können, doch von einer Position unterhalb der Wolkendecke hätte die geodätische Kuppel mit ihren konzentrischen grünen Kreisen und dem großen schwarzen Tank in der Mitte wie ein unheimliches grünes Auge wirken müssen, das von der Planetenoberfläche in den Himmel schaute.

Subha ließ ihnen Zeit, die neuen Eindrücke zu verarbeiten, dann setzte sie die Führung fort. Die Gruppe verteilte sich um die Plattform, die den schwarzen Tank einfasste.

»Fangen wir mit der Kuppel an. Die geodätische Konstruktion hat einen Durchmesser von zweihundert Metern und besteht aus über achttausend Plastikpaneelen«, sagte Subha. Ihr Tonfall war jetzt sachlicher; dies war nicht mehr die Stimme einer neuen Freundin, sondern die einer Vorgesetzten.

Man hatte der Kuppel aus mehreren Gründen den Vorzug vor einem viereckigen Design gegeben. Erstens waren Kuppeln die effizienteste Weise, Raum zu umschließen. Zweitens waren sie prinzipiell stabiler und hielten deshalb besser dem Atmosphärendruck stand, und beim Bau wurden keine Materialien und kein Raum für die Stabilisierung verschwendet. Drittens widerstanden Kuppeln aufgrund ihrer Aerodynamik auch starken Winden. Viertens fiel mehr Licht in eine Kuppel als in jede andere Konstruktion. Da auf 126 Tage Sonnenschein 117 Tage Dunkelheit folgten, war die Kolonie auf jedes Photon angewiesen. Subhas letztes Argument war das einfachste: Kuppeln zu bauen war einfach. Die Materialien wurden auf der Erde vorgefertigt, und die Kolonisten brauchten sie nur zusammenzusetzen.

»Außerdem sind Kuppeln selbsttragend, wenn sie errichtet werden, weshalb man ohne Einsatz eines Krans eine größere Höhe erreicht als mit anderen Konstruktionen.«

Die Gruppe hatte sich vor Subha versammelt, Cadie und Arik hatten sich ihr als Letzte angeschlossen. Arik lagen mehrere Fragen auf der Zunge, doch er wollte nicht vorlaut sein. Subha setzte ihren Vortrag fort.

Sie zeigte auf die Vegetation. »Die Pflanzen, die wir anbauen, werden Tulsifarn genannt. Sie wurden genetisch verändert, damit sie Ozon anstelle von Sauerstoff erzeugen, und zwar in geradezu perversen Mengen, sowohl im Hellen wie im Dunklen. Das heißt, solange sie während der Hellphase genug Licht bekommen, produzieren sie die ganze Venus-Nacht über Ozon.«

»Wie viele Pflanzen sind das?«, fragte Cadie. Arik lächelte; er hatte bereits versucht, die Gesamtzahl im Kopf zu berechnen.

»Wer möchte raten?«

»Hunderttausend«, sagte Arik.

»Dicht dran. Die geschätzte Zahl beträgt hundertzehntausend. Wären es nur hunderttausend, wärt ihr niemals geboren worden.«

Schmale Wege führten in regelmäßigen Abständen die Terrassen hoch, und Subha stieg ein paar Stufen höher, damit die Gruppe die Pflanzen in Augenschein nehmen konnte.

»Alle unsere Pflanzen werden aeroponisch gehalten, das heißt, es wird keine Erde verwendet. Was Sie da sehen, bezeichnet man als ›Krone‹ und muss sichtbar sein, weil sie das Licht für die Photosynthese aufnimmt. Die Wurzelzone unter der Krone hängt frei in der Luft und wird alle zweiundvierzig Minuten mit einer Nährlösung bestäubt. Wenn Sie genau hinschauen, werden Sie bemerken, dass die Wurzeltröge fünfeckig sind, damit das Nährspray im richtigen Winkel auftrifft und sich gleichmäßig verteilt.«

Arik ging in die Hocke. Die Farnwedel entsprangen kleinen kreisförmigen Öffnungen. Darunter musste sich das Wurzelsystem befinden.

Subha setzte sich auf eine Treppenstufe und ließ der Gruppe Zeit, die Pflanzen zu betrachten. Niemand berührte einen Farn.

»Weshalb Aeroponik und nicht Hydroponik oder Geoponik?«, fragte René.

»Ein geoponisches System wäre nicht zu realisieren gewesen«, antwortete Subha. »Zunächst mal ist Erde schwer, und im Weltraumgeschäft ist Gewicht Treibstoff, und Treibstoff ist Geld. Außerdem hätte man die Erde hier vor Ort bewegen müssen, was eine Menge Arbeit und Geräte erfordert hätte, und man hätte die Terrassen wesentlich stabiler bauen müssen, was den Einsatz von mehr Material und noch mehr Gewicht bedeutet hätte.

Aeroponische Systeme lassen sich nicht nur einfacher und billiger transportieren – sie sind auch wesentlich praktischer. Die Luft zirkuliert durch ein aeroponisches System weit effizienter und mit weniger Energieaufwand als in einem geoponischen oder hydroponischen System, und die Nährstoffe werden wesentlich präziser zugeführt. Das heißt, es werden weniger gebraucht, und es fällt weniger Abwasser an, das wiederaufbereitet werden muss. Sehen Sie den Tank dort drüben?« Sie deutete auf den schwarzen Zylinder in der Mitte der Kuppel – die Pupille des smaragdgrünen Auges. »Wenn wir den Wurzeln die Nährstoffe indirekt durchs Erdreich zuführen müssten, bräuchten wir einen Speicherbehälter von mindestens der vierfachen Größe.«

Arik war wie alle anderen beeindruckt von dem, was er da zu hören bekam. Die Komplexität und der dahinterstehende Erfindungsreichtum übertrafen ihre Erwartungen. Arik wurde bewusst, dass dies möglicherweise die anregendste Erfahrung ihres Lebens war. Er fragte sich, welche Entdeckungen, technologischen Durchbrüche und Entwicklungen diesen Tag irgendwann in den Schatten stellen mochten.

»Vor allem aber«, fuhr Subha fort, »lassen sich die Wurzeln bei einem aeroponischen System leichter kontrollieren. Sollte ein Krankheitserreger eingeschleppt werden, kann man die betroffenen Pflanzen sehr schnell unter Quarantäne stellen. Das ist auch der Grund, weshalb die Pflanzen nicht dichter gepackt sind. Wir könnten wahrscheinlich zwanzig bis dreißig Prozent mehr Sauerstoff produzieren, wenn wir den Abstand zwischen den Pflanzen verringern würden, aber wenn die Wurzeln untereinander Kontakt hätten, könnte ein einzelner Erreger unsere ganze Sauerstoffversorgung lahmlegen. Das ist der Haupteinwand gegen ein hydroponisches System. Im Wasser breiten sich Pathogene sehr schnell aus. Unser System erzeugt nur sehr wenig Abwasser, das nicht mit anderen Wurzelsystemen in Kontakt kommt.«

»Ich habe eine Frage«, sagte Arik. Er hob die Hand, und Subha schaute ihn an. Auf einmal hatte er die Befürchtung, seine Frage könnte eingebildet oder unverschämt klingen – oder gar ignorant.

»Ja?«

»Weshalb wandelt man das CO_2 nicht direkt in Sauerstoff um? Weshalb braucht man dazu all die Pflanzen?«

»Das ist eine sehr gute Frage«, sagte Subha. Sie richtete sich auf, strich den Rock glatt und stieg in Richtung Kuppelmittelpunkt die Treppe hinunter. »Weshalb betreiben wir überhaupt ein Gewächshaus? Wieso wandeln wir nicht Kohlendioxid mittels Elektrolyse direkt in Sauerstoff um? Weil es wesentlich praktischer ist, die Photosynthese die Arbeit zu erledigen lassen. Es erfordert einen gewaltigen Energieaufwand, um große Mengen CO_2 in O_2 umzuwandeln, denn nur etwa zwanzig Prozent des CO_2 werden zu atembarem Sauerstoff. Der Rest verwandelt sich in giftiges Kohlenmonoxid, dessen Entsorgung oder Umwandlung in eine noch geringere Menge O_2 weitere Energie erfordern würde.« Sie sah Arik an und lächelte, um ihre ironische Aussage zu unterstreichen. »Anders ausgedrückt, es wäre machbar, aber wir stecken die Energie lieber in unsere Rechner als in die Produktion von Luft.«

Offenbar spielte Subha darauf an, dass Arik vermutlich mehr CPU-Zyklen verbrauchte als jeder andere Bewohner der V1.

»Außerdem ist die Photosynthese wesentlich sicherer«, fuhr Subha fort. Sie geleitete die Gruppe zur anderen Seite des Nährstofftanks. »Dank der Kuppel hätten wir im Falle eines totalen Energieausfalls trotzdem noch Luft. Sehen Sie die beiden Fächer?« Sie zeigte auf zwei über der Plattform angebrachte Metallkästen. »Da sind Schutzanzüge drin. Sollte je der Strom ausfallen und die Luftumwälzung versagen, könnten sich alle an den Stellen versammeln, die über Rohrleitungen mit der Kuppel verbunden sind, und wir könnten Leute nach draußen schicken, welche die Reparaturen durchführen.«

Über dieses Szenario hatte sich offenbar noch keiner der Gruppe Gedanken gemacht. Alle hatten bereits an Übungen für den Fall einer Sauerstoffknappheit teilgenommen, doch das Szenario, das Subha beschrieb, war ein noch radikalerer Notfallplan. Arik wurde bewusst, dass sie die Kästen mit einer Mischung aus Ehrfurcht und Besorgnis anstarrten.

»Aber ich bin froh, dass Sie diesen Punkt angesprochen haben, Arik«, sagte Subha. »Nur weil die Photosynthese praktischer als die Elektrolyse ist, heißt das noch lange nicht, dass ein Gewächshaus die beste Methode für die Umsetzung ist. Die Hälfte von Ihnen wird folglich an einer alternativen Photosynthese forschen, die wir als KP bezeichnen, als Künstliche Photosynthese.«

»Photosynthese ohne Pflanzen«, meinte Arik.

»Genau«, sagte Subha und zeigte auf Arik. »Wer von Ihnen weiß, was eine Klonzucht ist? Wer weiß, woher der Begriff ursprünglich stammt?«

»Das ist Fleisch, das aus Stammzellen gezüchtet wird«, antwortete Cadie.

»Richtig. Die Landwirtschaftsabteilung hat das tierlose Fleisch perfektioniert, und jetzt müssen wir die Photosynthese ohne Pflanzen perfektionieren. So sehr ich Farne auch mag, naht doch der Tag, da wir mehr Sauerstoff brauchen werden, als sie uns liefern können. Ohne zusätzlichen Sauerstoff kann die V1 nicht wachsen und wird immer anfällig sein für Krankheitserreger und die vielen anderen unvorhersehbaren Ereignisse, die das Pflanzenleben vernichten können.«

»Was ist mit Terraforming?«, fragte Arik.

»Die künstliche Photosynthese könnte das Terraforming der Venus möglich machen«, sagte Subha. »Wenn die KP so effizient ist, wie wir glauben, könnten wir Maschinen bauen und sie auf der Oberfläche der Venus verteilen, die in – ach, ich weiß auch nicht –, vielleicht in ein paar Hundert oder Tausend Jahren eine atembare

Atmosphäre erzeugen könnten. Das wäre natürlich ein gigantisches Vorhaben und vermutlich extrem kostspielig, aber möglich wäre es.«

»Ich meine, indem man eine Pflanze designt, die im Venusboden wächst«, sagte Arik. »Dann würde sich der ganze Planet ohne weiteren Aufwand umwandeln.«

Subha musterte Arik skeptisch.

»Arik, der Venusboden ist, wie Sie wissen, vollkommen steril. Wenn Sie einen Farn designen können, der im Erdreich des lebensfeindlichsten Planeten des inneren Sonnensystems wächst, sollten Sie das Problem der KP bis zum Ende der Woche gelöst haben.«

Alle bis auf Cadie reagierten mit Belustigung auf diese Bemerkung.

»Wie wär's, wenn wir mit der KP anfangen«, sagte sie, »und dann sehen wir weiter.«

9

DIE GESCHICHTE DER V1, TEIL 3
DIE KOLONISIERUNG DES WELTRAUMS

Es wurde immer angenommen, die Global Space Agency werde die erste Weltraumkolonie auf dem Mars errichten. Der Mars galt als vergleichsweise einladender Planet. Vor etwa vier Milliarden Jahren hatte sich die Dynamik des flüssigen Kerns verändert, wodurch das Magnetfeld nahezu vollständig zusammengebrochen war und der Großteil der Atmosphäre unter der Einwirkung des Sonnenlichts ins Vakuum verdampfte. Die verbliebenen Reste von Kohlendioxid, Stickstoff und Argon bilden nicht einmal ein Prozent der irdischen Atmosphärendichte. Doch in der Welt der Planetenerkundung zog man gar keine Atmosphäre einer lebensfeindlichen vor. Da Menschen in beiden Fällen im Freien nicht hätten atmen können, glaubten die Missionsplaner, sie hätten in diesem Fall beim Bau dauerhafter Unterkünfte ein Problem weniger. Da die Atmosphäre nur wenig Wärme speicherte, lagen die Temperaturen auf dem Mars zudem im Bereich zwischen –140 Grad Celsius und 20 Grad über null im Sommer.

Das größte Problem beim Mars aber war die Schwerkraft. Hunderte Experimente hatten bewiesen, dass Menschen über einen längeren Zeitraum in Mikrogravitation leben konnten, doch niemand wusste, was geschehen würde, wenn sie ihr ganzes Leben in einer Umgebung mit 38 Prozent der Schwerkraft bestreiten würden, in der die Menschheit vor zweihunderttausend Jahren entstanden war. Vorläufige Studien gingen von einem starken Abbau der Knochen- und Muskeldichte und einer Schwächung des Immunsystems aus – Symptome, die unvereinbar waren mit gefährlicher schwerer Arbeit und sehr begrenzter medizinischer Versorgung.

Ein weiteres Problem stellten die Kinder dar. Das Projekt Genesis verfolgte nicht nur das Ziel, außerirdische Außenposten oder temporäre Basen zu errichten, bei denen das Personal wie auf dem Mond regelmäßig ausgetauscht wurde. Die neuen Weltraumkolonien sollten irgendwann autark werden, sowohl im Hinblick auf die Versorgung als auch die Reproduktion. Es galt als ausgemacht, dass keiner der ursprünglichen Kolonisten so bald wieder zur Erde zurückkehren würde, doch man ging davon aus, dass es irgendwann möglich sein würde, zwischen der Erde und der Kolonie hin- und herzureisen. Von der Erde zum Mars zu fliegen, stellte kein Problem dar, doch es wurde bezweifelt, dass ein auf dem Mars geborenes und aufgewachsenes Kind sich jemals an eine höhere Gravitation würde anpassen können.

Verschiedene Formen künstlicher Schwerkraft wurden in Betracht gezogen. Zentrifugalkräfte können in einem Gebilde, das mit ausreichender Geschwindigkeit rotiert, das Gefühl von Gravitation erzeugen, und mit linearer Beschleunigung lassen sich mühelos für unbeschränkte Dauer ein oder mehr G erzeugen – bedauerlicherweise erlauben die physikalischen Gesetz keine unbegrenzte Beschleunigung. Doch es war unrealistisch, auf Basis dieser Konzepte permanente Habitate zu konstruieren. Theoretisch wäre es auch möglich gewesen, mit Masse von der Erde oder einem anderen Himmelskörper im Sonnensystem die Gravitation des Mars zu erhöhen, doch niemand unternahm auch nur den Versuch zu berechnen, wie viel Masse dies erfordert hätte, wie lange es dauern würde, woher man das Material nehmen sollte und wie viel Energie für den Transport nötig wäre.

Als das Projekt der dauerhaften außerirdischen Kolonie in Gefahr schwebte, in die Planung für einen weiteren semipermanenten Außenposten umgewandelt zu werden, stieß ein frustrierter französischer Planetenexperte den Stoßseufzer aus, alles wäre viel einfacher, wenn man die Venus anstelle des Mars auswählen würde. Die Bemerkung fiel nach der Vertagung einer sechsstündigen Sitzung, bei der es sich als unmöglich erwiesen hatte, bei einem Lebewesen, das größer war als ein Frosch, mittels Diamagnetismus die Gravitationskraft zu simulieren. Alle Anwesenden reagierten verblüfft. Die Antwort hatte die ganze Zeit vor ihnen gelegen. Der Mars war einfach der falsche Planet. Da die Venus 82 Prozent der Erdmasse besaß, wären die gesundheitlichen Risiken aufgrund der verminderten Gravitation beherrschbar, vermutlich sogar vernachlässigbar. Der gewaltige Atmosphärendruck (die Venusatmosphäre wies die zweiundneunzigfache Dichte der Erdatmosphäre auf) und die von den großen Mengen Kohlendioxid und Stickstoff eingeschlossene Wärme stellten sicherlich große Probleme dar, doch die waren im Unterschied zu den Gravitationsproblemen auf dem Mars lösbar. Bewohnbare Konstruktionen auf der Venus zu errichten, ähnelte vermutlich mehr dem Bau von Unterwasserhabitaten als dem Bau von Kapseln für das Vakuum. Der Atmosphärendruck auf der Venus entspricht dem Meeresdruck in einem Kilometer Tiefe und ist für die Tiefseetechnologie beherrschbar. Schon seit Jahrzehnten wurde auf diesem Gebiet geforscht und entwickelt, und die Technologie, um längere Zeit unter Wasser zu leben, war vorhanden. Habitate auf der Venus, wurde der GSA klar, ließen sich mit Gemeinschaften untereinander verbundener Atom-U-Boote mit Hitzeschilden vergleichen.

Die Sitzung wurde fortgesetzt und das ganze menschliche Wissen über die Venus an den Wänden arrangiert. Bei der darauffolgenden Sitzung, die gleich am nächsten Tag stattfand, waren die Missionsziele bereits offiziell geändert und ratifiziert worden, außerdem hatte man einen Landeort bestimmt. Die nördliche Region von Ishtar Terra lag so hoch, dass die extremen Temperaturen und der Atmosphärendruck dort etwas leichter zu beherrschen waren, außerdem reichte das einfallende Sonnenlicht aus, ein Gewächshaus zu betreiben.

Die Art und Weise, wie das Projekt Genesis gemanagt wurde, war ebenso innovativ und riskant wie das eigentliche Projekt. Anstatt den verschiedenen Teams zu sagen, dass sie zehn Jahre Zeit hätten, Leben auf der Venus zu ermöglichen – was dazu geführt hätte, dass das Gefühl der Dringlichkeit verloren gegangen wäre; denn wer kann schon eine realistische Planung für einen Monat aufstellen, geschweige denn für ein ganzes Jahrzehnt? –, probierten die Projektleiter etwas Neues aus. Sie erklärten den Arbeitsgruppen, sie hätten genau ein Jahr Zeit, einen Plan dafür aufzustellen, hundert Personen mit ausreichend Vorräten für sechs Monate auf die Venus zu bringen. Jahr für Jahr wurden die Kriterien – und die für die Ingenieure verfügbaren Ressourcen – angepasst, und alljährlich wurden jeder einzelne Vertrag und jede Position im Hinblick auf die Durchführbarkeit der Mission am Stichtag neu bewertet. Einfallsreichtum, Produktivität und sogar Jobzufriedenheit schnellten in ungeahnte Höhen, und wo es Mängel gab, wurden sie abgestellt. Das Ergebnis war die technologisch und intellektuell eindrucksvollste Leistung in der Geschichte der Menschheit: Binnen zehn Jahren wurde die Kolonisierung des Weltraums möglich gemacht.

Der Auswahlprozess für die ersten Kolonisten begann inoffiziell in dem Moment, da die GSA permanente Siedlungen in Betracht gezogen hatte. Freunde und Verwandte von GSA-Angestellten und auch mehrere Angestellte reichten unaufgefordert Lebensläufe, Zeugnisse, Bewerbungsschreiben, Videos, Empfehlungsschreiben und alle möglichen anderen Unterlagen ein, die geeignet waren, ihrem Anliegen Nachdruck zu verleihen. Da man mit zehn Jahren Entwicklungszeit rechnete, beschloss die GSA, alle Bewerbungen zu verwerfen und mit einer vollkommen neuen Herangehensweise nach Freiwilligen für die gefährlichste und ehrgeizigste Mission in der Geschichte der Menschheit zu suchen. Das Problem bei der traditionellen Methode mit öffentlicher Ausschreibung, dem Sichten der Bewerber mittels automatischer Befragungen, Hintergrundchecks, Lügendetektortests, medizinischer Untersuchungen, Genanalysen und verschiedener Abschreckungstaktiken bestand darin, dass am Ende des Auswahlprozesses eine Gruppe von Menschen stand, die nicht nur außergewöhnlich intelligent und bestens ausgebildet, sondern auch unglaublich ehrgeizig waren, sich nicht einmal den kleinsten Fehler verziehen und einen Schuss Wahnsinn mitbrachten, denn sonst hätten sie sich nicht für ein so verrücktes Projekt gemeldet. Für Kurzzeitmissionen war ein solches Profil hinnehmbar, doch die GSA hatte ernsthafte Bedenken, solche Menschen für den Rest ihres Lebens in einem beengten Raum unterzubringen, aus dem es kein Entkommen gab.

Deshalb wurde die Aufgabe, die ersten tausend Kolonisten sowie hundert Ersatzleute auszuwählen, einem GSA-Team von Informationsarchitekten und Datenschürfern übertragen, die vorübergehend zu den tüchtigsten Anwerbern in der Geschichte des Headhuntings wurden. Nahezu sämtliche Details über das Leben jedes einzelnen Kandidaten (Abschlüsse, Fertigkeiten, Krankengeschichte, Beschäftigungsverhältnisse, Finanzgebaren, sexuelle Präferenzen, genetische Disposition, Partnerschaftstatus, politische Orientierung, Hobbys und so weiter) waren für die Analyse und Kreuzverweise entweder direkt zugänglich oder konnten mit den entsprechenden Algorithmen extrapoliert werden – vorausgesetzt, man verfügte über die erforderliche Berechtigung. Vier Programmierer benötigten nur drei Wochen, um eine Liste der dreitausend weltweit bestqualifizierten Personen zu erstellen, welche die Menschheit auf einem anderen Planeten repräsentieren sollten, sodass fast zehn Jahre Zeit blieben, sie auszubilden und ihnen genau die Qualifikationen zu vermitteln, welche die GSA für erforderlich hielt.

Den vier aufeinanderfolgenden Startfenstern entsprechend durchlief das Projekt Genesis vier Initialphasen. Startfenster für die Venus liegen etwa anderthalb Jahre auseinander und sind einen Monat lang offen. In den ersten dreißig Tagen wurden insgesamt zehn schwere Sagan- und Vegaraketen gestartet. Die ersten neun beförderten Vorräte und Ausrüstung, die zehnte brachte die ersten zwanzig Kolonisten zu ihrem neuen Heimatplaneten. In den darauf folgenden drei Phasen wurden jeweils erstaunliche zwanzig Starts durchgeführt. Fünfzehn Raketen beförderten hauptsächlich Kolonisten, fünf waren für Ausrüstung und Vorräte reserviert. Nach Abschluss der ersten vier Phasen, die sich über gut sechs Jahre erstreckten, lebten exakt eintausend Menschen in der Ishtar Terra Station Eins. Es hatte keinen einzigen Totalausfall gegeben, und für die zahlreichen Notfälle und unvorhergesehenen Ereignisse standen hunderttausend der klügsten Köpfe in der Geschichte der Menschheit rund um die Uhr in Bereitschaft, um den Kolonisten bei der Problemlösung zu helfen.

Die ersten zwanzig Siedler hatten vor allem die Aufgabe, ein paar einfache Gebäude zu errichten sowie die Ausrüstung und die Vorräte zu organisieren. Obwohl bis zum Eintreffen der nächsten Welle von Siedlern nur wenige Wochen blieben, fanden sie Zeit, sich ein wenig umzuschauen und die russische Sonde zu bergen, welche die ersten Fotos von der Oberfläche der Venus gesendet hatte. Alle stellten sich die Frage, ob in der lebensfeindlichen Umgebung der Venus Mikroben von der Erde überlebt hatten, doch die Sonde war so steril wie die Venus selbst. So veraltet die Technologie der Sonde war, weckte sie doch Ehrfurcht bei den Venussiedlern, und sie verwahrten ihre Überreste in einer Ecke des Lagers, als Erinnerung an den Fortschritt und die unglaubliche Willenskraft der Menschheit.

Bei der zweiten, dritten und vierten Projektphase ging es um Expansion und die Installation solch lebenswichtiger Systeme wie der Wasseraufbereitung und der Müllverarbeitung. In der dritten Phase wurden Komponenten für den Bau großer aeroponischer Lebenserhaltungssysteme geliefert, darunter die größte geodätische Kuppel, die je auf Erden oder sonstwo errichtet worden war. Bei jedem Flug waren auch große Presslufttanks dabei, doch es war klar, dass die V1-Kolonie auf eine autarke Umgebung angewiesen war, wenn sie expandieren und sich weiterentwickeln wollte.

Nach Abschluss der ersten vier Initialphasen des Projekts Genesis nahm die Menge der angelieferten Vorräte und Ausrüstungsgegenstände allmählich ab. Die Kolonisten waren in der Lage, ausreichend Nahrung zu synthetisieren, das Abwasser zu reinigen und die Umweltbedingungen stabil zu halten. Alles funktionierte, und es entstand eine gewisse – wenn auch arbeitsreiche – Routine.

Sauerstoffgehalt, Luftqualität und Luftaustausch in den einzelnen Pods der V1 wurden streng überwacht, aufgezeichnet und kontrolliert. Große Tanks mit Pressluft konnten im Falle eines Sauerstoffverlusts jederzeit zugeschaltet werden, und die mehrfach vorhandenen Pumpsysteme und Ventile waren in der Lage, den Atmosphärendruck konstant zu halten. Für den Fall eines katastrophalen Versagens wurden in der V1 über fünfundzwanzigtausend sogenannte Perchloratkerzen verteilt, die nach dem Entzünden den Sauerstoffbedarf eines Menschen für jeweils eine Woche deckten. Zur Ergänzung hielt die GSA auf verschiedenen Startplätzen in drei Ländern der Erde drei Raketen bereit, beladen mit Notvorräten und startbereit binnen weniger Stunden. Zwei der vielen Satelliten im Orbit um die Venus konnten zudem in der Nähe der Station ferngesteuert Notvorräte abwerfen, die von einem automatisch gesteuerten Rover oder durch einen Ausflug im Schutzanzug problemlos zu bergen wären.

Die Lebenserhaltungssysteme waren jedoch nicht nur auf Redundanz und Verlässlichkeit angelegt. Sie berechneten ständig den aktuellen Luftverbrauch, die Aufbereitungsrate und vor allem die Zahl der Menschen, die sich mit der vorhandenen Atemluft versorgen ließ. Als die Anlage online ging, waren die Anzeigen im negativen Bereich, da die ganze Atemluft den Tanks entnommen wurde und nichts davon wiederaufbereitet wurde, doch als die Umweltabteilung genetisch modifizierte Farne anbaute, um die Luft zu recyceln, und als die Ventile zu den Sauerstofftanks nach und nach geschlossen wurden, stiegen die Zahlen an. Zunächst bewegten sie sich nur langsam, denn der Durchschnitt wurde durch die Negativdaten gedrückt, doch es dauerte nicht lange, da erreichten sie die Benchmark von 1000. Die Vorhersagen der Biologen, Botaniker und Ingenieure der GSA hatten sich als weitestgehend zutreffend erwiesen.

Jetzt brauchte die Umweltbehörde die Zahl der Bewohner nur noch über die Eintausendermarke zu heben, um erneut Geschichte zu schreiben. Man errichtete aeroponische Terrassen bis knapp unter die Marke der geplanten Kapazität, und die Luftumwälzalgorithmen wurden umgeschrieben, damit der Sauerstoffgehalt der Luft in den verschiedenen Bereichen der V1 je nach Anzahl der dort befindlichen Personen und deren Sauerstoffbedarf angehoben oder reduziert werden konnte. Alle beobachteten gebannt, wie die Zahlen nach und nach in die Höhe kletterten, bis sie schließlich einen Gipfelwert von eintausendeinhundert erreichten. Nach sechs Monaten mit kleineren Schwankungen in beide Richtungen verkündete Kelly offiziell, dass die V1 weitere hundert Bewohner mit Atemluft versorgen könne.

An diesem Abend wurden die ersten Kinder von Gen V gezeugt.

10
HEIMKEHR

Vor dem Unfall hatte Arik immer geglaubt, Menschen seien mehr oder weniger statisch. Natürlich wandelten sie sich, doch die Veränderungen gingen für gewöhnlich so langsam vonstatten, dass sie kaum wahrnehmbar waren, ähnlich wie bei der Erosion einer Landschaft. Doch wie bei einer Landschaft konnte es auch zu extremen, unerwarteten Ereignissen kommen, die eine Person auf der Stelle bis zur Unkenntlichkeit veränderten.

Cadie wirkte ständig müde. Ihr Haar war länger, als Arik es in Erinnerung hatte, und sie band es sich zum Pferdeschwanz. Sie trug jetzt ständig ihre Brille, und sie hatte rote, glänzende Wangen. Sie passte nicht mehr in ihre Sachen und trug meistens eine Synthetikhose mit elastischem Bund und eins von Ariks Hemden.

Vor dem Unfall hatte Arik sein Haar wie die meisten Männer der V1 lang getragen. Jetzt aber war es so kurz, dass die Operationsnarben sichtbar waren. Er rasierte sich nur selten, und häufig verzog er unwillkürlich das Gesicht, weil er ständig Kopfschmerzen hatte. Er hatte Muskelmasse abgebaut, und beim letzten Wiegen stellte er fest, dass er 13 Prozent Gewicht verloren hatte.

Cadie nahm an Umfang zu und strotzte vor Leben, während Arik ein dünner, zerbrechlicher Abklatsch seines früheren Selbst war.

In den drei Tagen, seit Arik nach Hause gekommen war, hatten sie kaum miteinander gesprochen. Nach ihrem ersten Besuch in der medizinischen Abteilung hatte Cadie Arik wegen der Ansteckungsgefahr nicht mehr besuchen dürfen, und solange sein emotionaler und kognitiver Zustand instabil war, durfte sie sich nicht einmal per Videoverbindung mit ihm unterhalten. Arik hatte mehrere Videonachrichten von ihr bekommen, aber sie wirkten irgendwie peinlich, und anstatt sie einander näherzubringen, betonten sie lediglich die zwischen ihnen herrschende Distanz. Er hatte ihr kein einziges Mal geantwortet.

In den letzten drei Tagen hatte Arik eine neue, enttäuschende Seite von sich kennengelernt. Er hatte immer geglaubt, er sei ein objektiver und äußerst effizienter Problemlöser. Er war sehr gut darin, Muster zu erkennen, Unregelmäßigkeiten aufzuspüren, sie zu den Wurzeln zurückzuverfolgen und den Fehler zu reparieren. Er hatte keinen Grund zu der Annahme, dass es mit Eheproblemen anders wäre. Arik und Cadie hatten geglaubt, sie gehörten nicht zu den Paaren, die Probleme aussaßen. Sie würden alles sogleich offen ansprechen und so lange diskutieren, bis das Problem zur beiderseitigen Zufriedenheit gelöst war. Sie hatten Mitleid mit einigen der Gründer, von denen sie glaubten, sie seien unglücklich verheiratet – mit Paaren, die nicht stark genug waren, um aufrichtig und offen miteinander und vor allem mit sich selbst umzugehen.

Arik stellte nun fest, dass eine Beziehung etwas ganz anderes war als die Lebensbereiche, die anfällig waren für unerwartete Anomalien. Computer waren gefühllos und ihr Verhalten meistens vorhersagbar, wenn man sich mit ihnen auskannte. Eine Beziehung aber bestand aus komplizierten analogen Emotionen und nicht aus Bits und Bytes, aus Variablen, die zu weiteren Variablen und Unbekannten führten anstatt zu wohldefinierten Konstanten. *Wahr* lief im Kontext menschlicher Emotionen manchmal auf *Falsch* hinaus, weshalb man einer Beziehung auch nicht mit konventioneller Logik beikommen konnte. Die Komplexität einer Beziehung hatte das Potenzial, sich exponentiell zu steigern, bis nicht mehr der Verstand, sondern nur noch Instinkt und Intuition weiterhalfen.

Arik hatte mehrmals versucht, mit Cadie über das Kind zu sprechen, und er nahm an, dass auch Cadie darüber sprechen wollte, doch es bot sich immer ein einfacheres Gesprächsthema an. Arik musste sich täglich neuen Untersuchungen und einer Physiotherapie unterziehen, am Abend holte er die versäumte Arbeit nach. Cadie beschäftigte sich intensiv mit embryonalem Wachstum und Kindesentwicklung und leistete gleichzeitig Überstunden im Life Pod. Es war naheliegend, dass sie der Arbeit den Vorrang vor sich selbst gaben, denn das offensichtlichste und zudem messbare Problem im Zusammenhang mit dem Kind bestand darin, dass die Kuppel nicht genug Sauerstoff produzierte, um eine zusätzliche Person zu versorgen. Doch das war nicht das, worüber Arik sprechen wollte. Die Sauerstoffproduktion war mengenbezogen und beschränkt.

Es handelte sich um ein Problem mit bekannten Variablen, die sich bestimmen und in Einzelkomponenten zerlegen ließen. Das Problem, dem sie beide auswichen, war der Umstand, dass das Kind unmöglich von Arik sein konnte.

11
DIE GRÖSSTE HOCHZEIT DER GALAXIS

Arik hatte Cadie mehrfach um ihre Hand gebeten, bevor sie schließlich Ja sagte. Schon in jungen Jahren wussten alle, dass sie irgendwann erwachsen werden und untereinander heiraten würden, deshalb kam es bei den Kindern häufiger zu Heiratsanträgen. Es war kein Zufall, dass Gen V genau fünfzig männliche und fünfzig weibliche Personen angehörten. Das Eins-zu-Eins-Verhältnis war vorgegeben gewesen; dem Zufall überlassen, hätten vermutlich einundfünfzig männliche Personen neunundvierzig weiblichen gegenübergestanden, und die Gründer hatten angenommen, dass dies eines Tages zu Komplikationen führen könnte.

Die Vorherbestimmung des Geschlechts war eine Gegebenheit, wenngleich sich mehrere Gründer für weniger dramatische Formen der Genmanipulation und Intervention aussprachen. Aber was wäre, wenn ein kleiner Prozentsatz der Population keinen passenden Partner fände? Oder sich entschiede, Single zu bleiben? Oder wenn jemand schwul wäre? Der Begriff der sexuellen Symmetrie wurde geprägt und gab denjenigen, die mit der Erforschung des Themas beauftragt waren, bald Anlass zur Sorge. Das Leben auf der Venus war auch ohne frustrierte Teenager schon hart genug.

Doch man konnte sich nicht darauf einigen, was zu unternehmen sei, nicht einmal darauf, dass man etwas unternehmen *könnte.* Man hätte die Ausschüttung bestimmter Hormone, die für das sexuelle Verlangen und die gegenseitige Anziehung zuständig waren, manipulieren und das Jacobson-Organ daran hindern können, sich schon im Embryonalzustand zurückzuentwickeln, was Gen V überdurchschnittlich empfänglich für Pheromone gemacht hätte. In Wahrheit aber war die Sexualforschung in den vergangenen Jahren vernachlässigt worden, sodass niemand die Ergebnisse eines solchen Eingriffs vorhersagen konnte. Am Ende einigte man sich darauf, dass nichts der Evolution so förderlich sei wie ein gutes, widerstandsfähiges Immunsystem, was bei der genetischen Prozedur bereits Standard war. Den Rest wollte man dem Zufall überlassen.

Die zukünftigen Eltern durften einen Geschlechtswunsch äußern. Kelley hatte gescherzt, er garantiere den Eltern persönlich, dass einer ihrer Topfavoriten bei der Geschlechtswahl berücksichtigt werde, eine Anekdote, die Arik schon häufiger vernommen hatte. Außerdem erzählte man sich, ausreichend viele Paare hätten keine spezielle Vorliebe geäußert, sodass alle Wünsche hätten erfüllt werden können. Gen V war angeblich die bestuntersuchte, bestgeplante und mit den größten Erwartungen befrachtete Generation in der Geschichte der Menschheit.

Arik hatte manchmal seine Zweifel an gewissen Elementen des kleinen Schöpfungsmythos von Gen V. Er konnte es zwar nicht belegen, vermutete aber, dass einige Paare überhaupt kein Kind gewollt, sich aber ihrer Verantwortung für den Genpool und das Wohlergehen der Kolonie gestellt hatten. Einige Kinder waren vermutlich eher aus Pflichtgefühl denn aus Liebe gezeugt worden.

Da alle Angehörigen von Gen V einander schon ihr Leben lang kannten, konnte Arik sich an seine erste Begegnung mit Cadie nicht erinnern, doch er erinnerte sich noch genau an den Moment, als er sich zum ersten Mal zu ihr hingezogen gefühlt hatte. Damals waren sie sieben Jahre alt und tranken heiße, süße Sojamilch im Play Pod, wo sie nach der Schule manchmal ein paar Stunden verbrachten, während sie darauf warteten, dass ihre Eltern sie nach der Arbeit abholten. Die oberste Schicht der Sojamilch war mit Stickoxid versetzt, um dem proteinhaltigen Getränk den Reiz des Neuen zu verleihen. Einige von Ariks Freunden experimentierten damit, von der Rückseite des Bechers zu trinken, wovon sie am Kinn schaumige Bärte zurückbehielten. Die Kinnbärte befanden sich im Unterschied zu Lippenbärten aus Schaum außerhalb der Reichweite ihrer Zunge, sodass sie sich den Mund mit dem Ärmel abwischen mussten. Niemand wollte jedoch den kostbaren Sojaschaum verschwenden, weshalb einige ihre Zunge so weit wie möglich dehnten. Arik fand heraus, dass es praktischer war, sich gegenseitig das Kinn abzulecken. Arik und Cadie bildeten ein Team, und Cadies Vater kam ausgerechnet in dem Moment herein, als Arik seinem Teil der Vereinbarung nachkam. Obwohl er sie schimpfend auseinanderriss, bekam Arik unter dem süßen Schaum Cadies salzige Haut zu schmecken. Dieses Erlebnis vergaß er nie.

Den ersten Heiratsantrag machte er ihr gleich am nächsten Tag. Ihre Antwort bestand aus einem schüchternen, mehrdeutigen Lächeln. Was Arik als Aufforderung deutete, sie zu beeindrucken und sich möglichst oft in ihrer Nähe aufzuhalten. Beim Spielen bemühte er sich, in ihr Team zu kommen, und versteckte sich mit ihr zusammen, wenn sie Maschinengeist spielten. Wenn sie ein Problem mit ihrem Arbeitsplatz hatte, zeigte er ihr die Lösung, bevor der Lehrer eingreifen konnte. Als sie älter waren, arbeiteten sie bei bestimmten Projekten zusammen, aßen abwechselnd bei sich zu Hause zu Mittag und beteiligten sich an der V1-Version des Datings.

Bis zum Abschluss des Studiums hatten alle Angehörigen von Gen V feste Paare gebildet. Der Prozess war langwierig und lief nicht ohne Dramen ab, doch die Angst vor Unverträglichkeit, unvereinbarem Lebensstil und zufälligem Tod erwies sich als unbegründet. Die meisten Paare waren seit Beginn der Pubertät zusammen und hatten neben den romantischen Gefühlen auch eine feste Freundschaft entwickelt. Als sich immer mehr Paare bildeten, kamen die Übriggebliebenen aus Notwendigkeit zusammen. Es gab Befürchtungen, dass es bei hundert gesunden jungen Erwachsenen auf so engem Raum zu Vermischungen und Indiskretionen kommen würde, doch keines der Paare glaubte, dass ihnen so etwas passieren könnte.

Die Infrastrukturabteilung nutzte im Laufe der Jahre jeden freien Moment, um fünfzig weitere Zwei-Personen-Home-Pods zu bauen. Die Bewohner der V1 waren nicht besonders religiös, deshalb herrschte auch keine traditionelle puritanische Moral, doch wenn es um

Beziehungen ging, galten zwei Regeln als heilig: Erstens musste man verheiratet sein, bevor man in eines der neuen Home Pods einziehen durfte; und zweitens war man zu Empfängnisverhütung verpflichtet.

Den nächsten Heiratsantrag machte Arik Cadie dreizehn Jahre nach dem ersten. In einer Arbeitspause hielten sie sich im Home Pod ihrer Eltern auf. Arik machte sich Sorgen, dass Cadie ihn erneut abweisen könnte, doch sie waren an einem Punkt in ihrem Leben angelangt, da eine Heirat endlich realistisch war, und sie überraschte ihn damit, dass sie auf der Stelle einwilligte. Aus alten Filmen von der Erde wussten sie, dass dies ein emotionaler Moment sein sollte, und sie freuten sich auch, doch es fehlten der Jubel und die Aufregung, die für einen Wendepunkt des Lebens und einen ekstatischen Glücksmoment charakteristisch waren. Als er abends im Bett lag, wurde Arik bewusst, dass man auf der Erde weniger die Vereinigung feierte, als das Vermeiden von Einsamkeit – die zu fürchten Gen V keinen Anlass hatte.

In der V1 wurden keine Ringe gewechselt, und es gab auch nicht unbedingt eine Hochzeitsfeier. Kelley hatte die Autorität, Paare zu trauen, doch Arik hatten keinen Zugang zu ihm, deshalb bat er seine Mutter, ihm bei den Vorbereitungen zu helfen, um sie etwas mehr in sein Leben einzubinden. Sie schaute daraufhin seinen Vater an, und Arik glaubte schon, sie wolle die Verantwortung an Darien weiterreichen, doch dann willigte sie lächelnd ein.

Arik und Cadie waren nicht das einzige Paar, das Kelleys Zeit in Anspruch nehmen wollte, und so wurde aus praktischen Gründen beschlossen, dass er mehrere Paare gleichzeitig trauen sollte. Als die unverheirateten Paare begriffen, dass ihre Freunde bald aus der elterlichen Wohnung in eigene Pods umziehen würden, entschlossen auch sie sich zur Heirat. Daraufhin verkündete Kelley, alle Hochzeiten sollten gleichzeitig stattfinden – die vermutlich größte Hochzeitsfeier der Galaxis.

Die Paare durften ihr neues Zuhause schon am Tag vor der Hochzeit beziehen, da es der Feststimmung einen argen Dämpfer versetzt hätte, wenn sie nach der Feier ihrem Partner gute Nacht gesagt und mit ihren Eltern nach Hause gegangen wären. Alle fünfzig Paare konnten am selben Tag umziehen, denn in der V1 beschränkte sich ein Umzug darauf, dass man mit der MSB ein paar Transportbehälter von einem Pod zum anderen beförderte. Den Großteil des persönlichen Besitzes machte die Kleidung aus, einen kleineren Teil die Ausrüstung, dazu kamen die im zentralen Quantenspeicher gesicherten Daten. Da man durch die schmalen Türen der V1 keine großen Möbelstücke transportieren konnte, waren alle neuen Pods vollständig möbliert.

Arik und Cadies neues Pod unterschied sich kaum von ihrem früheren Zuhause, doch es hatte vier Räume und nicht nur drei. Der größte Raum beinhaltete die Küche, den Essplatz und eine kleine Sitzecke. Dann gab es noch ein kleines Schlafzimmer, ein Labor und einen weiteren Raum, der vermutlich vorerst als zweites Büro dienen würde, sich aber auch als Kinderzimmer nutzen ließ.

Arik und Cam hatten gehofft, Pods im gleichen Bereich zugeteilt zu bekommen, doch stattdessen hätten sie nicht weiter auseinanderliegen können. Die Vier-Raum-

Pods lagen in der Sektion R, während Cam und Zaire ein kleineres Pod in der Sektion C zugeteilt bekommen hatten, da die im Wrench Pod Beschäftigten kein Anrecht auf ein Heimlabor hatten. Cadie und Zaire waren befreundet, doch Arik wusste, dass ihr vor allem Cams Gesellschaft fehlen würde. Cadie und Zaire waren vor allem deshalb miteinander befreundet, weil Arik und Cam beste Freunde waren, und nicht, weil sie sich eng verbunden gefühlt oder gemeinsame Interessen geteilt hätten. Cadie und Cam hatten auch nicht viel gemeinsam, unterhielten aber eine ungewöhnlich offene und unangestrengte Beziehung. Cam war nicht nur Ariks bester Freund, sondern auch Cadies.

Die Hochzeit fand am nächsten Abend statt, und das Venera Auditorium war bis auf den letzten Platz gefüllt. Die Wandbeleuchtung war gedimmt, und das Polymeth über der Bühne zeigte einen Birkenwald, dessen grünes Laub im Sonnenschein leuchtete. Musik hatte in der V1 keinen großen Stellenwert, deshalb hatte sich jemand für das Naheliegende entschieden und einen Satz aus Vivaldis Vier Jahreszeiten ausgewählt.

Die Bräute trugen einfache weite Synthetikkleider und hielten lange Tulsifarnwedel in der Hand. Sie wurden eine nach der anderen vom Brautvater durch den Mittelgang und aufs Podium geleitet. Der Brautvater küsste sie auf die Wange, dann nahm er neben der Brautmutter und den Eltern des Bräutigams auf einem der reservierten Sitze in der vordersten Reihe Platz. Arik stand zusammen mit den neunundvierzig anderen Bräutigamen aufgereiht auf der Bühne, und alle drängelten ein wenig, beugten sich vor und hielten Ausschau nach ihren Freunden. Sie waren dunkel gekleidet und hatten die Hände hinter dem Rücken verschränkt, damit sie sie nicht versehentlich in die Tasche schoben.

Als der letzte Brautvater die Bühne verließ, standen sich Bräute und Bräutigame gegenüber. Ungeachtet Ariks Mutmaßungen über die gedämpften Emotionen von Gen V in Bezug aufs Heiraten, empfand er auf einmal unerwartete Freude, Liebe und Stolz, als er seiner zukünftigen Ehefrau in die Augen schaute. Was ihn jedoch an meisten überraschte, war das Verlangen, Cadie zu beschützen, auch wenn er nicht hätte sagen können, wovor.

Die Musik verklang, und Kelley trat auf die Bühne. Er nahm an der linken Seite der Gruppe Aufstellung, die dem Publikum zugewandt war, und hielt eine überraschend kurze Rede. Er könne gar nicht glauben, dass er vor sechs Monaten hier oben gestanden sei, der Abschlussfeier von Gen V beigewohnt und ihr alles Gute für ihre Laufbahn gewünscht habe. Er sei sicher, dass sie in sechs Monaten erneut hier stehen würden, wenn diese begabten jungen Männer und Frauen ihre Entdeckungen zum beschleunigten Wachstum von Stammzellen, effizienteren Methoden der Kernfusion und natürlich zur künstlichen Photosynthese präsentieren würden. Heute aber wünsche er ihnen alles Gute bei einer Unternehmung, die ebenso wichtig sei wie ihre Arbeit: der Ehe.

Die Zeremonie war ebenfalls kurz und nicht besonders feierlich. Kelley beschrieb die Ehe als einen praktischen Kontrakt, als Partnerschaft, die beiden Seiten von Nutzen sei, und als Zusammenarbeit, die Leistungen erbringe, die auf andere Weise unmöglich seien. Die Ehe sei keine Verschmelzung zweier Personen zu einer; vielmehr erschaffe sie etwas Drittes, dessen einzige Aufgabe es sei, die beiden Einzelpersonen zu erfreuen und zu inspirieren.

Arik und Cadie und die anderen leisteten das Eheversprechen. Sie versprachen, einander in allen Dingen zu unterstützen, die Entwicklung des Partners in jeder Beziehung zu fördern und der Selbstsucht zu entsagen. Dann erklärte Kelley sie offiziell für verheiratet, und die beiden Reihen vereinigten sich unter tosendem Applaus. Von Begrüßungen oder Gratulationen abgesehen, hatte Arik noch nie eine andere Frau umarmt, doch jetzt kam es ihm so vor, als hielte und beschnuppere er Cadie zum allerersten Mal. Selbst als die anderen sich voneinander lösten, ins Publikum winkten oder von der Bühne gingen, dehnte er den Moment hinaus und ließ sie nicht los.

Die Wandbeleuchtung veränderte sich, und auf die Zeremonie folgte der Empfang. Abgepackte Mahlzeiten und bescheidene, aber wirksame alkoholische Getränke wurden serviert. Auf der Bühne wurde getanzt – worauf Arik und Cadie verzichteten –, und in der Mitte des Raums wurde ein Teil der Sitze entfernt und durch mehrere kleine Tische ersetzt. Ursprünglich ging es darum, den jungen Paaren zu gratulieren und sie zu feiern, doch der Anlass bot auch eine gute Gelegenheit, dem Arbeitsstress der V1 vorübergehend zu entkommen. Die Party erfasste erst das ganze Auditorium, dann pflanzte sie sich durch die rückwärtige Tür nach draußen fort. Im Laufe des Abends häuften sich im Mittelgang die vergessenen Punschgläser und Teller, und jemand hatte einen großen, halb leeren Becher auf den Überresten der Venerasonde in der hinteren Ecke abgestellt. Wer zu müde oder zu betrunken war, um noch stehen zu können, gesellte sich zu einem der Grüppchen auf den Sitzen, einige waren sogar eingeschlafen. Arik und Cadie saßen mit Cam, Zaire, Renè und Syed zusammen; Ariks und Cadies Eltern hatten in der hinteren Ecke an einem Tisch Platz genommen. Als jeder seinen Becher mit dem letzten Rest Punsch gefüllt hatte, stieg Kelley auf die Bühne.

»Würdet ihr mir bitte alle noch mal zuhören?« Er wartete, bis ein wenig Ruhe eingekehrt war. Seine Augen wirkten verquollen, und er schaute blinzelnd ins Publikum. »Zunächst einmal möchte ich den Frischverheirateten die besten Glückwünsche aller Erdbewohner und speziell der GSA übermitteln. Ich glaube, der genaue Wortlaut lautete folgendermaßen: ›Unseren Glückwunsch zu einem neuen galaktischen Rekord, und bitte denken Sie daran, Vorsichtmaßnahmen zu treffen.‹«

Die Anwesenden waren noch fit genug, um herzhaft zu lachen. Jemand rief: »Hört, hört!«, und jeder, der ein Glas in der Hand hielt, trank es leer.

»Aber ich möchte auch einen ganz besonderen Toast auf zwei Menschen ausbringen, die mir viel bedeuten. Arik und Cadie, wo seid ihr? Da sind sie ja. Steht mal auf, ihr beiden.«

Arik hatte befürchtet, dass er und Cadie hervorgehoben würden, hatte aber geglaubt, es sei dazu bereits zu spät, und sie wären auf der sicheren Seite. Er sah Cadie an und rollte mit den Augen. Man musste sie beide auf die Beine ziehen und in Richtung Bühne schieben.

»Diese beiden jungen Leute sind fast schon ein ganzes Leben lang zusammen«, sagte Kelley. »Sie haben als Kinder miteinander gespielt, sind zusammen aufgewachsen, und als sie älter waren, haben sie gemeinsam daran gearbeitet, Dinge möglich zu machen, die sich niemand hätte träumen lassen.« Er wartete, bis sie die Bühne überquert hatten, dann legte er den Arm um sie. Aus dem Augenwinkel sah Arik Kelleys Glas, und er roch Kelleys Alkoholatem, der sich mit seinem Deo mischte. »Ihr beide seid der Stolz der V1, wisst ihr das? Ihr seid das Symbol all dessen, was an der Menschheit gut und richtig ist.«

Arik rang sich ein Lächeln ab. Kelley trat zurück und schob die beiden vor sich enger zusammen. Er hob das Glas, und alle Anwesenden im Raum tranken auf den Stolz der V1, die Symbole der Zukunft, das perfekte, unzertrennliche Paar.

12
OSTEREI

Arik war zwar wieder zu Hause, musste aber mehrmals in der Woche das Doc Pod aufsuchen und sich einer Physiotherapie unterziehen. Nur an bestimmten Tagen ging er ins Life Pod, einerseits, weil er öfter Kopfschmerzen hatte, andererseits wegen Cadie. Wenn sie beide gleichzeitig arbeiteten, machten sie die Polymeth-Trennwand undurchsichtig, und wenn sie die Kuppel aufsuchen wollten, vergewisserten sie sich vorher, ob sich nicht der andere darin aufhielt. Wenn Arik mittags dort war, brachte er Cadie für gewöhnlich eine Mahlzeit vorbei, doch wenn sie sich bedankt hatte, ging er in sein Büro und aß allein.

Arik schluckte zwei Schmerzpillen, dann dimmte er die Wandbeleuchtung im Heimbüro, um seine Augen zu entlasten. Er rief seinen Arbeitsplatz auf und bemerkte sogleich die Ziffernfolge in der rechten unteren Ecke:

2519658000000 922,76 40,002 DELTA

Zunächst befürchtete er, der Arbeitsplatz würde aufgrund eines Fehlers im Shellprogramm nicht booten, doch als er genauso angezeigt wurde, wie er ihn am Abend zuvor abgespeichert hatte, nahm er an, Fais Team nehme gerade eine Fehleranalyse am System vor. V1RW – die Rechner-Cloud der V1 – behob ihre Fehler normalerweise selbst und suchte entweder proaktiv nach Fehlern, wenn die CPUs nicht ausgelastet waren, oder in Realzeit mittels Analyse der Prozessorbefehle, wenn sie ausgeführt wurden. Manchmal aber schafften es die User, Bugs einzuschleppen, die den Rechnern entgingen, und dann mussten sie sie auch selbst beheben.

Den meisten Programmierern war es zuwider, Programmcode manuell zu debuggen. Das betrachteten sie als Zeitverschwendung, als eine Arbeit, die eines Programmierers und Informationsarchitekten unwürdig war, weshalb sie meistens an untergeordnete Kräfte delegiert wurde. Arik aber machte die Fehlersuche Spaß. Er fand die Arbeit anregend, sogar befriedigend. Die meisten Fehler waren vorhersehbar und relativ einfach zu beheben, doch hin und wieder war eine Anomalie so komplex, subtil und elegant, dass man an die Grenzen des Verstandes gehen musste, um sie aufzuspüren. Wenn er sich ein Problem und dessen Lösung gleichzeitig vergegenwärtigte, hatte er manchmal das Gefühl, die Zeit stehe still.

Für Arik waren das euphorische Momente.

Die Meldung verharrte die nächsten Stunden über in der unteren Ecke und stachelte Ariks Neugier an. Es war nicht ungewöhnlich, dass eine Diagnosemeldung ein paar Sekunden oder Minuten lang angezeigt wurde, während jemand versuchte, das Problem im laufenden System aufzuspüren, aber dass sie den ganzen Tag sichtbar gewesen wäre, hatte er noch nicht erlebt. Er überlegte gerade, ob er sich ans Code Pod wenden sollte, als er eine Videonachricht empfing. Sein Vater fragte nach, ob er Zeit habe, sich einen »anomalen String« anzuschauen, der bei allen in einer Ecke des Arbeitsplatzes angezeigt werde. Darien wirkte gestresst und hatte die Nachricht ohne Zusatzinfos abgeschickt. Arik sah auf die Zeitanzeige und stellte fest, dass Cadie in einer Stunde von der Arbeit nach Hause kommen würde. Er wusste, dass sie bald über das Kind würden sprechen müssen, doch jetzt gab es ein neues Problem, das einer Lösung harrte, deshalb musste das Gespräch mit Cadie noch warten.

Arik wunderte sich, dass die Anfrage von seinem Vater kam. Darien war zuständig für Chemie- und Bautechnik. Er stand dem Wet Pod vor und hatte mehrere Gebäude der V1 entworfen. Wie alle Techniker kannte er sich gut mit Computern aus, doch für Bugs im Shellprogramm galt das anscheinend nicht. Er war eng mit Fai befreundet, und es war denkbar, dass Fai Darien gebeten hatte, seinen Sohn um Hilfe zu bitten. Fai war vermutlich zu stolz, um Arik persönlich zu fragen, und vermutlich waren auch noch andere Personen angesprochen worden, da die Technologieabteilung weder über die nötige Zeit noch die Ressourcen verfügte, um sich um eine solch triviale Angelegenheit zu kümmern. Aber wenn die Anfrage ursprünglich von Fai kam, bedeutete dies, dass es sich nicht bloß um eine Diagnosemeldung handelte, sondern wohl eher um eine Reihe von Fehlercodes, die so ungewöhnlich waren, dass niemand im Code Pod eine Ahnung hatte, was sie bedeuteten.

Arik stellte sich vor die Polymeth-Wand und streckte sich, während er den Quellcode des Shellprogramms aufrief. Er hatte den ganzen Tag über Schmerzmittel genommen und musste sich ein wenig bewegen, um einen klaren Kopf zu bekommen und sich konzentrieren zu können.

Noch ehe er sein Debugging-Ritual beginnen konnte, identifizierte er die Anfangsziffern 2519658000000 des Fehlercodes als Datum. Da Computer grundsätzlich nicht in der Lage waren, ein absolutes Datum vom anderen zu unterscheiden, nutzten sie relative Datumsangaben im Sinne einer Zeitdauer, die von einem bekannten Zeitpunkt aus gemessen wurde. Die Rechner-Cloud der V1 hatte die alte Konvention übernommen, Zeitpunkte als die seit Mitternacht des 1. Januar 2070 verstrichenen Millisekunden zu bestimmen. Zahlen wie 2,5 Quadrillionen kamen bei der alltäglichen Arbeit zwar nicht häufig vor, doch man konnte davon ausgehen, dass sie maschinenlesbar waren. Und da die letzten sechs Ziffern Nullen waren, konnte Arik sogar ablesen, dass wahrscheinlich genau zwölf Uhr mittags oder Mitternacht gemeint war.

Bei dem Datum handelte es sich vermutlich um einen sogenannten Zeitstempel. Fehlercodes waren meistens mit Zeitstempeln verknüpft, damit man bei der Problemlösung den Zeitpunkt erkennen konnte, zu dem Problem zum ersten Mal aufgetreten war, und den Zustand, der dazu geführt hatte, rekonstruieren konnte. Als Arik jedoch den Zeitstempel des Fehlercodes von der momentanen Zeit subtrahierte, war das Ergebnis zu seiner Überraschung negativ. Der Rechner meldete kein Problem, das in der Vergangenheit entstanden war; er sagte einen Fehler voraus, der 2,75 Tage in der Zukunft auftreten würde.

Zwar verwendete man ständig Computermodelle, um die Wahrscheinlichkeit von Fehlern und Systemausfällen zu bestimmen, doch soweit Arik wusste, war die V1RW nicht darauf programmiert, eigenständige Wahrscheinlichkeitsdiagnosen auszuführen. Wahrscheinlicher war, dass die interne Rechneruhr der Veröffentlichung der Meldung vorausgeeilt war oder immer noch weiter vorauseilte. Computer konnten viel, doch bei der Zeitmessung hatten sie erstaunlicherweise Probleme. Damit die internen Uhren funktionierten, mussten sie regelmäßig kalibriert werden. Alle neunzig Minuten empfing V1RW das Signal eines vorbeifliegenden Satelliten, der eine der genauesten Uhren an Bord hatte, die je gebaut worden waren. Zwölf Laser überwachten das von den Elektronen eines einzelnen Ytterbiumatoms ausgesandte Licht. Indem sie die Lichtimpulse zählten, konnten sie eine Sekunde in fast eine Quadrillion Teile aufsplitten. Irgendwann hätte die Sonne den größten Teil des Wasserstoffs verbrannt und würde sich so weit ausdehnen, dass alles Leben im Sonnensystem vernichtet würde. Die Abweichung der Ytterbiumuhr würde dann weniger als eine Sekunde betragen. Damit V1RW von der Genauigkeit der mikrogravitativen optischen Atomuhr profitieren konnte, musste sie natürlich zunächst das Kalibrierungssignal empfangen.

Arik sah unwillkürlich auf seine Uhr, die zwei separate Anzeigen hatte: ein Digitalmodul, das mit V1RW kalibiriert war, und ein analoges Uhrwerk mit Stahlfeder, Rotor, Zahnrädern, Anker und etwa zweihundert weiteren Teilen, welche dazu dienten, die Zeit mit einer Ungenauigkeit von etwa einer Sekunde pro Tag, aber ohne externe Energiequelle und Kalibrierungssignal anzuzeigen. Obwohl mechanische Uhren vor allem bei obsessiven, anachronistischen Bastlern beliebt waren, fanden auch mehrere Computerfachleute der V1 sie nützlich. Eine mechanische Uhr konnte zwar keine Abweichung von Sekundenbruchteilen gegenüber der Zeitmessung von V1RW messen, wohl aber eine Differenz von zwei oder mehr Minuten. Da das Lebenserhaltungssystem von einem Computer gesteuert wurde, der wiederum von einer Atomuhr abhing, die sich in zwölftausend Kilometer Höhe im Orbit um den Planeten befand, war es gut, wenn man ein isoliertes Backupsystem in der Rückhand hatte.

Ariks Uhr aber stimmte bis auf wenige Sekunden mit der Systemzeit überein, und ein Blick in die Logs ergab, das V1RW in Ariks Leben nur einige wenige Kalibrierungen verpasst hatte, zum letzten Mal vor viereinhalb Jahren. Der Zeitstempel war demnach korrekt.

Arik führte das Shellprogramm in einem anderen Programm aus, das jedes einzelne gerenderte Pixel zu der Programmzeile zurückverfolgen konnte, die es generiert hatte. In der unteren rechten Ecke des Arbeitsplatzes markierte er die Nachricht mit einem Debug-Rechteck und startete die Shell neu. Es stellte sich heraus, dass die Nachricht von knapp über hundert Programmzeilen gerendert wurde, die im Quellcode der Shell inmitten ähnlicher Zeilen so offensichtlich zufällig verteilt waren, dass eine Absicht dahinterstehen musste. Jede Komponente der Meldung wurde mit einer langen, komplexen Gleichung berechnet. Einige der Gleichungsvariablen waren gerade Zufallszahlen, doch jede Formel war so gestaltet, dass dies irgendwie ausgeglichen wurde und stets das gleiche Resultat herauskam.

Arik war sich jetzt sicher, dass die Meldung absichtlich in das Shellprogramm eingespeist worden war, und er nahm an, dass es sich um einen Versuch handelte, mit jemandem zu kommunizieren – vermutlich mit ihm selbst. Er schaute sich noch einmal die zweite und die dritte Ziffer an, und jetzt, aus neuem Blickwinkel, begriff er auf einmal, was er da vor sich hatte. Es handelte sich um Funkfrequenzen. Auf der ersten Frequenz, 922,76 MHZ, kommunizierte das Earth Radio Pod mit den Satelliten, welche die Signale von der Erde empfingen und sie zu ihr übermittelten. Über die zweite Frequenz von 40,002 MHZ kommunizierte die V1 mit dem ERP. Das ERP war von der V1 getrennt, damit es im Falle eines schweren Unfalls weiterfunktionierte. Es war ein kleines Gebäude, das nur ein bis zwei Personen Platz bot, und es lag einen Kilometer südlich der V1, wo es für den Fall, dass sich das Undenkbare ereignen sollte, vor Feuer und Splittern sicher war. Es verfügte über ein eigenes Computersystem, eine eigene Energieversorgung und ein kleines Lebenserhaltungssystem mit Pressluft. Die einzige Verbindung zwischen der V1 und dem ERP war die Funkverbindung auf 40,002 MHZ.

Die beiden Funkfrequenzen und das drei Tage in der Zukunft liegende Datum legten die Vermutung nahe, dass es sich weniger um eine Botschaft handelte, als vielmehr um einen Hinweis, wo und wann die eigentliche Nachricht aufzufinden sei. Allerdings hatte Arik keine Möglichkeit, die beiden Frequenzen abzuhören. Der gesamte Funkverkehr zur Erde wurde durch Algorithmen verschlüsselt, die in zehnjähriger Arbeit zu knacken ihm vermutlich selbst dann große Mühe bereitet hätte, wenn er Zugriff auf einen Mehrkern-Elektronenrechner gehabt hätte. Darauf bezog sich vermutlich das Wort DELTA. In der Funkersprache stand Delta im Allgemeinen für den Buchstaben D; eine andere Interpretation – die Variante einer Variable oder Funktion oder der Differenz zwischen zwei Werten – schien hier naheliegender. Die Differenz zwischen den beiden verschlüsselten Frequenzen betrug 882,758 MHZ – eine Frequenz, die, soweit Arik wusste, nicht genutzt wurde und die man mit dem Frequenzscanner mühelos müsste abhören können. Inzwischen war er sich fast sicher, dass die Nachricht an ihn gerichtet war, und das beunruhigte und faszinierte ihn.

Außerdem war er sich beinahe sicher, dass es sich nicht um einen Streich handelte, den ihm ein Freund aus dem Code Pod spielte, und auch nicht um einen von Dr. Nguyen oder Priyanka veranlassten Test, der sicherstellen sollte, dass Arik noch immer in der Lage war, das Problem der KP zu lösen. Er suchte in den Logs der Quellcode-Kontrollsysteme nach dem Urheber der Veränderungen am Shellprogramm und stellte zu seiner Verblüffung fest, dass alle Bearbeitungen ihm selbst zugeschrieben wurden.

Das war ganz gewiss kein Scherz. Zum Spaß »Ostereier« in den Code einzubetten und seine Spuren zu verwischen war eine Sache, aber die Manipulationen einem anderen User unterzujubeln war wesentlich schwieriger und in Ariks Fall nahezu unmöglich. Allenfalls Fai wäre möglicherweise dazu in der Lage gewesen. Arik verwendete nicht nur das übliche DNA-Identifizierungsprotokoll, sondern kombinierte vermutlich als Einziger in der V1 die biometrische Identifizierung mit der Gestenidentifikation. Bei der Gestenidentifikation wurden charakteristische Bewegungsabläufe oder Muster zur Identifizierung verwendet. Selbst wenn es jemandem gelungen wäre, seine biometrische Signatur zu fälschen, war seine Gesten-ID doch so kompliziert, dass niemand sie hätte erraten können, und da er sie fast immer mit seinem BCI ausführte, war es auch unwahrscheinlich, dass jemand sie aufgezeichnet oder anhand der Fingerabdrücke auf einer Polymeth-Oberfläche rekonstruiert hatte. Die Wahrscheinlichkeit, dass jemand seinen Account geknackt hatte, war äußerst gering.

Wesentlich wahrscheinlicher war, dass Ariks Erinnerung an das Osterei bei dem Unfall oder der nachfolgenden Operation zerstört worden war und dass die Nachricht den Versuch darstellte, Informationen an sich selbst zu übermitteln. Diese Theorie erschien plausibel, mit einer Einschränkung: Um diese Vorgehensweise zu erklären, hätte er vorher wissen müssen, dass sich der Unfall ereignen würde.

13
DRECK

Seit Arik und Cam ihre berufliche Laufbahn begonnen hatten, sahen sie einander nicht mehr so oft. Sie mussten beide auf ihrem jeweiligen Gebiet eine Menge dazulernen und hatten kaum Freizeit. Das bisschen Zeit und Energie, das ihnen am Ende eines Arbeitstages blieb, investierten sie in ihre Ehe und nicht in ihre Freundschaft. Sie hatten sich nur zweimal alle vier zum Essen und zum vierhändigen Schachspiel getroffen, doch beide Abende endeten vorzeitig: Einmal nickte Cam in seinem Sessel ein und besabberte sein Hemd, das andere Mal fiel Cadie zwischen zwei Gängen auf dem Kombifuton in einen tiefen Schlaf und musste ins Schlafzimmer getragen werden. Sie erwachte am nächsten Morgen und fragte nach dem Dessert.

Arik und Cam kamen deshalb überein, sich hin und wieder tagsüber zu treffen. Viel Zeit konnten sie auch da nicht erübrigen, aber sie hatten wenigstens Gelegenheit, miteinander zu sprechen, ohne dass ihnen ständig die Augen zufielen. Wie sich herausstellte, war das gemeinsame Mittagessen noch schwieriger zu koordinieren als das Abendessen. Bei all den Notfällen, Mittagsbesprechungen, Essen mit älteren Kollegen und der allgemeinen Arbeitsbelastung ergab es sich nie, dass ihre Terminkalender gleichzeitig eine Lücke aufwiesen. Zwar war Cam so ausgelastet wie jeder andere in der V1, doch für gewöhnlich war es Arik, der in letzter Minute eine knappe Absage schickte, die Cam las, wenn er gewohnheitsmäßig seine Meldungen auf einem Wandstück checkte, bevor er das Wrench Pod verließ und die MSB bestieg. Jedes Mal, wenn eine Verabredung zum Mittagessen endete, bevor sie überhaupt begonnen hatte, antwortete Cam mit einem Achselzucken und einem »Mach dir deswegen keine Sorgen«, was Ariks Besorgnis erst recht anstachelte.

Bei der vierten Absage schickte Arik Cam eine lange, detaillierte Entschuldigung. »Cam, es tut mir wirklich leid, aber ich muss schon wieder absagen. Ich weiß, es sieht so aus, als betrachtete ich unsere Freundschaft als Selbstverständlichkeit, aber glaub mir, das tue ich nicht. Ich stehe einfach nur unter gewaltigem Druck, endlich einen Fortschritt zu erzielen.« Bevor er fortfuhr, warf er einen Blick über die Schulter. »Subha schleicht ständig um mich herum, und ich bin noch kein Stück weitergekommen. Ich weiß, ich muss an meinen Prioritäten arbeiten, und das werde ich auch, aber ich brauche dringend einen Durchbruch.« Er wandte den Blick von der Kamera ab und schüttelte den Kopf. »Ich weiß auch nicht – irgendwie habe ich das Gefühl, die KP ist nicht nur mein erstes Projekt, sondern eine Lebensaufgabe. So habe ich mir meine Karriere nicht vorgestellt. Also noch einmal: Es tut mir leid.«

Später scherzte Cam, in der Zeit, die Arik mit seiner Entschuldigungsmail beschäftigt gewesen sei, hätten sie auch zusammen zu Mittag essen können. Seine Antwortnachricht aber bestand aus einer einzigen Zeile, die Arik nie vergaß.

»Wir beide sollten die einzigen beiden Menschen in der V1 sein, die sich nicht entschuldigen müssen.«

Cam kam auf die Idee mit dem spontanen Treffen. Anstatt einen Tag im Voraus einen Termin zu bestimmen, an dem sie beide freihatten, nur um wieder abzusagen, wenn etwas Unvorhergesehenes eintrat, schlug er vor, davon auszugehen, dass sie beide zu beschäftigt wären. Wenn einer von ihnen eine Gelegenheit sähe, von der Arbeit wegzukommen, sollte er bis 1145 Uhr eine Nachricht schicken. Wenn man sich nicht freimachen konnte, wäre eine Antwort unnötig, und man bräuchte sich nicht zu entschuldigen oder zu rechtfertigen. Vielleicht klappte es ja beim nächsten Mal.

Das System funktionierte. Sie schickten einander ein paar Nachrichten, die unerwidert blieben, und keiner hatte ein schlechtes Gewissen. Und dann eines Tages, als Subha nicht zur Arbeit erschien und im Life Pod die unbeschwerte Stimmung eines Urlaubstages Einzug hielt – Arik und Cadie verbrachten den ganzen Vormittag zusammen in ihrem Labor –, ging Arik in sein Büro, um Cam zu benachrichtigen, und stellte fest, dass Cam sich bereits gemeldet hatte.

»Ich habe frei. Und du?«

Aus irgendeinem Grund galt als abgemacht, dass Cam bei ihrem ersten Treffen ins Life Pod kommen und sie dort essen würden. Cam aber hatte das Life Pod bereits gesehen und an einer der seltenen persönlichen Kuppelführungen teilgenommen. Niemand hatte Arik verboten,

Leute herumzuführen, deshalb hatte er keine Bedenken, notfalls Unwissenheit vorzuschützen, wenn sich herausstellen sollte, dass dies den Abteilungsregeln zuwiderlief. Zum Glück nahm niemand Anstoß, was vermutlich auch damit zu tun hatte, dass er die Führung um 2300 Uhr durchgeführt hatte, lange nachdem seine Kollegen (und auch Subha) nach Hause gefahren waren. Die automatische Beleuchtung in der V1 war im Einklang mit dem Sonnenuntergang in Aksai Chin gedimmt worden – dass der Tag-und-Nacht-Wechsel zwischen der V1 und dem Hauptquartier der GSA abgestimmt war, bedeutete mehr Schlaf für alle –, und Cam hatte erwartet, dass es im Life Pod dunkel sein würde. Der Sonnentag auf der Venus aber würde noch ein paar Hundert Stunden andauern, deshalb drang das senfgelbe Licht der Kuppel durch die Polymeth-Schleuse und erhellte fast das ganze Life Pod. Selbst auf dem Flur war es so hell, dass sie blinzelten und mit der Hand die Augen schützten, als sie sich der Kuppel näherten. Da es in der V1 keine Fenster gab, konnte man sich kaum vorstellen, dass Sonnenaufund Sonnenuntergang nicht dem gewohnten Rhythmus folgten.

Ari antwortete auf Cams Nachricht:

»Ich komme. Breche gleich auf.«

Als Arik vor der Infrastrukturabteilung aus der MSB trat, erwartete Cam ihn bereits auf dem Bahnsteig.

»Willkommen im Wrench Pod«, sagte er. Obwohl sie sich schon ein Leben lang kannten, hielten sie es für angemessen, einander die Hand zu schütteln. Cam grinste; offenbar freute er sich darauf, Arik etwas zu zeigen, was der noch nicht kannte, und seinem Freund vielleicht das eine oder andere beizubringen. Arik war mit der MSB schon Hunderte Male am Wrench Pod vorbeigefahren, hatte aber noch nie Gelegenheit gehabt, es sich anzusehen.

»Tut mir leid, dass ich mich ein paar Monate verspätet habe.«

»Schon gut. Stammzellenfleisch verdirbt nicht. Cadie konnte nicht mitkommen?«

»Ich hab mir gedacht, wir lassen die Gattinnen heute mal zu Hause.«

»Gut. Zaire hat heute Inventurdienst, vermutlich ist sie gar nicht auffindbar.«

Der Eingang des Wrench Pods war direkt vom Bahnsteig aus zugänglich. Der hohe Torbogen ermöglichte es, auch große Ausrüstungsteile leicht zur MSB und zum Bestimmungsort zu transportieren. In den Anfangsjahren mochte das sinnvoll gewesen sein, doch inzwischen hatte man so viele schmale Durchgänge und Fertigtüren in die Station eingebaut, dass alle Gerätschaften in Einzelkomponenten gefertigt und an Ort und Stelle zusammengebaut werden mussten.

»Wann beginnt die Führung?«

»Am besten jetzt gleich, dann essen wir, wenn es im Pausenraum etwas leerer geworden ist.«

Das Wrench Pod war viel größer und geschäftiger, als Arik erwartet hatte. Ungefähr hundert Personen beugten sich über unterschiedliche Arbeitsplatzkonfigurationen und rückten Stahl- und Plastikplatten sowie zylindrische Rohre mit unterschiedlichen Sägen, Elektronenlasern und pneumatischen Werkzeugen zu Leibe. In Bodenhalterungen steckten senkrechte leuchtende Polymeth-Platten, auf denen Diagramme und Schemazeichnungen rotierten. Arik schaute nach oben und betrachtete das komplizierte Netzwerk von Laufstegen, die Zugang zu den Flaschenzügen und Hebebühnen boten. Cam geleitete Arik an der Wand entlang, wo sie niemanden störten. Er musste die Stimme heben, um sich in dem Lärm verständlich zu machen.

»Das Wrench Pod ist in drei Hauptabteilungen gegliedert. In dieser Werkstatt hier ist am meisten los. Dann gibt es da noch das Lager, wo Zaire sich vermutlich gerade aufhält, und das Dock, wo ich für gewöhnlich arbeite.«

»Woran arbeitest du gerade?«

»Ich repariere noch immer Rover. Aber man muss sich in mindestens zwei Gebieten spezialisieren, deshalb lerne ich auch noch Schweißen.«

Arik hatte keine Ahnung vom Schweißen, doch er kannte sich mit Löten aus und konnte sich denken, dass auch Schweißen seine Tücken hatte.

»Das ist etwa so einfach wie der Anbau von Farn«, sagte Cam. Auch beste Freunde waren nicht immun gegen die Rivalität zwischen den Pods. »Wenn ich's recht bedenke, ist das Schweißen das ultimative Handwerk. Das Prinzip ist ganz einfach: Man nimmt zwei Komponenten und fügt sie zu einer zusammen. Aber damit das klappt, muss man sich mit Chemie, Physik und auch einigermaßen mit dem Ingenieurwesen auskennen, und außerdem braucht man ein gewisses handwerkliches Geschick. Wegen dir müssen wir zudem die schwierigsten Schweißtechniken anwenden.«

»Wegen mir?«

»Wir dürfen keine Schweißbrenner einsetzen, weil sie zu viel Sauerstoff verbrauchen. Nur weil ihr der Nachfrage nicht nachkommt, muss ich die Techniken des Widerstands-, Ultraschall und Plasmaschweißens erlernen.«

»Jetzt verstehst du wohl, weshalb ich nie von der Arbeit wegkann. Wohin ich auch komme, überall beschweren sich die Leute, es gebe nicht genug Sauerstoff. Wenn ihr mehr Sauerstoff wollt, fliegt doch zur Erde.«

»Aber dann müsste ich wohl den ›Leuchtturm menschlichen Erfindungsgeistes‹ vergessen, oder?«

Ins Lager gelangte man durch einen weiteren Torbogen. Sie traten am Rand ein und mussten sich unter der Krümmung hindurchducken. Ein paar Meter weiter war es schon wesentlich leiser, und wegen der gewaltigen Ausmaße und der hohen Regale, die einen Großteil des Deckenlichts abhielten, war es hier auch viel dunkler.

»Das Public Pod war das erste Lager der V1«, erklärte Cam. »Jetzt siehst du, weshalb man ein neues bauen musste.«

»Ich kann nicht mal erkennen, wo das Lager aufhört. Wie viel Zeug ist hier drin?«

»Hier gibt es mindestens ein Teil von allem, was beim Bau der V1 verwendet wurde, mit Ausnahme der Computerausrüstung, der Reaktorteile und einiger weniger Sonderanfertigungen.«

»Wie findet ihr euch hier bloß zurecht?«

»Indem man das Inventarverzeichnis ständig aktuell hält.«

»Einen wie großen Anteil der V1 könnte man mit den Vorräten wiederaufbauen?«

»Ungefähr zwanzig Prozent. Etwa die Hälfte davon wird für Wartung, Reparaturen und Neukonfigurationen verwendet, die andere Hälfte ist für den Ausbau bestimmt. Irgendwann werden wir vielleicht eine V2 bauen, vorausgesetzt, ihr findet heraus, wie man sie mit Luft befüllen kann.«

Im rechten Winkel zur ersten Regalreihe drangen sie weiter in den Raum vor, sodass Arik die breiten Gassen entlangblicken konnte. Cam zeigte zur unsichtbaren Rückwand des Lagers.

»Dort hinten haben wir mehrere Hundert Tonnen Stahl, etwas Beton und etwa hundert Fertigtüren, mehrere Kilometer Schienen und fünfhundert bis tausend Platten Polymeth.«

»Führt ihr die Polymerisation selbst durch?«

»Soviel ich weiß, stammt unser gesamter Polymeth-Vorrat von der Erde. Ich weiß, dass wir notfalls nichtleitendes Polymeth herstellen können, aber um leitendes Material herzustellen, fehlt uns die Technologie.« Cam zeigte in den Gang hinein, an dem sie gerade vorbeikamen. »Hier lagert das ganze biegsame PVC und das leitende Material. Dahinter kommen die Vakuumrohre, Pumpen, Ventile und Filter. In den kleinen Behältern sind alle möglichen Schrauben, Bolzen, Muttern, Unterlegscheiben und Klammern, die du dir nur vorstellen kannst, aber es dauert etwa eine Stunde, das Gesuchte zu finden, weil niemand die Sachen dorthin zurücklegt, wo er sie rausgenommen hat. Hier findest du Elektro- und Beleuchtungsbedarf. Da drüben sind Leitungs- und Isoliermaterial gestapelt, und das hier ist alte Kompositisolierung, die wir nach draußen schaffen müssen, weil sie nicht wiederzuverwenden ist. In den Kisten dort befinden sich mehrere Tausend Kanister mit Butylalkohol, Silikon und verschiedenen Klebstoffen, und auf den Spulen dort ist Glasfaser aufgewickelt.«

»Was ist das da?«

»Das war mal ein Stapel von etwa zehntausend Karbonkautschukkacheln – das Zeig, von dem alle schwarze Füße bekommen –, bis jemand dagegengestoßen ist. Aber niemand hat sich dazu bekannt, und deshalb weigern sich alle, die Kacheln wiederaufzustapeln.«

»Wo verwahrt ihr die Möbel? Cadie hat gemeint, ich soll mich nach einer neuen Schlafzimmereinrichtung umsehen.«

»Wir gießen fast alle Möbel je nach Bedarf, deshalb brauchen wir keine zu lagern. Damit beschäftigt sich Zaire gerade.« Cam bemerkte in einem niedrigen Regal zwei schwarze Plastikbündel. »Achtung, das ist eine Insiderinformation. Ruiniere auf keinen Fall dein WC. Im Moment gibt es für die ganze V1 nur zwei Ersatzexemplare. Gestern waren es noch drei, aber anscheinend ist wieder eins kaputtgegangen.«

»Ihr seid schon ein seltsamer Haufen.«

»Willst du damit sagen, wir wären weniger zivilisiert als ein Haufen Chemiker und Botaniker?«

»Ist es noch weit zum Dock? Ich muss bald wieder zurück, aber das möchte ich gern noch sehen, bevor wir essen.«

»Ja, das liegt weiter vorn.«

Cam trat geduckt durch eine Tür im hinteren Bereich des Lagers, und Arik folgte ihm in den Lärm der Werkstatt hinaus. Sie gingen an der rückwärtigen Wand entlang; Cam wandte den Kopf und unterhielt sich mit ihm über die Schulter hinweg.

»Wie gefällt es dir, mit Cadie zusammenzuarbeiten?«

»Gut. Viel Gelegenheit zur Zusammenarbeit hatten wir noch nicht, weil wir meistens forschen, aber es ist schön, dass wir uns hin und wieder sehen können. Was ist mit dir und Zaire?«

»Hm. Sagen wir mal so, Zaire ist nicht Cadie.«

»Wie meinst du das?«

»Ich liebe die Frau, wirklich, aber es ist nicht immer leicht mit ihr. Ich erzähl's dir beim Essen. Ich weiß nicht, wo sie im Moment ist, aber wenn sie mitbekommt, dass ich mich beklage, bringt sie mich um.«

»Wo essen wir denn?«

»Im Pausenraum. Der liegt gleich neben dem Dock.«

»Es heißt, ihr bekämt das beste Stammzellenfleisch der ganzen V1 vorgesetzt.«

»Das bezweifle ich, aber ich kann dir garantieren, dass du hier die größte Portion bekommst. Du solltest mal sehen, wie die Leute hier spachteln.«

Sie betraten das Dock durch einen kleinen Torbogen. An der linken Seite befanden sich mit Maschendraht verschlossene Spinde, in denen schlaffe, schmutzige Schutzanzüge hingen. An der rechten Seite standen drei kleine Robot-Rover und drei große, manuell steuerbare Rover, alle an dicke schwarze Wandkabel angeschlossen. Neben dem letzten Rover in der Reihe stand ein kleiner Anhänger, dessen Magnetkupplung in den Raum hineinragte. Die rückwärtige Wand nahmen Werkzeugregale ein. Arik sah Hacken und Schaufeln, Presslufthämmer, pneumatische Stampfer und die Komponenten eines kleinen

Rammgeräts. Der Boden war mit Gitterplatten ausgelegt, die bei jedem Schritt dröhnten.

»Hier verbringe ich die meiste Zeit«, erklärte Cam. »Und *das da* sind meine Babys.« Er zeigte auf die Rover. »Die großen heißen Anna, Betty und Clara, die kleinen Malyshka, Kudryavka und Zhuchka. Offenbar wurden sie von verschiedenen Technikern gebaut.«

»Logisch. Was macht ihr damit?«

»Die kleinen Rover werden vor allem für Inspektionen und einfache Reparaturarbeiten eingesetzt. Sie verfügen über Kameraausleger, und an den sechs Armen an der Vorderseite kann man alle möglichen Werkzeuge anbringen. Sie lassen sich von jedem beliebigen Arbeitsplatz aus steuern und können sogar selbstständig arbeiten, obwohl es dann vorkommt, dass sie Dummheiten machen. Die großen werden manuell gesteuert. Man verwendet sie vor allem dafür, Vorräte und Personal im Umkreis der V1 zu transportieren, meistens dann, wenn jemand zu faul ist, zu Fuß zu gehen.«

»Sind sie schwer zu steuern?«

»Die kleinen sind etwas heikel, aber die großen lassen sich ganz einfach bedienen. Mit dem linken Schalthebel steuert man die beiden linken Räder, mit dem anderen die rechten. Drückt man beide vor, fährt das Ding vorwärts, zieht man sie nach hinten, fährt es rückwärts, und wenn man sie in entgegengesetzte Richtungen bewegt, dreht sich der Rover auf der Stelle.«

»Wie groß ist die Reichweite?«

»Etwa hundert Kilometer, aber sie legen im Laufe eines Tages nie mehr als fünf Kilometer zurück.«

»Wie weit bist du schon gefahren?«

»Nicht sehr weit. Es gibt keinen Grund, sich mehr als ein paar Meter von der V1 zu entfernen, es sei denn, man will zum ERP, und dafür habe ich keine Befugnis. Wieso fragst du, willst du dich etwa absetzen?«

»Ich wollte nur wissen, wie mutig du bist.«

»Ich bin sehr mutig, aber nicht blöd. Ich kenne den Typ, der die Dinger wartet.«

Arik vernahm das laute Zischen des Druckausgleichs. Er drehte sich um und erblickte einen Mann im Schutzanzug, der gerade aus einer breiten Stahltür trat. Der Mann nahm den Helm ab und atmete tief durch. Sein langes, graues Haar war schweißnass. Er langte hinter sich und zog ein dünnes, etwa fünfzig Zentimeter langes Rohr mit sechseckigem Querschnitt nach vorn. Er legte es auf einen Stapel gleichartiger Rohre an der anderen Seite. Dann stampfte er auf und ging zu einem leeren Spind. Arik begriff, dass der Bodenrost die Aufgabe hatte, den Schmutz der Stiefelprofile und Roverräder aufzunehmen.

»Das ist die Hauptpersonenschleuse, wie du siehst«, sagte Cam. »Alle funktionierenden Anzüge befinden sich dort drüben an der Wand. Man soll jedes Mal, wenn man hereinkommt, einen Funktionstest durchführen und das Innere des Helms reinigen und desinfizieren, aber ich habe noch nie erlebt, dass das jemand gemacht hätte.«

Sie beobachteten, wie der Mann die Handschuhe in den Helm schob und diesen in den Spind warf. Er drückte auf eine Stelle an der Innenseite des Metallkragens, dann zog er den Anzug vorn auseinander und schälte ihn ab. Er setzte sich auf eine Bank und zog die Füße aus den integrierten Stiefeln, dann hängte er den Anzug am steifen Kragen an einen Haken. Auf dem Weg zum Ausgang nahm er eine Flasche aus einem Regal und schüttete sich Wasser über den Kopf.

»Siehst du?«

»Die Anzüge wirken weniger gepflegt als die Rover.«

»Sie sind praktisch unverwüstlich, deshalb macht sich niemand darum Gedanken. Sie bestehen aus sieben Schichten eines extrem reißfesten Kompositfasergewebes, und alle Nähte sind verschweißt, sodass sie nicht reißen können. Man bräuchte schon einen Laser, um sie aufzuschneiden. Die Helme bestehen aus einem gehärteten Glasfaser-Verbundwerkstoff, der angeblich unzerbrechlich ist. Ich habe schon gesehen, wie Leute ihren Helm auf den Metallboden haben fallen lassen. Dann haben sie ihn aufgehoben, aufgesetzt und sind bedenkenlos in die Schleuse marschiert.«

»Wurde dort draußen schon mal jemand verletzt?«

»Nicht dass ich wüsste. Statistisch gesehen ist die Arbeit in der Werkstatt wesentlich gefährlicher als der Aufenthalt im Freien.«

Arik ging zu den Spinden und nahm die Anzüge in Augenschein.

»Sind die einfach zu benutzen?«

»Die sind vollautomatisch. Am schwersten ist es, die passende Größe zu finden. Wenn du drin bist, musst du ihn nur noch vorne schließen, dich vergewissern, dass Helm und Handschuhe dicht sind, und hinten eine frische Patrone einsetzen. Der Anzug schaltet sich erst dann ein, wenn alles dicht ist. Die Patronen liefern sowohl Luft als auch Strom, mehr braucht man nicht. Man kann sie draußen sogar austauschen, aber das würde ich nicht empfehlen – auf jeden Fall sollte jemand in der Nähe sein, falls etwas schiefgeht.«

»Sind das da drüben die Patronen?«

»Links die leeren, rechts die geladenen. Aber glaub bloß nicht, dass da jemand ein Hinweisschild aufstellt oder so. Am Abend packt jemand die ganzen benutzten Patronen in dieses große Wandgerät, den sogenannten Bienenstock, da werden sie aufgeladen. Und am Morgen stapelt sie jemand wieder im Regal.«

»Und wie funktioniert die Schleuse?«

»Ich glaube, das weiß niemand so genau. Das läuft alles vollautomatisch ab. Die Innen- und die Außentür sind unter dem Boden mechanisch miteinander gekoppelt, sodass man sie nicht gleichzeitig öffnen kann. Der Schleusenrechner erkennt, wie viele Personen sich darin aufhalten, und öffnet die Außentür nur dann, wenn die Zahl der Personen mit der der aktivierten Anzüge übereinstimmt. Man drückt auf einen Knopf, den Rest erledigt der Computer. Er kümmert sich auch um die erforderliche Dekontaminierung, wenn man wieder reinkommt.«

»Wie lange kann man draußen bleiben?«

»Vier bis fünf Stunden mit einer einzelnen Patrone, je nachdem, wie schwer man arbeitet und wie viel Luft man verbraucht.«

»Wie ist es da draußen?«

»*Heiß*. Und dunstig. Das ist auch schon so ziemlich alles.«

»Gibt es etwas zu sehen?«

»Eigentlich nicht. Die Luft ist so dick, dass man nur ein paar Meter weit sieht. Hätten wir keine Stroboskope an der V1 angebracht, würden wir jetzt vermutlich alle auf dem Planeten umherirren und nach dem Rückweg suchen.«

»Spürt man den Druck dort draußen?«

»Überhaupt nicht. Der wird durch den Anzug kompensiert. Das Mikroskelett reagiert automatisch auf Druckveränderungen.«

»Das ist viel interessanter als das Life Pod.«

»Solltest du mal tauschen wollen, sag mir Bescheid. Ich würde gerne in einem hübschen kühlen Büro sitzen und den ganzen Tag lang an die Wand starren.«

Arik fiel etwas am Boden in die Augen, und er ging in die Hocke. Vor seinem Fuß war der Metallrost mit einem schwefelgelben Pulver bestäubt.

»Das ist also Erde«, sagte Arik. Er nahm etwas davon zwischen die Finger und zerrieb es. »Das sehe ich jetzt zum ersten Mal.«

»Wenn du Dreck magst, bist du hier richtig. Einmal im Monat heben wir den Rost ab und schaufeln alles raus.«

Arik spähte durch den Rost und machte eine Spur aus, die von den Spinden zur Schleuse führte.

»Was macht ihr damit?«

»Das befördern wir nach draußen, damit man's wieder reintragen kann.«

Arik kauerte noch immer. Er entdeckte ein weiteres Häufchen des feinen Pulvers, nahm es zwischen die Finger und ließ es auf seine Handfläche rieseln. Er neigte die Hand und beobachtete, wie das Pulver durch den Rost verschwand.

»Kann ich etwas davon mitnehmen?«

»Du willst Dreck mitnehmen?«

»Ja, warum nicht?«

»Ich bin meistens nicht derjenige, der ihn rausschaufelt.«

»Ich meine, jetzt gleich. Können wir ein Gitter anheben und etwas Staub herausholen?«

»Wozu in aller Welt brauchst du den Dreck? Der haftet nur an der Kleidung und hemmt das Getriebe.«

»Ich möchte ein paar Untersuchungen damit durchführen.«

Cam musterte seinen Freund einen Moment, dann lächelte er.

»Ich weiß schon, was du vorhast. Cadie hat mir von dem Streit bei der Einweisung erzählt. Du willst wissen, ob man darin etwas anpflanzen kann.«

»Das war kein Streit«, erwiderte Arik. »Ich weiß, dass der Boden vollkommen steril ist. Ich will nur wissen, woraus er besteht.«

Cam blickte durch den Torbogen in die Werkstatt, dann sah er wieder Arik an.

»Behalt die Lunchbox, dann machen wir die auf dem Weg nach draußen voll.«

»Danke. Ich bringe dir auch mal einen Farnwedel oder eine Petrischale mit.«

»Ich habe keine Ahnung, wie mein Boss darauf reagieren würde, deshalb sprich besser nicht darüber.«

»Keine Sorge«, sagte Arik. »Ich weiß auch nicht, wie mein Boss reagieren würde. Niemand wird davon erfahren.«

14
EMPFÄNGNIS

Arik hatte das Gefühl, sein Gehör habe sich nach dem Unfall geschärft. Auch wenn er nicht im Schlafzimmer war, bekam er mit, wenn Cadie ihren Arbeitsplatz schloss. Das leitende Polymeth sollte angeblich vollkommen lautlos sein, doch Arik nahm die winzigen Vibrationen der im dicken Plastik eingeschlossenen angeregten Moleküle wahr. Sie breiteten sich knapp über der Wahrnehmungsschwelle im ganzen Pod aus, und für gewöhnlich wurde er erst dann darauf aufmerksam, wenn das Geräusch verstummte. Vielleicht hatte sich sein Gehör verbessert, oder aber er war so darauf erpicht, Cadie aus dem Weg zu gehen, dass er ihr Verhalten genauer registrierte als früher. Cadie schaltete die Wandbeleuchtung aus und schlüpfte ins Bett, und jetzt hörte Arik, wie sie mit ihrem ungewohnten Bauch eine bequeme Schlafposition suchte.

Er stand auf und trat in die Tür. Cadie hatte die Arme um ein längliches Kissen aus Latexschaum gelegt, das ihren Bauch stützte und bis zwischen die Beine reichte. Als sie spürte, dass er sie ansah, drehte sie sich herum.

»Was ist?«

»Bevor du heute nach Hause gekommen bist, habe ich an einer Sache gearbeitet.«

»Woran denn?«

»Kann ich nicht genau sagen. Aber ich glaube, es war wichtig.«

»Meinst du die Fehlercodes?«

»Das waren keine Fehlercodes«, sagte Arik. »Ich glaube, das ist eine Nachricht.«

»Von wem?«

Arik zögerte mit der Antwort. Er wusste selbst noch nicht, was er davon halten sollte. »Von mir.«

»Von dir? Wie meinst du das?«

»Ich glaube, ich habe mir vor dem Unfall eine Nachricht geschickt.«

»Was soll das heißen?«

»Das weiß ich auch noch nicht.« Er hielt inne, weil er nicht wusste, was er eigentlich sagen wollte. »Aber ich glaube, wenn ich dahinterkomme, wird sich alles ändern. Ich finde, wir sollten uns mal über das Kind unterhalten.«

Cadie beobachtete Arik einen Moment lang aus dem dunklen Zimmer, dann setzte sie sich auf und lehnte sich ans Kopfteil. Sie zog die Beine an, und Arik setzte sich neben sie. Keiner machte Licht.

Beide warteten darauf, dass der andere anfing. Seit Arik aus der Krankenabteilung entlassen worden war, hatte er die Unterhaltung im Kopf schon Dutzende Male durchgespielt, und er wusste, dass kein Weg daran vorbeiführte, Cadie eine einfache, direkte Frage zu stellen:

»Das Kind ist nicht von mir, stimmt's?«

»Das ist kompliziert.«

»Das ist nicht kompliziert. Wir wissen beide, dass es nicht von mir ist.«

Ariks Augen gewöhnten sich allmählich an die Dunkelheit, und er sah, dass Cadie ihn aufmerksam musterte.

»Wir müssen nicht nur über das Kind sprechen.«

»Cam ist der Vater, hab ich recht?«

»Hör mir zu. Ich möchte dir etwas sagen, und ich muss ganz am Anfang beginnen.«

Arik merkte, dass Cadie die Unterhaltung geprobt hatte. Er kannte seine Frau gut genug, um zu wissen, dass sie das auf ihre Art hinter sich bringen musste.

»Okay.«

Cadie sammelte sich einen Moment. Sie senkte den Blick und sah auf ihre Hände, während sie sprach.

»Wir haben alle geglaubt, du würdest sterben«, sagte sie. »Dein Vater hat mich im Life Pod angerufen und mir gesagt, ich solle mich hier mit ihm treffen. Als ich hier ankam, berichtete er mir, du hättest einen schweren Unfall gehabt, den du ohne chirurgische Unterstützung von der Erde nicht überleben würdest.«

Arik hatte Cadie noch nie weinen sehen – jedenfalls nicht als Erwachsene. Ihre Gesichtszüge veränderten sich, sie wandte den Kopf zur Seite, und das glatte Haar fiel an ihren Wangen herab, sodass sie aussah wie eine fremde Person. Mit einem Mal wurde ihm bewusst, was für ein unglaublich behütetes Leben sie bis jetzt geführt hatten. Sie hatten noch kein Familienmitglied und keinen Freund verloren, und bis zu Ariks Unfall war auch niemand aus ihrem Bekanntenkreis ernsthaft verletzt worden. In der V1 gab es nicht einmal Haustiere, die weglaufen, altern und sterben konnten. Das Leben in einer dermaßen kontrollierten Umgebung hatte eine dämpfende Wirkung, die dazu diente, die Emotionen ebenso akkurat zu steuern wie die Atmosphäre.

»Am nächsten Tag hat mich Priyanka besucht. Er sagte, wir hätten nicht viel Zeit, und wenn wir dein Leben retten wollten, müssten wir rasch handeln. Er appellierte an meine Verantwortung gegenüber der V1.«

»Verantwortung, wofür?«

Cadie schaute auf. »Dich zu ersetzen.«

»Weshalb sollte man mich ersetzen wollen?«

»Du hast keine Ahnung, wer du wirklich bist, oder?«

»Was redest du denn da, Cadie?«

»Ich rede von deiner Bestimmung«, sagte sie. »Du wurdest geboren, um Probleme zu lösen, die kein anderer Mensch lösen kann. Das gilt für uns alle.«

»Wen meinst du mit ›alle‹?«

»Gen V«, antwortete Cadie. Sie wischte sich die Augen und atmete tief durch. »Unsere Eltern wurden selektiert. Unsere Gene wurden selektiert. Seit unserer Geburt hat man uns in Mathematik, Biologie, Physik, Informatik und anderen Wissenschaften unterrichtet. Wir kannten uns mit der wissenschaftlichen Methodik aus, bevor wir selbstständig essen konnten. Angefangen vom Muttermilchersatz über die Menge und Art der Stimulation bis zu den Spielen, mit denen wir uns beschäftigt haben, war alles darauf ausgerichtet, uns zu den besten Problemlösern zu machen, die die Welt je gesehen hat.«

»Wir wurden von Ingenieuren und Wissenschaftlern großgezogen«, sagte Arik. »Natürlich hat man uns beigebracht, Probleme zu lösen. Aber ich bezweifle, dass wir auf der Erde mit unseren Eltern wesentlich anders aufgewachsen wären. Die Kinder auf der Erde haben sogar zu mehr Ressourcen Zugang als wir. Ihre Erziehung ist vermutlich viel besser als die unsere.«

»Arik, überleg doch mal. Die V1 ist eine vollkommen isolierte und kontrollierte Umgebung. Das gilt für die Nahrung, die Sauerstoffversorgung, die Genetik, sogar die Beleuchtung. Alles wird kontrolliert. Es gibt keine Ablenkung und keine Alternativen. Man stellt uns Wohnraum zur Verfügung. Man nimmt uns die Essenzubereitung ab. Die berufliche Laufbahn hat man uns zugeteilt. Selbst unsere Ehen wurden praktisch arrangiert. Ob es dir gefällt oder nicht, unser Leben ist ganz und gar dem wissenschaftlichen Fortschritt gewidmet.«

Arik wusste, dass Cadie recht hatte, doch er hatte seine Erziehung nie als bösartig oder ausbeuterisch betrachtet. Es war kein Geheimnis, dass sie gehätschelt wurden, weil sie eines Tages die V1 erben und die Kolonie verbessern und ausbauen sollten, doch Arik hatte diese Erwartung immer als Privileg angesehen.

»Was erwarten sie von uns?«

»Natürlich dass wir expandieren«, antwortete Cadie. »Dass wir den Rest der Venus besiedeln, dann den Rest des Sonnensystems, dann ein anderes Sternsystem und irgendwann andere Galaxien.«

»Das geht doch gar nicht«, platzte Arik heraus. »Du redest Unsinn.«

»Keineswegs. Die Menschheit hat bereits gelernt, wie gefährlich es ist, wenn die ganze Bevölkerung auf einem einzigen Planeten versammelt ist. Dadurch ist sie viel zu verwundbar. Wenn wir uns nicht selbst vernichten, werden wir irgendwann von einem Kometen oder Asteroiden oder einer Protuberanz oder einem Gammastrahlenausbruch irgendwo in der Nähe oder einer Pandemie vernichtet werden. Es gibt zahllose Szenarien, die zur Auslöschung der Menschheit führen. Alle sind sich einig, dass dies keine Frage des *Ob* ist, sondern des *Wann.* Die GSA hat einen einzigen Auftrag: das Überleben der Menschheit zu sichern, indem sie autarke Kolonien im Sonnensystem, in der Galaxis und im Universum gründet. Und ohne uns können sie das nicht durchführen.«

»Cadie, du sprichst von einer Technologie, die noch Hunderte oder Tausende Jahre in der Zukunft liegt, falls das überhaupt machbar ist. Wir haben gerade erst die Erde verlassen und kämpfen bereits ums Überleben.«

»Es ist nicht die Technologie, die uns einschränkt. *Wir* sind die Einschränkung. Unsere Technologie ist Ausdruck unserer Intelligenz und Kreativität, deshalb spiegeln die Beschränkungen der Technik unsere eigenen Beschränkungen wider. Wir können die Technologie erst dann grundlegend voranbringen, wenn wir uns selbst grundlegend weiterentwickeln. Darum geht es bei Gen V.«

»Aber bei der Technologie geht es doch darum, über unsere eigenen Grenzen und Beschränkungen hinauszugelangen. Deshalb haben wir Computer, die Berechnungen Quadrillionen Mal schneller durchführen können als das menschliche Gehirn.«

»Arik, du weißt genauso gut wie jeder andere, dass Computer weit mehr können, als die Aufgaben zu lösen, die wir ihnen vorlegen. Sie sind beschränkt durch die Software, die Menschen für sie schreiben. Deshalb bist du so wichtig. Ich glaube, es ist dir gar nicht bewusst, aber du giltst schon heute als einer der besten Computerfachleute der Geschichte. In deinem Alter bist du Fai bereits weit voraus, und niemand hier oder auf der Erde kann ein BCI so nutzen wie du. Du hast das Potenzial, Probleme zu lösen, die zu lösen bisher niemand auch nur im Traum zu hoffen gewagt hat – die andere sich nicht einmal vorstellen können. Die V1 braucht dich dringender, als dir bewusst ist. Die GSA braucht dich. Wenn Kelley vom Leuchtturm menschlichen Erfindungsgeistes spricht, redet er vor allem von dir, Arik.«

Arik musterte sie im Dunkeln. »Hast du das von Priyanka?«

Cadie nickte. Arik senkte den Blick aufs Bett. Er spürte, wie die Realität sich verlagerte, während er sich bemühte, Cadies Worte zu begreifen. Alles, was sie sagte, klang vernünftig. Irgendwie hatte er das Gefühl, er habe das meiste davon bereits gewusst. Wenn die Gründer versucht hatten, ihre Pläne für Gen V zu verbergen, so hatten sie sie vor aller Augen versteckt. Um sie zu sehen, musste man nur das Gesamtbild betrachten, seine Perspektive erweitern und aufhören, in Zeitspannen von Wochen, Monaten oder Jahren zu denken. Stattdessen musste man in Generationen denken. Um seinen Platz in der Geschichte wirklich zu begreifen, musste man sich selbst geschichtlich einordnen.

Arik hatte das Gefühl, er hätte zornig sein sollen, doch die einsetzende Klarheit fühlte sich positiv und irgendwie bestärkend an. Er war jetzt konzentrierter und hatte ein neues, nahezu greifbares Gespür für seine Bestimmung. Doch da war auch das Gefühl, er diene nur als Mittel zum Zweck, und man werde ihm die Verwirklichung seines ganzen Potenzials nur in den Bereichen erlauben, die mit den Interessen der V1 übereinstimmten. Arik wusste, dass Cadie ihm noch mehr sagen wollte – dass es noch mehr zu besprechen und herauszufinden gab –, doch das musste noch warten. »Erzähl mir vom Kind.«

Cadie atmete tief durch und fuhr fort. »Priyanka brachte mir eine DNA-Probe. Er meinte, wenn wir einen Teil von dir wiederherstellen könnten, würden wir höchstens etwas Zeit verlieren.«

»Priyanka?«, warf Arik ein. Er erinnerte sich an die Unterhaltung, die er vor seiner Entlassung aus der Krankenabteilung mit Priyanka geführt hatte, und vor allem an die Art und Weise, wie dieser auf das Kind zu sprechen gekommen war.

»Arik, du musst begreifen, dass ich es nicht für ihn getan habe, nicht für die V1 und auch nicht für die GSA. Ich habe es für mich getan. Du bedeutest mir alles. Wenn du sterben würdest, wäre ich für den Rest meines Lebens allein. Verstehst du das?«

»Aber was hast du getan, Cadie?«

»Ich habe unser Baby *erschaffen.*«

Arik starrte sie übers Bett hinweg an. Er schüttelte den Kopf. »Was sagst du da?«

»Mithilfe einer Infektion«, sagte Cadie. »Mit einem Virus. Ich habe deine DNA dazu benutzt, unser Kind zu erschaffen.«

»Wie?«

»Hör zu«, sagte Cadie. Arik merkte, dass Cadie die Rolle wechselte und nun als Biologin zu ihm sprach, nicht als Ehefrau. Sie neigte sich vor. »Die meisten Menschen betrachten Viren als Parasiten, aber das sind sie nicht. Ein Organismus muss lebendig sein, damit man ihn als Parasiten einstufen kann. Viren sind anders als lebendige Organismen. Sie wachsen nicht, sie bewegen sich nicht aus eigener Kraft, und sie haben keinen Stoffwechsel. Sie besitzen nicht einmal Zellen. Ein Virus ist vor allem gut in der Reproduktion. Findet es eine passende Zelle, heftet es sich daran und injiziert seine DNA durch die Zellmembran. Die Gene des Virus werden in die Zell-DNA kopiert, der genetische Code der Wirtszelle wird umgeschrieben. Seine neue Aufgabe besteht jetzt ausschließlich darin, Kopien des Ursprungsvirus zu produzieren, bis die Zelle schließlich aufplatzt und die Infektion sich weiter ausbreitet.«

»Was hat das mit unserem Kind zu tun?«

»Sehr viel«, erwiderte Cadie. »Das Gute an Viren ist nämlich, dass man sie so leicht manipulieren kann. Die DNA, die sie injizieren, muss nicht unbedingt zerstörerisch sein. Man kann sie durch andere DNA ersetzen und so umprogrammieren, dass sie nur bestimmte Teile des genetischen Codes der Wirtszelle ersetzt. In anderen Worten, Viren sind die perfekten Überträger für die Gentechnik.«

Arik ahnte, worauf sie hinauswollte. »Aber erst mal braucht es einen Embryo, nicht wahr?«

»Keinen Embryo«, sagte Cadie. »Dann wäre es schon zu spät. Man braucht eine Zygote. Die eine Hälfte des genetischen Materials einer Zygote stammt von der Mutter, die andere Hälfte vom Vater. Bevor die Zygote zum Embryo wird, gibt es ein kleines Zeitfenster, in dem man genetische Modifikationen vornehmen kann. Und die einfachste Möglichkeit, diese Modifikationen vorzunehmen, besteht darin, sie einem gentechnisch veränderten Virus zu übertragen. Verstehst du?«

Arik nickte. Er verstand durchaus, was Cadie ihm sagte, hatte aber Mühe, sich über die Implikationen klar zu werden.

»Arik«, sagte Cadie, »das Baby war ursprünglich von Cam, aber es ist deins. Es ist, als hätten wir es gemeinsam gezeugt.«

Sie wartete auf Ariks Reaktion, doch er brachte kein Wort heraus. Er wusste nicht, wie er reagieren sollte. Vielleicht hatten sich die menschlichen Emotionen nicht schnell genug entwickelt, um mit den wissenschaftlichen Möglichkeiten Schritt halten zu können. Manchmal passten die kleinen Komponenten, welche die Erfahrung ausmachten, einfach nicht in die vorhandenen Gefühlsrezeptoren, und die Folge war einfach nur Dumpfheit.

»Arik«, sagte Cadie. »Das Kind ist von *dir.* Es ist *unser* Kind.«

»Hast du die DNA getestet, die Priyanka dir gegeben hat?«

»Nein, denn ich habe sie nicht verwendet«, sagte Cadie. »Ich habe deine DNA vom ODSTAR-Projekt verwendet. Nur so konnte ich mir sicher sein, dass sie von dir ist. Ich habe das Projekt zerstört, aber es hat funktioniert. Das Kind ist kerngesund. *Unser* kleines Mädchen.«

Mehr als Cadies trauriges Lächeln brauchte es nicht, um Ariks Emotionen zu lenken. Er streckte die Hand aus und berührte zum ersten Mal sein Kind. Cadie schob seine Finger fort, zog das Nachthemd hoch und drückte seine Hand fest auf ihren Bauch.

Arik sah Cadie in die Augen. »Sie wird das Bild der Erde ewig in sich tragen. Die Blaue Murmel. Wie ein genetisches Tattoo.«

»Ich weiß«, sagte Cadie. »Ich finde das wunderschön. Wo immer sie landet, was auch mit ihr geschieht, sie wird immer etwas in sich tragen, das niemand ihr nehmen kann.«

15
DRAUSSEN

Seit dem gemeinsamen Mittagessen im Wrench Pod brachte Cam Arik auf dem Heimweg in unregelmäßigen Abständen Venuserde vorbei. Arik hatte soeben die Ergebnisse der Untersuchungen der letzten Probe bestätigt und wollte Cam eine Nachricht schicken. Er schaute sich auf dem Arbeitsplatz selbst in die Augen und begann mit der Aufzeichnung.

»Melde dich bei mir, sobald du Zeit hast«, sagte er. »Ich werde den ganzen Tag hier sein. Und achte darauf, dass du allein bist.«

Arik übermittelte die Nachricht an Cams Warteschlange. Für gewöhnlich öffnete Cam seinen Arbeitsplatz nur einige Male am Tag, deshalb wollte er ihm die Nachricht so früh wie möglich schicken.

Cam meldete sich schneller, als Arik erwartet hatte. Arik hatte soeben mit dem Laser mehrere Borosilikatröhrchen mit Chloroplastkulturen versiegelt und wollte gerade losgehen, um sie in der Kuppel abzulegen, als eine eingehende Nachricht gemeldet wurde. Er tippte auf die Wand und nahm den Videostream entgegen.

»Das ging aber schnell.«

»Wie kommt es, dass du mir so früh eine Nachricht schickst?«, sagte Cam. »Wann schläfst du eigentlich?«

»Ich muss früh zur Arbeit, damit ich mich meinen Nebenprojekten widmen kann«, erwiderte Arik. Er nahm hinter Cam eine Bewegung wahr. »Du bist nicht allein.«

»Du weißt ja, wie es hier zugeht. Hier gibt es keine Privatsphäre. Aber es kann dich niemand hören.« Er tippte sich aufs Ohr, um anzuzeigen, dass er Audiotropfen benutzte. Die Infrastrukturabteilung zog Audiotropfen mechanischen Sendern und Empfängern vor, da man sich auf diese Weise keine Gedanken um Energieversorgung und Wartung machen musste. Ein, zwei Tropfen ermöglichten, je nach der Größe der eustachischen Röhren, für einen Zeitraum von drei bis sechs Stunden drahtlose Audioübertragung. Die Nanoröhrchen der Audiotropfen waren nicht in der Lage, Signale zu verschlüsseln oder zu entschlüsseln, weshalb ihre Unterhaltung nicht hundertprozentig sicher war. Arik überschlug die Wahrscheinlichkeit, dass im Moment jemand auf der gleichen Frequenz zuhörte, und kam zu dem Schluss, sie sei vernachlässigbar.

»Dann übernehme ich das Reden«, sagte Arik. »Es sieht so aus, als wäre der Venusboden nicht so steril, wie ich erwartet habe. Alle Proben, die du mir bislang gegeben hast, enthalten organische Moleküle.«

»Organische Moleküle?«, wiederholte Cam. »Du meinst Organismen?«

»Nein, das nicht. Ich meine die Bausteine des Lebens. Kohlenstoffbasierte Komponenten. Im Boden gibt es eindeutig kein Leben, aber das heißt nicht, dass darin nichts leben könnte. Oder genauer gesagt, dass man nicht darauf hinwirken könnte, dass der Boden Leben ermöglicht.«

»Aber das ist doch eine gute Nachricht, oder? Darauf hattest du doch gehofft?«

»Das ist sogar *mehr,* als ich mir erhofft habe, auch wenn ich noch keine konkreten Ergebnisse vorliegen habe.«

»Wie kommt's?«

»Eben darüber wollte ich mit dir reden. Ich brauche mehr Bodenproben.«

Cam schaute sich um, dann neigte er sich näher ans Polymeth heran. »Arik, ich glaube, ich kann dir nicht mehr besorgen.«

»Warum nicht?«

»Das kann ich dir jetzt nicht erklären. Können wir uns heute Abend treffen?«

»Wann?«

»Ich sag dir später Bescheid.«

»Ist alles okay bei dir? Hast du wegen mir Schwierigkeiten bekommen?«

»Wir unterhalten uns heute Abend«, erwiderte Cam. »Ich muss los.«

Ehe Arik etwas erwidern konnte, brach der Videostream ab.

Am Nachmittag schickte Cam Arik eine Nachricht: »2100. Am Dock.«

Arik bestätigte den Empfang und gab Cadie Bescheid, dass er spät nach Hause kommen würde.

Diesmal erwartete Cam Arik nicht auf dem MSB-Bahnsteig. Arik überlegte, ob er sich bei ihm anmelden sollte, dann entschied er sich, das Wrench Pod allein zu betreten. Er war schon so häufig hier gewesen, um von Cam Bodenproben entgegenzunehmen, dass ihm die Beschäftigten mit ihren dicken Handschuhen zuwinkten und hinter ihren Schutzhelmen zunickten, wenn er durch die Werkstatt zum Dock ging.

Heute aber war es in der Werkstatt dunkel und beinahe menschenleer. An der anderen Seite lief eine Standbohrmaschine, und ein Mann mit Schutzhelm beugte sich in einer Lichtinsel über ein Stahlteil, doch ansonsten war das Wrench Pod so leer, wie Arik es noch nie erlebt hatte. Instinktiv folgte er der üblichen Route an der Wand entlang.

Cam war im Dock allein. Er verkabelte die Rover gerade mit der Ladestation, als er Ariks Schritte auf dem Gitterrost hörte.

»Hey«, sagte Cam. »Ist noch jemand draußen?«

»Nur einer. Konnte nicht sehen, wer das war.«

»Okay, gut.«

»Was soll die ganze Heimlichtuerei? Was ist los?«

»Die Situation hat sich geändert«, sagte Cam. Er steckte den letzten Stecker ein und kam zwischen den Rovern hervor. »Ich kann dir keine Bodenproben mehr besorgen, Arik. Von jetzt an«, sagte er, öffnete einen Spind und nahm einen Schutzanzug heraus, »musst du sie dir selbst beschaffen.«

Arik musterte seinen Freund einen Moment, dann lächelte er. »Ist das dein Ernst?«

Cam freute sich darüber, dass die Überraschung gelungen war. Arik hatte es zwar nie angesprochen, doch Cam wusste, dass er sich gern einmal draußen umgeschaut hätte. Wenn man in einer vollständig abgeschlossenen Umgebung wie der V1 aufwuchs, entsprach ein Schritt im Freien der Überquerung eines Meeres.

»Erinnerst du dich, dass ich gesagt habe, jeder Idiot könnte mit einem Schutzanzug umgehen?«, sagte Cam. »Das gilt auch für dich.«

»Dürfen wir das denn? Hast du jemanden um Erlaubnis gefragt?«

»Weshalb sollte ich? Wenn ich gefragt hätte, hätte man möglicherweise Nein gesagt. Wie lautet gleich noch das Sprichwort? Es ist einfacher, um Entschuldigung zu bitten, als um Erlaubnis zu fragen.«

»Glaubst du, man wird dahinterkommen?«

»Hier herrscht tagsüber ein ständiges Kommen und Gehen«, sagte Cam. »Niemand wird etwas merken, und wenn doch, wird sich niemand darum scheren. Was kann uns schon passieren?«

»Ich schätze, man wird uns nicht gleich feuern.«

»So ist es. Und wenn doch, dann spielen wir eben den ganzen Tag lang Cricket und Tischtennis.«

»Dann zeig mir, wie man das Ding bedient.«

»Es ist total einfach«, sagte Cam. »Das Schwierigste ist die Vorbereitung.« Er nahm eine Handvoll Elastikriemen mit Krokoklemmen an beiden Enden aus einem Kasten im Spind. »Setz dich und zieh die Schuhe aus.«

Cam zeigte Arik, wie er die Riemen an seinen Hosenbeinen und Ärmeln befestigen sollte. Fange man erst mal an zu schwitzen, erklärte er, könnten sich Hosen- oder Ärmelbund hochschieben und den Blutkreislauf an Armen und Beinen hemmen, was zu schmerzhaften, schwächenden Muskelkrämpfen führen könne. Dann bat er Arik, den Kopf auf die Seite zu legen, und träufelte ihm in jedes Ohr zwei Audiotropfen.

»Und jetzt machen wir dich zum offiziellen Mitglied des Wrench Pods«, sagte Cam. Er stellte sich hinter Arik, langte über dessen Kopf hinweg und drückte ihm etwas auf die Stirn. Im Spindspiegel sah Arik, dass es sich um ein weißes Hachimaki handelte, auf dem die traditionelle aufgehende Sonne abgebildet war. »Das zeigt, dass du entschlossen und fokussiert bist«, erklärte Cam. »Außerdem verhindert es, dass dir der Schweiß in die Augen läuft.«

»Kommt mir eher wie ein Initiationsritus vor.«

»Ist es auch. Jetzt bist du einer von uns.« Cam hielt den schmuddeligen Schutzanzug vor Arik, um die Größe abzuschätzen. »Du hast Glück. Der sollte passen. Ich bin mindestens sechs Zentimeter zu groß für den größten. Irgendwann reißt er mir auf, und ich sterbe draußen an Lungenembolie.«

Arik zwängte seine Füße in die Stiefel. »Lass uns im Moment nicht vom Sterben sprechen.«

»Es kann überhaupt nichts passieren, ehrlich. Sonst würde ich dich gar nicht erst rauslassen. Zaire und ich tun das ständig.«

»Also, ich nicht. Ich war der Außenwelt noch nie näher als in der Kuppel.«

Cam half Arik, einen Stiefel über seinen Fuß zu ziehen, hielt aber auf einmal inne. »Bist du sicher, dass du überhaupt nach draußen willst? Was ich dir über den Nachschub gesagt habe, stimmte gar nicht. Ich kann dir mehr besorgen.«

»Kommt gar nicht infrage«, sagte Arik. »Ich ziehe das durch. Ich habe bloß nicht damit gerechnet.«

»Sonst wäre es ja auch keine Überraschung gewesen, oder?«

»Ich hoffe nur, ich bekomme keine Agoraphobie.«

»Deswegen brauchst du dir keine Sorgen zu machen, glaub mir. Du siehst nicht weit genug, um das Gefühl zu bekommen, dass du dich im Freien aufhältst. Ich würde mir eher Sorgen um die Platzangst machen.«

»Hätte ich die jemals gehabt, hätte mich das Leben in der V1 längst davon geheilt.«

Arik steckte die Arme in die Ärmel, und Cam versiegelte den Anzug an der Vorderseite.

»Sobald wir die Patrone einsetzen, schließt der Anzug die Versiegelung ab. Anfangs fühlt es sich ein bisschen seltsam an, wenn sich der Druck aufbaut, aber du wirst dich dran gewöhnen. Nach einer gewissen Zeit nimmst du es gar nicht mehr wahr.«

Arik zog die Handschuhe an, und Cam klinkte sie ein und verriegelte sie. Dann hob er den Helm auf und stellte sich vor Arik.

»Okay, ich möchte, dass du Folgendes tust«, sagte Cam ernst. »Sobald du die Schleusentür hinter dir lässt, wendest du dich nach rechts und folgst dem Rand des Gebäudes. Nach etwa vierzig Metern gelangst du zu einer Ecke. Wende dich nach rechts und folge weiter der Wand. Nach weiteren vierzig bis fünfzig Metern siehst du zur Linken eine gebogene Wand. Das ist das Public Pod. Da kannst du machen, was du willst. Die elektromagnetische Abschirmung der Fenster stört die Rover, und die meisten sind zu faul, um zu Fuß zu gehen, deshalb kommt eigentlich nie jemand dorthin.«

Das Venera Auditorium war außer der Kuppel das einzige Gebäude mit Fenstern, doch einen Monat nach dem Einbau hatte man sie versiegelt. Offenbar kannte sich der Ingenieur, der die zwölf Zentimeter dicken Glasscheiben aus Aluminiumsilikat entworfen hatte, nicht besonders gut mit der Filterwirkung der Venusatmosphäre aus und hatte die falsche Beschichtung gewählt. Der Fehler wurde entdeckt, nachdem mehrere Gründer sich über gereizte, blutunterlaufene Augen und zeitweise Blindheit beklagt hatten.

»Wie wirkt sich die elektromagnetische Strahlung auf die Rover aus?«

»Die Navigationsysteme und die Kameras werden gestört.«

»Weshalb hat man nicht einfach eine Abschirmung über den Fenstern abgebracht?«

»Bohrungen waren für das Gebäude nicht vorgesehen, und man hatte damals nicht genug Schweißmaterial übrig, um Platten anzuschweißen. Sie haben es mit einem Klebstoff versucht, aber nach einer Woche war der zerstört, und die Platten fielen ab. Schließlich hat man neben den Fenstern Drähte durch die Wandisolierung geführt und sie mithilfe des guten alten Elektromagnetismus befestigt.«

»Eigentlich eine schlaue Lösung.«

Cam hielt Arik den Helm über den Kopf und schätzte dessen Größe ab. »Probieren wir's mal eine Nummer größer. Du hast einen besonders dicken Kopf.« Er legte den Helm wieder in den Spind und suchte nach einer passenden Größe. »Übrigens ist die Geschichte über die falschen Fensterfilter erfunden. Das weißt du doch, oder?«

»Wie meinst du das?«

»Möchtest du die Version des Wrench Pods hören?«

»Ich weiß nicht. Sollte ich?«

Cam wählte einen Helm aus. »In Wirklichkeit ging es darum, dass die GSA sich keine Gedanken gemacht hat, welche psychischen Auswirkungen ein Dreitausend-Stunden-Tag haben würde. Damals war das Venera Auditorium das einzige Gebäude, deshalb konnten sich die Leute dem Licht nicht entziehen. Es machte sie wahnsinnig, und am Ende rissen sie sich gegenseitig mit bloßen Händen in Stücke. Die GSA hat eine neue Besatzung zum Aufräumen hergeschickt, die ganz neu anfangen musste.«

»Glaubt ihr das wirklich?«

»Cañada behauptet, er hätte die Leichen mit diesem Anhänger rausgeholt und sie eigenhändig begraben.«

»Na großartig. Dann muss ich mir jetzt also auch noch wegen Zombies Sorgen machen.«

»Genau. Er sagt, wenn man mit dem Rover ins magnetische Feld fährt und die Funkverbindung aktiviert, kann man im Hintergrundrauschen die Schreie der ersten Welle der Gründer hören.«

Arik wartete darauf, dass Cam die Anekdote mit einem Grinsen kommentierte, doch das tat er nicht. »Ihr seid wirklich abartig.«

»Jetzt bist du tatsächlich offizielles Mitglied des Wrench Pods«, sagte Cam. »Aber die Geschichte bleibt unter uns, ist das klar?« Cam wirkte erstaunlich ernst. Offenbar nahm das Wrench Pod seine Überlieferung nicht auf die leichte Schulter.

»Keine Sorge. Ich wüsste nicht, wem ich das erzählen sollte.«

»Probier den mal.«

Arik setzte den Helm auf. Cam legte die Hände darum und drehte ihn hin und her.

»Okay, der passt. Oder wie siehst du das?«

Arik reckte den Daumen, worauf Cam den Helm einrasten ließ und ihn abdichtete.

»Gut. Jetzt brauchst du nur noch eine geladene Patrone.«

Cam nahm ein sechseckiges Rohr vom Stapel an der rechten Seite der Tür.

»Dreh dich um.«

Arik wandte Cam den Rücken zu, und im nächsten Moment nahm er eine Veränderung wahr. Handschuhe und Helmverbindungen versteiften sich, und der Saum an der Vorderseite des Anzugs zog sich zusammen. Der Druck im Helm veränderte sich, und ein Heads-up-Display im Visier zeigte die Werte für Luftversorgung, Energiekapazität, Innendruck und Funkstatus an.

Als Arik sich wieder umdrehte, hatte Cam an der Wand seinen Arbeitsplatz aufgerufen. Er bedeutete Arik, einen Moment zu warten, dann neigte er den Kopf und träufelte sich Audiotropfen in die Ohren.

»Comm-Check. Hörst du mich?«

»Laut und deutlich.«

»Gut. Noch eine letzte Sache.«

Cam nahm einen Eimer aus dem Regal und reichte ihn Arik. Arik musste sich aus der Hüfte heraus vorbeugen, um die darin befindlichen Werkzeuge sehen zu können.

»Der Schaufelgriff lässt sich ausziehen, falls du dich nicht bücken willst.«

Arik nickte im Innern des Helms.

»Keine Sorge. Es wird dir dort draußen gefallen. Die Ausrüstung ist idiotensicher. Aber denk dran: zweimal rechts, dann liegt das Public Pod zu deiner Linken. Wenn du fertig bist, gehst du den Weg zurück, den du gekommen bist. Die Außenseite der Station ist mit weißen Stroboskopen markiert, und solange du dich in deren Sichtweite hältst, kann nichts passieren. Und über der Luftschleuse ist ein rotes Stroboskop angebracht, deshalb kannst du sie nicht verfehlen. Verstanden?«

»Verstanden.«

»Bleib so lange draußen, wie du willst. Ich bleibe hier und repariere die Aufhängung von Clara, das wird eine Weile dauern. Ich höre alles, was du sagst, und behalte deinen Anzugstatus im Auge, also mach dir keine Sorge wegen deinem HUD. Und jetzt geh ein bisschen im Sandkasten spielen.«

Cam klopfte aufmunternd gegen Ariks Helm. Arik nickte und drehte sich zur Schleuse um. Der Anzug war gar nicht so schwer und unbequem, wie er befürchtet hatte, doch er würde eine Weile brauchen, um sich daran zu gewöhnen. Das galt besonders für den Helm. Arik hatte noch nie ein so eingeschränktes Gesichtsfeld gehabt, und es hatte etwas Verstörendes, sich selbst atmen zu hören. Bei jedem Atemzug hatte er das Gefühl, er müsse bewusst an den nächsten denken. Das Gefühl wird sich schon legen, dachte er. Er nahm den Eimer in die andere Hand und tippte auf die Drucksteuerung neben der inneren Schleusentür.

Die großen Stahltüren glitten geräuschlos auseinander. Keine Warnlichter blinkten, kein Alarmsignal ertönte, und es gab auch keine automatische Durchsage, vermutlich deshalb, weil nichts schiefgehen konnte. Cam zufolge war das System idiotensicher. Innen- und Außentor waren mechanisch gekoppelt, und das Außentor öffnete sich nicht, wenn mit dem Anzug etwas nicht in Ordnung war. Die Helme waren unzerbrechlich, und die Schutzanzüge bestanden aus einem extrem reißfesten Schichtgewebe, das allen Umwelteinflüssen standhielt. Zudem würde Cam darauf achten, dass er sich nicht in Gefahr begab.

Cams Stimme erklang in seinem Ohr. »Leg die Hand auf das Panel an der Innenseite der Innentür. Wenn das Panel neben der Außentür grün wird, kannst du rausgehen.«

»Verstanden.«

Arik drehte sich um und berührte das Feld, worauf sich die Innentür schloss. Während der Computer ihn scannte und evaluierte, war es vollkommen still in der Schleuse. Arik vergegenwärtigte sich, was außerhalb des menschlichen Wahrnehmungsbereichs um ihn herum geschah. Der Schutzanzug kommunizierte mit der Luftschleuse, machte sich bemerkbar und übermittelte seinen Status, doch die Schleuse war von Natur aus skeptisch. Da der Anzug eine Fehlfunktion aufweisen konnte, führte sie eigene Tests durch und bestimmte die Anzahl der Personen, wofür sie vermutlich Laser oder Radar einsetzte. Mithilfe komplizierter Algorithmen stellte sie fest, dass sich nur eine Person im Schleusenraum aufhielt, und schlussfolgerte, dass Arik einen Eimer und nicht eine zweite Person dabeihatte. Die Algorithmen mussten in der Lage sein, zwischen einem Menschen und einem Rover zu unterscheiden und unendlich viele Konfigurationen von Ausrüstung, Werkzeugen und Materialien zu identifizieren. Wenn die Schleuse sich ihrer Einschätzung sicher war, würde sie die Zahl der angemeldeten Schutzanzüge mit ihrer eigenen Messung vergleichen, und nur wenn die Zahlen exakt übereinstimmten, schaltete sie das Panel neben der Außentür auf Grün.

Die Schleuse verließ sich nicht nur auf ihre eigene Berechnung, sondern auch auf die Software, mit der Ariks Anzug sich selbst evaluierte. Und sowohl die Schleuse als auch der Anzug verließen sich darauf, dass die Patrone ihren eigenen Zustand korrekt bestimmte und weitermeldete. Und natürlich verließen sich alle diese Systeme auf die robuste, funktionale Hardware. Wenn der Dichtungsring zwischen Patrone und Anzug undicht war, oder wenn sich im Anzug mikroskopische Risse gebildet hatten, die sich unter Belastung weiten und schließlich reißen würden, half auch die zuverlässigste Software nicht. Wenn der Helm versehentlich in Kontakt mit einer Chemikalie gekommen war, welche die Molekülbindungen im Laufe der Zeit geschwächt hatte, sodass er in einer bestimmten Situation, deren Bedingungen knapp außerhalb des Bereichs der Eigendiagnose lagen, brechen würde, wäre es um den Träger ebenfalls geschehen.

Arik begriff, dass auch die digitale Welt im Grunde analog war. Selbst in dem scheinbar eindeutigen Fall, dass Wahr gegen Falsch stand, waren Milliarden komplizierter physikalischer Prozesse daran beteiligt zu bestimmen, dass eine Eins tatsächlich eine Eins war und eine Null tatsächlich eine Null. Er wusste, dass der Begriff *idiotensicher* in Wirklichkeit nur *tauglich* bedeutete und dass man dann, wenn alle Messungen durchgeführt, alle Variablen definiert und alle Gleichungen bestimmt waren – und wenn die materielle Welt mit ihrem entropischen Fundament das Sagen hatte –, nur hoffen konnte, dass die Resultate zu eigenen Gunsten ausfallen würde, wenn es wirklich darauf ankam.

Das Panel neben der Außenschleuse wurde grün, und Arik legte die Hand darauf. Die Türen teilten sich, und es bildete sich ein sich weitender Spalt, durch den trübes orangerotes Licht in den Schleusenraum fiel. Die Helligkeit flutete in Ariks Helm und verbrannte das sterile weiße Licht der Leuchtdioden. Arik blickte in den dichten Dunst hinaus, dann tat er die ersten Schritte in eine Welt, von der er wusste, dass sie sich menschlicher Einflussnahme entzog.

16
FUNKSTILLE

Obwohl Arik sich schneller erholte als erwartet, meldete sich Darien nach wie vor – meist in der Mittagspause – mit einer kurzen Text- oder Videonachricht bei ihm. Als Arik die aufgelaufenen Nachrichten durchsah, war diesmal keine neue Nachricht seines Vaters dabei. Dariens Arbeitsplatz war in den vergangenen zweiundvierzig Minuten und zweiundzwanzig Sekunden nicht aktiv gewesen, und es lag keine Statusmeldung vor. Es war ungewöhnlich, dass sein Vater in der Mittagszeit nicht erreichbar war. Normalerweise nahm er sein Fertiggericht mit ins Büro und verzehrte es vor dem Arbeitsplatz, während er die Ergebnisse der Wasseranalysen und die Druckanzeigen überprüfte und die Nachrichten durchging, die sich seit der letzten Arbeitssitzung angesammelt hatten.

Heute aber war Darien offline. Arik schickte einen Ping los und wartete auf Antwort. Irgendwo in der V1 wurde an der letzten bekannten Position seines Vaters auf einer leitenden Polymeth-Fläche eine Nachricht angezeigt, und es ertönte Dariens persönliches Rufzeichen.

Arik pingte andere Leute nicht häufig an. Er bevorzugte die asynchrone Kommunikation. In dringenden

Fällen war es sinnvoller, eine Nachricht zu hinterlassen, auf die der Empfänger dann, wenn es ihm möglich war, ausführlich und angemessen antworten konnte. Wie die meisten Vertreter von Gen V betrachtete Arik Pings als unhöflich, wenngleich viele Bewohner der V1 dies anders sahen. Manche Leute – vor allem die, welche sich nicht für längere Zeit konzentrieren mussten und folglich die Vorzüge ungestörter Arbeit nicht zu schätzen wussten – dachten sich nichts dabei, täglich Dutzende von Pings zu versenden und ein und dieselbe Person gleich mehrfach anzupingen. Das waren die Benutzerkonten, die früher oder später auf fast jeder Spamliste landeten.

Einer der ursprünglichen Erfinder des Pingsystems hatte es für eine gute Idee gehalten, die 3-D-Raumkoordinaten zurückzusenden, sobald eine Pingbenachrichtigung angezeigt worden war. Dieses Feature diente vermutlich der Fehlerbehebung und wurde als so nützlich erachtet, dass man später darauf verzichtete, es wieder zu entfernen. Da Pingbenachrichtigungen in der Nähe des letzten bekannten Aufenthaltsorts einer Person – der etwa alle zehn Millisekunden aktualisiert wurde – angezeigt wurden, kam schließlich jemand auf die Idee, die 3-D-Koordinaten eines Pings mit einem Schaubild zu verbinden, damit man durch Aussenden eines Pings sehen konnte, wo sich eine bestimmte Person gerade aufhielt. Und da fast alle Innenwände der V1 aus leitendem Polymeth bestanden, gab es keinen Ort – buchstäblich *keinen* -, wo man vor einem Ping sicher war. Ursprünglich war die Technik für die meisten Leute zu kompliziert, doch es war nur eine Frage der Zeit, bis der ganze

Vorgang dokumentiert und von allen zu benutzen war. Nachdem die Technikabteilung monatelang täglich Beschwerden bekommen hatte, nahm sie sich schließlich die Zeit und entfernte eine einzelne Zeile des anstößigen Codes, wodurch die Privatsphäre in der V1 einigermaßen wiederhergestellt wurde.

Darien aber war ein so wichtiger Mann, dass er ständig erreichbar sein musste, und das galt erst recht nach Ariks Unfall. Selbst wenn sein Arbeitsplatz nicht geöffnet war, hielt er sich mit an Sicherheit grenzender Wahrscheinlichkeit in der Wasseraufbereitungsabteilung auf, sodass er mühelos zu erreichen war. Und das Verhältnis zwischen ihm und L'Ree war nicht so, dass Arik Sorge haben musste, sie bei einem mittäglichen Rendezvous zu stören. Eine Aktivität aber gab es, bei der Darien sich nicht stören lassen wollte. Wenn Darien Kricket spielte, hätte es schon eines Lecks oder einer Verpuffung bedurft, um ihn dazu zu bewegen, den Schläger wegzulegen.

Arik fuhr mit der MSB zum Play Pod. In der Fitnesshalle herrschte zu Mittag für gewöhnlich rege Betriebsamkeit, denn viele Stationsbewohner nutzten die Pause, um ihre wöchentlichen Trainingsquoten zu erfüllen. Jeder Bewohner sollte mindestens einhundertzwanzig Minuten – und wegen der Bestimmungen zum Sauerstoffverbrauch höchstens vierhundertzwanzig Minuten – wöchentlich trainieren. Da der Sauerstoffverbrauch in einem gegebenen Zeitraum begrenzt war, wäre es undurchführbar gewesen, wenn alle am Wochenende ihr Trainingsprogramm hätten absolvieren wollen. Natürlich wurde niemand gezwungen, die Trainingsquote zu erfüllen, deshalb waren nur diejenigen daran gebunden, die sich über die Regeln nicht hinwegsetzen konnten. Die meisten Leute hatten ihre Vorlieben – Kricket, Kampfsport, Fortbewegung zu Fuß statt mit der MSB –, und dabei beließ man es auch im Allgemeinen.

Das Play Pod war in drei größere Abteilungen untergliedert: die Fitnesshalle an der Vorderseite, die Spielfelder hinten und das Dojo an der rechten Seite. In der Fitnesshalle gab es mehrere unterschiedliche Wassermühlen für das leichte kardiovaskuläre Training, zwei verstellbare Kraftmaschinen und einen nicht sehr hohen Kletterbereich, den man nur selten benutzen konnte. An allen Plätzen befanden sich Polymeth-Platten in Reichweite, die meistens von der Gischt der nahen Wassermühlen tropfnass waren.

Das Dojo war ein abgetrennter Raum an der rechten Seite, der sich über die ganze Länge des Play Pods erstreckte. Den Boden nahmen über ein Dutzend Matten aus Nylon und Tatami ein, die traditionsgemäß so angeordnet waren, dass sie nicht an den Ecken zusammenstießen, denn das hätte Unglück über die V1 gebracht. Das Dojo wurde für Yoga, Tai Chi und Jiu-Jitsu verwendet, und während seiner Kindheit hatte Arik hier auch hin und wieder, wenn viel Platz benötigt wurde, Unterricht gehabt und gespielt.

Die vier umschlossenen Spielfelder befanden sich ganz hinten: zwei an jeder Seite, voneinander getrennt durch einen offenen Bereich mit Karbongummifliesen. Die Wände, welche die vorderen und hinteren Felder teilten, konnte man entfernen, sodass zwei große Bereiche entstanden, auf denen man ein richtiges Match mit reduzierter Kricketmannschaft – fünf oder sechs Spieler je Team – austragen konnte.

Ariks Vater war mit Priyanka und Zorion auf dem Spielfeld vorne links. Arik nickte den Benutzern der Wassermühlen zu, stellte sich auf die Matten und beobachtete die drei durch die Polymeth-Barriere hindurch. Darien war der Schlagmann. Er stand vor dem Fiberglass-Wicket und beobachtete Priyanka aufmerksam. Priyanka galt als bester Werfer der Station, doch Darien war ein sehr tüchtiger Schlagmann. In richtigen Spielen galten sie als die perfekten Gegner, doch beim Training konzentrierten sie sich darauf, ihre jeweiligen Fähigkeiten zu verbessern. Priyanka begann mit dem Werfen, und Arik sah, dass er an seinem Spin arbeitete. Der Ball prallte auf die Matte und sprang von Darien weg, der sich darauf zubewegte und ihn zur rückwärtigen Wand zurückschlug. Der Ball war weich und absorbierte den Großteil der Schlagkraft, um die Fluggeschwindigkeit in dem beengten Raum zu begrenzen. Zorion fing ihn an der Rückwand ab und deutete ein kraftvolles Ausholen an, bevor er ihn sanft zu Priyanka zurückwarf. Darien passte seine Haltung an, und Priyanka holte gerade zu einem neuen Wurf aus, als die Spielfeldumrandung rot aufleuchtete.

Die Aktivitäten auf den Spielfeldern waren in Zeiteinheiten gegliedert, die durch den Sauerstoffverbrauch während des Spiels definiert wurden. Es würde zehn Minuten dauern, bis das Rot verschwand. Erst dann konnte die nächste Periode beginnen. Die drei Männer entspannten sich und wandten sich zum Ausgang.

Darien kam als Erster heraus und blieb stehen, als er seinen Sohn bemerkte.

»Ist alles in Ordnung?«

Arik nickte. »Ich würde gern kurz mit dir reden, wenn du Zeit hast.«

»Klar.«

»Hallo, Arik«, sagte Priyanka. »Wie geht es dir?«

Arik nahm ihn kaum zur Kenntnis. »Gut.«

»Guten Tag, Arik«, sagte Zorion mit der übertriebenen Höflichkeit, die sich beim Kricketspiel häufig einstellte.

»Hallo, Zorion.«

»Was führt Sie mitten am Tag vom Life Pod hierher?«

»Ich möchte etwas mit meinem Vater besprechen.«

Priyanka mischte sich erneut ein. »Können wir dir irgendwie helfen?«

Diesmal sah Arik ihm direkt in die Augen. »Nein.«

Priyanka erwiderte Ariks Blick. Darien blickte zwischen seinem Sohn und seinem Freund hin und her, offensichtlich verwirrt von der Spannung, die zwischen den beiden herrschte. Zorion bemühte sich, die Situation zu entspannen.

»Vielleicht sollten wir besser wieder zurückgehen«, sagte er und legte Priyanka die Hand auf die Schulter. »Wie immer war es mir ein Vergnügen, meine Herren.«

Darien nickte. »Nächste Woche zur gleichen Zeit?«

»Unbedingt.«

Priyanka und Zorion wandten sich zum Ausgang der Fitnesshalle. Darien schaute ihnen nach, dann trat er wieder durch die Tür aufs Spielfeld.

»Ich hole mal eben meine Sachen.«

Arik folgte seinem Vater. Solange man nicht spielte, konnte man sich auch in der Pause auf dem Spielfeld aufhalten. Stieg der Sauerstoffverbrauch über den üblichen Wert, vertiefte sich das Rot der Wände, anstatt zu verblassen. Blieb der Verbrauch weiterhin hoch, ertönte der Sauerstoffalarm, bei dem nicht einmal die hartnäckigsten Kricketspieler weitermachen konnten.

»Ich habe nicht viel Zeit«, sagte Arik. »Ich muss bald wieder zurück an die Arbeit. Können wir uns hier drinnen unterhalten?«

»Natürlich«, sagte Darien. Der Ausdruck seiner Augen war gleichzeitig freundlich und besorgt. »Was ist los?«

Arik tippte auf die Wand, worauf die Tür sich schloss. Alles war purpurrot gefärbt. »Cadie und ich hatten gestern Abend eine längere Unterhaltung. Sie hat mir von dem Kind erzählt. Und von dem Gespräch mit Priyanka.«

»Gut«, sagte Darien. Er hob seinen Schläger auf und klopfte damit gegen sein Bein. Er nahm die Unterhaltung anscheinend auf die leichte Schulter – vielleicht war er sogar darauf vorbereitet. »Ich wollte, dass sie es dir selbst erklärt. Ich hoffe, du fühlst dich nicht getäuscht. Ich glaube, alle Beteiligten waren so offen und aufrichtig, wie es ihnen möglich war.«

»Auch was das Kind betrifft?«

Darin senkte die Augenbrauen. »Wie meinst du das?«

Arik bückte sich und hob den Ball auf. »Wenn die Absicht bestand, dass das Kind mich ersetzen sollte, weshalb hat Priyanka Cadie dann eine DNA-Probe gebracht, obwohl ich noch lebte?«

»Arik«, sagte Darien, »ich weiß nicht, wie viel dir

Cadie über deinen Zustand gesagt hat, aber es hat niemand damit gerechnet, dass du genesen könntest. Priyanka hat sich auf die Informationen verlassen, die er von Dr. Nguyen hatte.«

»Aber Dr. Nguyen weiß bestimmt, dass man auch von einem Toten eine brauchbare DNA-Probe nehmen kann. Oder dass solche Proben problemlos aufbewahrt werden können.«

»Ich verstehe nicht, worauf du hinauswillst.«

»Ich will darauf hinaus, dass es keinen Grund dafür gab, dass Cadie schwanger wurde, solange ich noch am Leben war. Jedenfalls dann nicht, wenn es darum ging, eine wertvolle Ressource zu ersetzen.«

»So würde ich es nicht formulieren, aber welche Absicht sollte sonst dahinterstecken?«

Arik kniff die Augen zusammen. »Mich dazu zu zwingen, das Problem der KP zu lösen«, sagte er. »Weil das Leben meines ungeborenen Kindes davon abhängt.«

Darien wirkte überrascht und skeptisch, auch ein wenig verärgert. »Arik, du weißt, dass es hier so nicht läuft.«

»Wie läuft es dann?«

»Okay«, sagte Darien. »Ich stimme dir zu, das war nicht die beste Vorgehensweise, aber es war eine emotionale Entscheidung, keine logische. Viele Menschen hier waren aufgebracht wegen des Unfalls. Deine Mutter und ich waren am Boden zerstört. Cadie war verzweifelt. Ich glaube, alle wollten einfach lieber irgendetwas tun, anstatt tatenlos herumzusitzen und zu warten. Auch Cadie.«

»Cadies Motive lassen wir mal beiseite«, sagte Arik

mit warnendem Unterton. »Sie unterschieden sich jedenfalls von denen Priyankas.«

Darien beobachtete, wie Arik den Ball knetete, erst dann antwortete er. »Das ist wohl so«, sagte er. »Aber ich sehe mich wirklich nicht in der Lage, Priyankas Motive zu hinterfragen.«

»Das verstehe ich«, sagte Arik. »Übrigens bin ich deshalb hergekommen, um mit dir zu reden. Die Motive der Beteiligten sind nicht das Entscheidende. Die Frage ist, was wir jetzt unternehmen sollen.«

»Unternehmen?«

»Hinsichtlich der Tatsache, dass wir nicht über genügend Sauerstoff verfügen, um eine weitere Person zu versorgen«, sagte Arik rundheraus. »Wir haben nicht mal genug Sauerstoff, um ein ganzes Kricket-Inning durchspielen zu können.«

»Wie läuft es eigentlich bei euch im Life Pod? Habt ihr Fortschritte bei der KP erzielt?«

»Keine wesentlichen. Aber selbst wenn wir heute den großen Durchbruch hätten, würde es vermutlich Monate, wenn nicht gar Jahre dauern, den neuen Prozess in unser Lebenserhaltungssystem zu integrieren.«

»Was schlägst du also vor? Ich kann mir schon denken, dass du nicht bloß auf ein Problem aufmerksam machen wolltest.«

Arik schleuderte den Kricketball gegen die harten Gummifliesen und fing ihn wieder auf. Offenbar hatte er Mühe, sich zu beherrschen. »Ich schlage vor, dass wir eine zweite Kuppel bauen.«

Darien schaute verwirrt drein. »Eine zweite Kuppel? Womit denn?«

»Mit dem, was wir haben. Und mit dem, was wir von der Erde bekommen können.«

»Arik, das geht nicht so einfach. Die V1 ist auf eine zentrale Sauerstoffversorgung hin ausgerichtet. Man müsste das ganze Lebenserhaltungssystem modifizieren, um die zweite Kuppel einzubeziehen. Wir bräuchten neue Ventilatoren, neue Leitungen, neue Sensoren. Die Algorithmen für die Zuweisung, Speicherung und Verteilung müssten umgeschrieben werden. Die Filtersysteme müssten umkonfiguriert oder ganz ersetzt werden – und das alles, ohne den laufenden Betrieb zu stören und unter Einsatz von Arbeitskraft und Ressourcen, über die wir nicht verfügen.«

»Und wie wäre es, die vorhandene Kuppel zu erweitern?«

»Die Kuppel sollte irgendwann überflüssig werden und nicht erweitert werden. Erhöht man den Durchmesser einer geodätischen Kuppel nur um wenige Zentimeter, verändert das die Abmessungen jeder einzelnen Platte. Da könnten wir ebenso gut bei null anfangen. Selbst wenn wir das Material hätten, sie neu aufzubauen, wie sollten wir in der Zwischenzeit atmen?«

»Okay«, sagte Arik. »Wie wäre es dann mit Elektrolyse? Wir haben genug Stahl, um Elektroden zu bauen, mit denen wir Sauerstoff aus Wasser gewinnen könnten.«

»Und was sollen wir dann trinken?«

»Offenbar müssen wir mehr Wasser von der Erde hierherschaffen.«

»Wo sollten wir das lagern? Und wie würden sich zusätzliche Wassermengen auf die Lagerung, die Verteilung und die Wiederaufbereitungsprozesse auswirken?

Würden die vorhandenen Pumpen und Ventile mit dem zusätzlichen Druck fertig, oder müsste man sie alle erneuern? Wie würden sich das zusätzliche Wasser und der Druck auf die Korrosionsrate auswirken? Wo sollten wir die erforderliche Energie für die Elektrolyse und die Entsorgung des Wasserstoffs hernehmen, der dabei entsteht? Und wie groß ist das Risiko, komprimierten Wasserstoff – der, wie du weißt, äußerst leicht entflammbar ist – in der Nähe der Elektroden zu speichern? Arik, du musst dir klarmachen, dass die V1 ein unglaublich komplexes und empfindliches Ökosystem ist, das von Tausenden Ingenieuren über Jahrzehnte hinweg entwickelt wurde. Wir können es nicht beliebig modifizieren. Die V1 muss gemäß dem ursprünglichen Design erweitert werden. Einen anderen gangbaren Weg gibt es nicht.«

Dariens Reaktion fiel genau so aus, wie Arik es erwartet hatte. Mit seinen eigenen Simulationen hatte er all diese Möglichkeiten und noch ein halbes Dutzend weitere bereits ausgeschlossen. Er machte seine Vorschläge nicht in der Erwartung, dass sein Vater darauf eingehen würde, sondern er bereitete Darien darauf vor, dass sein eigentlicher Vorschlag die einzige Lösung darstellte.

»Du hast recht«, sagte Arik. »Wir können nichts tun, was eine grundlegende Änderung an der V1 mit sich bringen würde, denn dies würde unser aller Leben gefährden. Das Leben eines Kindes ist kein Grund, die ganze Kolonie aufs Spiel zu setzen, zumal dann, wenn das Kind ursprünglich jemanden ersetzen sollte, der nicht mehr ersetzt zu werden braucht. Das heißt, es bleibt nur eine einzige Möglichkeit.«

Darien begriff, dass Arik ihm eine Falle gestellt hatte. »Und die wäre?«

»Wir müssen Cadie und das Kind zur Erde schicken.«

Darien musterte seinen Sohn ausgiebig, bevor er antwortete. »Du bist dir vermutlich darüber im Klaren, dass wir in der zur Verfügung stehenden Zeit keinen Erdfahrstuhl bauen können, also hast du wohl etwas anderes im Sinn.«

»Wir brauchen kein Zwei-Wege-System«, sagte Arik. »Ich spreche davon, eine einzelne Person zur Erde zu befördern.«

»Hast du dir darüber schon Gedanken gemacht?«

»Genug Gedanken, um zu wissen, dass dies die einzige logische Lösung ist. Erstens braucht es dazu keine neue Technologie. Die GSA hat schon Dutzende Menschen zum Mars gebracht und wieder zurück, und Hunderte, wenn nicht gar Tausende Menschen zum Mond. Eine einzelne Person von der Venus zur Erde zu befördern, ist für die GSA durchaus machbar. Und für die V1 stellt es keinerlei Risiko dar.«

»Aber wir haben nicht genügend Zeit. Sie würde das Kind bekommen, bevor sie die Erde erreicht hat.«

»Sie würde das Kind bekommen, bevor die GSA der Unternehmung auch nur zugestimmt hat«, sagte Arik. »Deshalb müsste man sie innerhalb der nächsten achtundzwanzig Tage in die kryogene Hibernation versetzen, und sie müsste den ganzen Flug in der Hibernation zurücklegen.«

»Findest du das nicht riskant?«

»Die Hibernation wurde schon mehrfach erfolgreich bei medizinischen Notfällen eingesetzt. Es gibt keinen

Grund anzunehmen, dass sie für Cadie und das Kind ein größeres Risiko darstellen würde.«

»Hast du schon mal daran gedacht, dass du sie womöglich nie mehr wiedersehen wirst?«

»Ja.«

»Und dass du, um es ganz direkt zu sagen, dann vermutlich für den Rest deines Lebens allein sein würdest?«

»Ich habe hier jede Menge Beschäftigung.«

»Hast du schon mit Cadie darüber gesprochen?«

»Nein.«

»Gut«, sagte Darien. Das Rot war verblasst, die Wände waren fast wieder durchsichtig. Darien blickte in die Fitnesshalle hinaus. Bis auf eine waren alle Wassermühlen in Betrieb, und zwei Personen trainierten im Dojo. Darien berührte die Wand, und unter seinen Fingern erschien sein Arbeitsplatz. Die Tür schloss sich, die Polymeth-Wände trübten sich ein, bis sie nahezu undurchsichtig waren.

»Was machst du da?«

»Ich möchte dir etwas sagen, was unbedingt unter uns bleiben muss.«

»Okay.«

»Es handelt sich um etwas, das man nicht auf die leichte Schulter nehmen kann, Arik. Wenn du die Verantwortung übernimmst für das, was ich dir sage, schleppst du diese Bürde für den Rest deines Lebens mit dir herum. Außer mit mir darfst du mit niemandem darüber sprechen. Hast du mich verstanden?«

»Natürlich.«

»Ich weiß wirklich nicht, wie ich es sagen soll, deshalb komme ich gleich zur Sache. Seitdem die Erde aus dem letzten Funkloch herausgekommen ist, ist die Verbindung tot.«

»Tot, was soll das heißen? Wir haben keinen Kontakt mehr mit der GSA?«

»Das heißt, wir empfangen kein einziges Signal mehr, von welchem Ort auch immer.«

Arik schaute skeptisch drein. »Einer der Kommunikationssatelliten muss ausgefallen sein.«

»Wir haben es mit allen probiert. Dass sie alle defekt sind, ist ausgeschlossen.«

»Vielleicht wurden sie von einer Protuberanz ausgeschaltet. Wegen der dichten Atmosphäre haben wir bloß nichts davon mitbekommen. Oder die ERP-Antenne ist defekt.«

»Unsere Ausrüstung ist in Ordnung, Arik. Wir haben Verbindung zu den Kommunikationssatelliten der Erde. Sie sind alle online, und den Diagnosemeldungen zufolge funktionieren sie tadellos.«

»Was ist mit den Mondbasen?«

»Da ist es das Gleiche. Wir haben Verbindung mit den Basen, aber es meldet sich niemand.«

Arik schaute einen Moment lang zu Boden. »Haben wir schon versucht, Bilder reinzubekommen?«

»Wir haben alle verfügbaren Satellitenkameras auf die Erde gerichtet, aber wir haben hier oben keine Teleskope, und mit der digitalen Vergrößerung lässt sich nichts erkennen.«

»Also, irgendetwas *muss* defekt sein«, sagte Arik. Er hob die Stimme. »Ihr habt den Fehler bloß noch nicht gefunden.«

»Es gibt keinen Defekt, Arik. Die Erde sendet einfach

nicht mehr. Und damit meine ich nicht nur die GSA. Ich meine alles auf dem Planeten, was ein Funksignal produziert, das stark genug ist, die Erdatmosphäre zu verlassen.«

Arik schüttelte langsam den Kopf. »Das kann nicht sein. Welche Erklärung könnte es dafür geben?«

»Das wissen wir nicht. Es könnte sich um eine globale Naturkatastrophe handeln, oder aber die GSA hat uns hinsichtlich der politischen Lage auf der Erde getäuscht, und es ist ein gewaltiger Krieg ausgebrochen. Oder aber es gibt eine triviale Erklärung, auf die wir noch nicht gekommen sind, und die GSA fängt morgen wieder an zu senden. Aber da der gesamte Funkverkehr in so kurzer Zeit zum Erliegen gekommen ist, müssen wir ernsthaft die Möglichkeit in Betracht ziehen, dass wir nie wieder etwas von der Erde hören werden.«

Arik musterte seinen Vater. Er wartete darauf, dass Darien weiterredete, dass er eine Erklärung vorbrachte, die nächsten Schritte skizzierte oder ihm wenigstens versicherte, dass irgendetwas unternommen werde; doch Darien schwieg.

»Was zum Teufel sollen wir jetzt tun?«

»Wir können nur warten. Wir horchen ins All und hoffen, dass wir etwas hören. In der Zwischenzeit aber müssen wir davon ausgehen, dass wir von jetzt an auf uns allein gestellt sind.«

»Auf uns *allein?«* Arik fand das lustig. »Ich sage das nur ungern, Dad, aber wir können nicht aus eigener Kraft überleben. Wenn die GSA nicht wieder online geht …«

»Sprich leise, Arik«, sagte Darien mit Nachdruck. »Es wird nicht einfach werden, aber wir können es schaffen.

Vergiss nicht, genau das ist der Grund, weshalb es die V1 überhaupt gibt. Weshalb wir uns bemühen, uns selbst zu versorgen. Wir stellen bereits unsere gesamte Nahrung her, wir bereiten das gesamte Wasser auf, und wir produzieren unsere eigene Atmosphäre.«

»Im Moment schon, aber was passiert, wenn irgendwann mal etwas schiefgeht? Wenn sich in den Wassertanks Risse bilden? Wenn der Farn von einem Krankheitserreger befallen wird? Wenn der Hauptreaktor havariert? Es gibt Hunderte Fehlermöglichkeiten. *Tausende.*«

»Wohl eher Hunderttausende«, sagte Darien. »Aber wie viele dieser Defekte würden uns auslöschen, ob mit oder ohne Unterstützung von der Erde?«

Arik wusste nicht, was er sagen sollte. Über das prekäre Fundament ihrer Existenz hatte er sich noch nie ernsthaft Gedanken gemacht. Mit den Notfallprozeduren kannte er sich so gut aus wie alle anderen, doch bislang hatte er sein Wissen noch nie anwenden müssen. Verstandesmäßig war Arik klar, wie prekär ihre Lebensumstände waren, doch da er auf der Venus geboren und aufgewachsen war, betrachtete er die V1 grundsätzlich als sein sicheres Zuhause. Doch sein Vater hatte recht. Jeden Moment konnte etwas passieren, das alle Leben auslöschte. Tatsache war, dass sie ihr Überleben eher dem Ausbleiben einer Katastrophe verdankten als ihrer Fähigkeit, diese zu verhindern.

Wenngleich ein Unfall, der zu ihrer aller Auslöschung führte, weit hergeholt schien, war dergleichen schon vorgekommen. Millionen Spezies waren seit der Entstehung des Lebens auf der Erde ausgestorben – darunter solche, die viel widerstandsfähiger gewesen waren als der Mensch. Nach über 160 Millionen Jahren der Dominanz waren durch einen unbedeutenden kosmischen Zufall sämtliche Dinosaurier ausgelöscht worden. Erst vor siebzigtausend Jahren waren nach einem Vulkanausbruch in Sumatra die meisten Menschen ums Leben gekommen. Überlebt hatten lediglich hunderttausend zeugungsfähige Paare, von denen der heutige Mensch abstammte. Ganze Städte waren von Bomben zerstört, Kontinente von Seuchen entvölkert und Ethnien durch Völkermord ausgerottet worden, während die Welt zugeschaut hatte, einen Drink in der Hand und das Essen im Herd. Die Menschen bestanden aus organischem Material, das von explodierten Sternen stammte, bei deren Untergang zahllose Lebensformen und fremde Zivilisationen vernichtet worden waren. Die V1 hatte man nicht nur deshalb gebaut, weil die Vernichtung der Erde möglich war; man hatte sie gebaut, weil die Vernichtung der Erde, einen genügend großen Zeitraum vorausgesetzt, unausweichlich war, und aus einer kosmischen Perspektive unterschied sich der jetzige Zeitpunkt durch nichts von einem Zeitpunkt in einer Million oder einer Milliarde Jahre. Arik begriff allmählich, dass nicht das Vertrauen in unsere Fähigkeit, unser Leben zu sichern, uns vor der Angst vor der Auslöschung bewahrt – sondern die unbewusste Ergebung in unser Unvermögen, sie zu verhindern.

»Arik«, fuhr Darien fort, »ich glaube, es besteht durchaus die Möglichkeit, dass die GSA sich von dem, was auf der Erde passiert ist, erholen wird. In der Zwischenzeit aber müssen wir weitermachen wie bisher. Wir müssen es darauf ankommen lassen. Wir müssen unsere Angreifbarkeit vermindern. Wir müssen die Zahl der Variablen, von denen unsere Leben abhängt, immer weiter reduzieren. Ich weiß, es klingt unglaublich, aber wir müssen davon ausgehen, dass hier nicht weniger als die Zukunft der ganzen Menschheit auf dem Spiel steht.«

ZWEITER TEIL
ERDE

17
DIE WAND

Cam hatte Cadie versprochen, dass er im Dock sein würde, solange Arik draußen wäre. Dabei wussten alle, dass er bei einem Notfall kaum etwas würde tun können; und Cam vertraute Arik und der Robustheit des Anzugs. Doch dass er in der Nähe blieb und Kontakt mit Arik hielt, fanden alle Beteiligten beruhigend. Zumindest konnte er darauf achten, dass sich niemand im Dock aufhielt, wenn Arik wieder hereinkam.

Als sich jedoch herausstellte, dass Arik sich im Freien nicht ungeschickter anstellte als die meisten neuen Mitarbeiter des Wrench Pods und dass sich niemand darum kümmerte, was er hier tat, bat Cam Arik, ihm lediglich eine kurze Nachricht zu schicken, wenn er nach draußen ging, und ihm bei seiner Rückkehr erneut Bescheid zu geben. Die zweite Regel besagte, dass Arik nicht den letzten Rover nehmen durfte; niemand im Wrench Pod störte sich an Ariks Kommen und Gehen, und es hatte ihn niemand gefragt, was er hier mache, doch wenn seine Aktivitäten die Beschäftigten von der Arbeit abhielten, würde es Probleme geben.

Arik hatte herausbekommen, wie dicht er mit dem Rover an die Außenwand des Public Pods heranfahren konnte, ohne dass das Magnetfeld sich störend bemerkbar machte. Er schätzte den Abstand, indem er auf Steuerung und Federung achtete. Da die Sichtweite nur ein paar Meter betrug, war das Fahrzeug mit einem Kurzdistanzradar ausgerüstet, das die Messdaten in den Hauptrechner einspeiste. Der Computer erstellte daraus ein topografisches Modell und passte Reifendruck und Federung entsprechend den Bedingungen fortwährend an. Wegen der schlechten Sicht konnte das Navigationssystem den Rover auch automatisch um Unebenheiten oder Senken herumsteuern, die von den Algorithmen als gefährlich eingestuft wurden. Wenn das Navigationssystem optimal funktionierte, war die Fortbewegung im Rover so komfortabel wie eine Fahrt mit der MSB. Traten jedoch elektromagnetische Interferenzen auf, machten sich die Unebenheiten des Geländes bemerkbar. Dann wusste Arik, dass es Zeit war zu parken. Natürlich hätte er die Entfernung zum Public Pod ebenso leicht anhand der durch den Elektromagnetismus im Funkgerät verursachten Störgeräusche abschätzen können, doch nach Cams Erzählung über das unheimliche Rauschen zog er es vor, das Funkgerät ausgeschaltet zu lassen.

Diesmal wartete Arik nicht so lange, bis sich bei der Steuerung und Federung eine Veränderung bemerkbar machte. Er hatte einen Anhänger dabei, weshalb die Manövrierfähigkeit des Rovers eingeschränkt war. Wenn man mit Anhänger unterwegs war, wollte man unbedingt vermeiden, in eine Situation zu geraten, in der man zurücksetzen musste. Mit dem Anhänger war das Bodenerfassungssystem nutzlos, weswegen man Rover und Anhänger ohne Computerhilfe steuern musste.

Dabei kam es darauf an, schon vor Erreichen des Ziels einen weiten Bogen zu fahren. Arik lernte mit der Zeit, den richtigen Abstand zu den Stroboskopen genau einzuhalten, sodass er in beide Richtungen wenden konnte, die Orientierungslichter aber nicht aus den Augen verlor.

Arik lenkte den Rover herum, bis die Schnauze zur Schleuse wies, dann bremste er. Das Public Pod konnte er wegen des dichten Dunstes nicht sehen, doch er machte gerade so eben das geschwungene Muster der asynchronen weißen Stroboskope an der Außenwand aus. Er wäre gern näher herangefahren, denn er musste einiges schleppen, doch das Manöver hätte mindestens fünfzehn Minuten gedauert und ihm nur ein, zwei Meter eingebracht.

Er klappte die Anhängerklappe herunter und lud den Hochdruckreiniger ab, mit dem man Korrosion und andere unerwünschte chemische Beläge von Metalloberflächen entfernte. Er bestand aus zwei Teilen: der eine beinhaltete den Kompressor, die Stromversorgung und den Lösungsmitteltank, der andere bestand aus einer Düse, die durch einen langen schwarzen Schlauch mit dem Kompressor verbunden war. Als Arik sich überlegte, wie er seine nächsten Experimente durchführen sollte, hatte er das Gerät im Regal entdeckt, und nachdem er mit Cam gesprochen hatte, kamen sie überein, dass es ohne Modifikation einsetzbar war, vorausgesetzt, dass zunächst alle toxischen Stoffe ausgespült wurden.

Arik suchte nach einer einfachen Methode, den Boden vor dem Public Pod in Quadranten einzuteilen, denn er wollte seine Experimente räumlich voneinander trennen. Er hatte überlegt, Pfähle in den Boden zu treiben und dazwischen Schnüre oder Drähte zu spannen, doch er war sich darüber im Klaren, dass jede Methode, die mit anstrengender körperlicher Arbeit verbunden war, mindestens zwei Ausflüge nach draußen erfordern würde. Jedem, der regelmäßig nach draußen ging, war die »Wand« ein Begriff. Damit war der Punkt gemeint, da Überhitzung, Dehydrierung und körperliche Anstrengung in alarmierendem Tempo zur Erschöpfung führten. Arik war seiner persönlichen Wand noch nicht begegnet, doch er war ihr so nahe gekommen, dass er bei jedem Ausflug nun eine größere Aufgabe in Angriff nahm. Für neue Mitarbeiter im Wrench Pod galt die Daumenregel, die Arbeitsmenge, die man zu schaffen glaubte, noch einmal aufzuteilen. Ansonsten begab man sich ernsthaft in Gefahr.

Das zweite Problem bei der Installation des Rasters bestand darin, dass jeder, der zufällig in dessen Nähe kam, sich darin verfangen und am Boden landen würde. Cam hatte Arik einmal erklärt, der Schutzanzug fühle sich vor allem wegen der effizienten Gewichtsverteilung und des Mikroskelettsystems so leicht an. Legte man einen »geladenen« Anzug (mit voller Patrone) auf die Seite, gingen diese Vorteile jedoch vollständig verloren, und die darin befindliche Person bekomme das ganze Gewicht des Anzugs zu spüren. Um zu verhindern, dass jemand ins Solpern geriet und stürzte, hatte Arik darauf geachtet, beim Probensammeln nicht zu tief zu graben. Daher hätte er es auch nicht verantworten können, ein System von Stolperdrähten zu errichten.

Deshalb beschloss er, für seine Experimente bereits vorhandene Markierungen zu benutzen, nämlich die

Schutzabdeckungen der Fenster des Public Pods. Es gab insgesamt sechzehn gleichmäßig angeordnete Abdeckungen, und das hieß, dass Arik sechzehn verschiedene Experimente davor durchführen konnte. Er nahm zwar an, dass es Dutzende, wenn nicht gar Hunderte Permutationen erfordern würde, bis Resultate vorlägen, doch die Aussaat von vier genmodifizierten Sorten in Verbindung mit vier Kristallkatalyselösungen ergab sechzehn Experimente, und das war immerhin ein Anfang. Arik glaubte zu diesem Zeitpunkt an ein reines Zahlenspiel; wenn er genug Gene modifizieren und sie mit genug verschiedenen Katalysatoren kombinieren könnte, würde irgendwann etwas wachsen. Mit den Borosilikatröhrchen, die er im Labor verwendete, hätte er die Experimente natürlich viel effizienter durchführen können, aber wenn im Umkreis der Kuppel Hunderte Röhrchen herumgelegen hätten, wäre Subha vermutlich auf die Idee gekommen, dass Arik der künstlichen Photosynthese nicht seine ungeteilte Aufmerksamkeit schenkte.

Arik mischte die erste Probe auf dem Anhänger und schleppte den Hochdruckreiniger in Richtung der Stroboskope. Als er vor der ersten Abdeckung stand, hatte er schätzungsweise fünfzig Meter zurückgelegt. Bislang fühlte er sich gut – trotz des hohen Gewichts des Wasserbehälters –, doch er fragte sich bereits, ob er alle sechzehn Kombinationen an einem Tag bewältigen würde.

Er vergewisserte sich, dass er exakt vor der Abdeckung stand, dann öffnete er das Ventil. Die Kristalllösung wurde mit hohem Druck in den lockeren Venusboden getrieben, doch dabei wurde auch eine erstaunliche Menge Staub und Bodenmaterial aufgewirbelt. Die Wolke war so dicht, dass Arik die Wand des Public Pods erst wieder sehen konnte, als der Staub sich abgesetzt hatte. Ihm wurde bewusst, dass ohne Orientierungspunkt die Gefahr bestand, dass er sich drehte und in die falsche Richtung marschierte. Auch als die senfgelbe Wolke sich aufgelöst hatte, schwebten noch so viele Teilchen in der Luft oder klebten an seinem Visier, dass seine Sicht erheblich eingeschränkt war. Er versuchte, den Staub mit dem Handschuh abzuwischen, doch es hatte sich eine dünne Kruste gebildet, die sich mit den weichen Handschuhen nicht entfernen ließ.

Arik ging zum Rover zurück und mischte die zweite Probe, die er vorsichtiger als beim ersten Mal in den Boden einbrachte. Er hielt die Düse so weit wie möglich von seinem Körper entfernt und drehte den Oberkörper von der Staubwolke weg. Er musste die Beine weit spreizen, um das Gleichgewicht zu wahren, und da er nicht genau sah, wohin er spritzte, geriet er mit dem Stiefelabsatz versehentlich in den Hochdruckstrahl. Cam hatte ihm zwar gesagt, außer einem Hochenergielaser könne kaum etwas einen Schutzanzug beschädigen, doch Arik wusste, über welche Schneidkraft Wasserstrahlen verfügten. Die meisten Sägen in der Werkstatt waren im Grunde Hochdruckwasserstrahlen mit Diamantdüse, die in Verbindung mit einem Schleifmittel mühelos zwanzig Zentimeter dicken Stahl durchschnitten, ohne dass es zu einer nennenswerten Hitzeentwicklung kam.

Er ließ den Hochdruckreiniger fallen, ließ sich auf ein Knie nieder und inspizierte die Rückseite des Stiefels. An der Stelle, wo er den Druck wahrgenommen hatte, befand sich ein heller Fleck, doch die Mikrofaser war anscheinend unbeschädigt, und das HUD des Visiers meldete keinen Druckabfall. Arik glaubte nicht, dass der Hochdruckreiniger, selbst wenn man die Schmirgelwirkung der Kristalllösung in Betracht zog, den Stiefel eines Schutzanzugs beschädigen konnte. Andernfalls hätte Cam ihn bestimmt darauf hingewiesen. Er wusste genau, was Arik vorhatte. Sie hatten sogar darüber gesprochen, dass Arik möglicherweise den höchsten Druck einstellen müsste, damit der Samen und die Kristalle tief genug in den Boden eindrangen und sich mit dem Erdreich verbanden. Cam aber hatte die gewaltigen Staubwolken außer Acht gelassen, die dabei entstanden, und wenn ihm das Problem mit der eingeschränkten Sicht entgangen war, hatte er vielleicht auch noch etwas anderes übersehen.

Arik sagte sich, es habe keinen Sinn, die Situation zu dramatisieren. Im Grunde war es ganz einfach: Hätte der Hochdruckstrahl den Anzug beschädigt, wäre er bereits tot. Und wenn der Schaden so gering war, dass der Anzug ihn kompensieren konnte, würde das HUD es melden. Vorausgesetzt, die Sensoren funktionierten und kommunizierten normal, brauchte er sich keine Sorgen zu machen.

Als Arik wieder am Rover angelangt war und den Hochdruckreiniger auf den Anhänger gehoben hatte, überlegte er, ob er noch die dritte Probe mischen und weiterarbeiten oder die Klappe schließen und zur Schleuse zurückfahren sollte. Sein Ausflug war nicht so reibungslos abgelaufen wie erwartet. Cam hätte ihm in dieser Situation geraten, den Plan zu streichen, ein paar Veränderungen vorzunehmen und es demnächst, wenn er sich wieder von der Arbeit freimachen konnte, erneut zu versuchen. Aber wann würde das sein? Arik wusste, dass er sich bereits allzu sehr ins Terraforming verbissen hatte und dass sein Fernbleiben und die mangelnden Fortschritte bei der KP nicht unbemerkt bleiben würden. Er hatte Mühe, sich damit abzufinden, dass er zum ersten Mal in seinem Leben den in ihn gesetzten Erwartungen nicht gerecht wurde. Er war vollkommen überzeugt davon, dass sein Vorhaben weit wichtiger war als die KP und dass der Lohn dafür, etwas zu verwirklichen, das alle für undurchführbar hielten, jeden Preis wert war. Doch er wusste auch, wo seine Grenzen lagen. Entweder er erzielte bald Ergebnisse, oder er würde sich wieder auf die ihm zugeteilte Arbeit konzentrieren müssen. Er wusste nicht genau, wie viel Zeit ihm blieb, doch er würde die erste Serie von Experimenten sicherlich nicht in wenigen Tagen oder Wochen abschließen können. Es war durchaus möglich, dass schon die ersten Versuche Ergebnisse erbrachten, doch wahrscheinlicher war, dass er Dutzende Ausflüge nach draußen unternehmen und Dutzende Kombinationen und Techniken erproben müsste. Er wusste es einfach nicht, und deshalb wollte er jede sich bietende Gelegenheit so gut wie irgend möglich nutzen.

Arik mischte die dritte Probe und ging zurück zum Public Pod. Er hielt es für besser, eine gewisse Einschränkung der Sicht in Kauf zu nehmen, als erneut Gefahr zu laufen, seinen Anzug zu beschädigen, deshalb stand er direkt in der Staubwolke, als er die Lösung ausbrachte. Weil er gleich nach der Durchführung auf Abstand ging, anstatt darauf zu warten, dass die Wolke sich auflöste, blieben diesmal weniger Kristalle am Visier haften als beim ersten Mal, doch es waren eindeutig mehr Kristalle in der Luft als zuvor, die das Licht der Stroboskope absorbierten und streuten.

Nach dem Ausbringen der dreizehnten Probe beschloss Arik, bis zum Ende durchzuhalten. Er war zwar müde, doch da er seinem Ziel, alle sechzehn Kombinationen auszubringen, so nahe war, drängte seine Entschlossenheit die Erschöpfung in den Hintergrund. Als er zum Rover zurückging, brannten ihm die Beine, doch während er die nächste Probe mischte, ließ der Schmerz bereits nach. Er hatte auch kaum noch Kraft in den Armen, doch da er den Kompressor mal mit der linken, mal mit der rechten Hand trug, kam er zurecht. Sein Visier war so stark verschmutzt und seine Augen so gereizt vom Schweiß, der aus seinem vollgesogenen Hachimaki tropfte, dass er die Markierungslichter nicht mehr sah, doch inzwischen konnte er den Weg im Schlaf zurücklegen. Er wusste, er würde mit dem Rover auf dem Rückweg ganz langsam fahren und sich darauf verlassen müssen, dass das Navigationssystem ihn auf Kurs hielt, und wahrscheinlich würde er sich einen neuen Helm holen müssen, bevor er das Fahrzeug in die Schleuse manövrieren könnte, doch dann wäre es wenigstens geschafft, und die erste Serie von Experimenten wäre auf den Weg gebracht.

Da die Wand des Public Pods geschwungen war und seine Experimente der Krümmung des Gebäudes folgten, musste Arik den Rückweg zum Rover jedes Mal um ein paar Winkelgrade anpassen. Nachdem er sein letztes Experiment ausgebracht hatte, dachte er gerade über die Richtung nach, als er den Kompressor von einer Hand in die andere nahm und bemerkte, dass er durch eine Schlaufe des verdrehten Schlauchs getreten war. Arik wusste, dass er müde war, doch er hatte keine Ahnung, wie erschöpft er wirklich war, bis er auf einmal auf dem Boden lag und nicht mehr die Kraft hatte sich aufzurichten. Im Liegen war der Schwerpunkt des Anzugs verschoben, und Arik hatte das Gefühl, er wäre am Boden festgenagelt.

Er beschloss, erst einmal liegen zu bleiben, sich zu entspannen und Kraft zu sammeln. Der Anzug war anscheinend noch in Ordnung, denn das HUD meldete keinen Fehler. Die Patrone hatte sich nicht gelöst, und die Dichtungen von Helm und Handschuh waren unbeschädigt. Er verfügte noch über genügend Energie und Luft, um sich mindestens dreißig Minuten lang erholen zu können. Für den Rückweg würden die Reserven dann immer noch reichen. Wenn er nur an seine Augen herangekommen wäre. Sie brannten so sehr vom salzigen Schweiß, dass er bei dem Versuch, sie auszuwischen, mit dem Handschuh gegen das Visier stieß. Er schwitzte bereits stärker, ein klares Anzeichen für Dehydrierung.

Ein weiteres Symptom für Dehydrierung sind Muskelkrämpfe, und als Arik bemerkte, dass sich seine Wade verkrampfte, schrie er vor Schmerz. Der Krampf löste einen weiteren Krampf in der Kniesehne aus, und als er sich verkrümmte, begann auch das andere Bein zu krampfen. Arik hatte bei der Arbeit oder im Schlaf schon öfter Muskelkrämpfe gehabt, doch da hatte er aufstehen und herumgehen, sich strecken und sich willentlich entspannen können, was dem Schmerz die Spitze genommen hatte. Eingesperrt in den Schutzanzug, konnte er das Bein nicht einmal massieren, um die Durchblutung anzuregen. Es blieb ihm nichts anderes übrig, als dazuliegen und den Schmerz unter Schreien und Schluchzen über sich ergehen zu lassen.

Als Arik die Augen aufschlug, hatte der Schmerz nachgelassen, doch er merkte zu seinem Entsetzen, dass er eingeschlafen war. Die Anzeigen für Sauerstoff und Energie hatten von Grün zu Gelb gewechselt, und seine untere Körperhälfte war aufgrund mangelnder Durchblutung taub. Als er sich zu bewegen versuchte, rief der Muskelschmerz die Erinnerung an den durchdringenden Schmerz der Krämpfe wach.

Er versuchte, sich die Beine zu reiben, doch der Anzug schränkte seine Beweglichkeit ein. Schließlich gelang es ihm, die Hand zur Kniesehne zu schieben, doch als er zudrückte, reagierte der Anzug mit Gegendruck. Arik legte sich wieder nieder und zog die Beine an die Brust, spannte und entspannte die Muskeln abwechselnd, um die Durchblutung wieder in Gang zu bringen.

Während er darauf wartete, dass sein Körper sich mit Sauerstoff anreicherte, analysierte er seine Lage. Die meisten Ereignisse, die als Tragödien bezeichnet werden, vollziehen sich plötzlich und auf spektakuläre Weise: Erdbeben machen ganze Städte dem Erdboden gleich, Raumschiffe explodieren beim Wiedereintritt in die Erdatmosphäre, bei einem Atomreaktor kommt es während eines Routinetests zur Kernschmelze. Dies sind die Dinge, vor denen wir Angst haben, gegen die wir uns wappnen und auf die wir uns in zahllosen Übungsstunden vorbereiten. Arik aber machte nun die Erfahrung, dass man Katastrophen auch in kleine, unscheinbare Komponenten zerlegen und an den besten Vorsichtsmaßnahmen vorbeischmuggeln konnte. Sie häuften sich allmählich an, ohne einen Alarm auszulösen oder von einem Sensor bemerkt zu werden. Das Unglück verstand es, unser Ego und unseren Stolz gegen uns zu verwenden und uns in hoffnungslose Situationen zu manövrieren. Je mehr Hindernisse man dem Tod in den Weg legte, desto geschickter schlüpfte er durch die Lücken.

Arik richtete sich mit einer flüssigen Bewegung auf. Die Beine drohten unter ihm nachzugeben, doch darauf war er vorbereitet, pflanzte sie fest auf den Boden und zwang sie, sein Gewicht zu tragen. Die Schwerkraft trug dazu bei, das Blut in seine Muskeln zu drücken. Als das Gefühl in die Beine zurückkehrte, begannen sie zu prickeln, als würde Starkstrom hindurchgeleitet. Aber seine Beine wurden kräftiger. Er stand aufrecht und wusste, dass er gehen konnte. Er brauchte es bloß bis zum Rover zu schaffen. Falls er es nicht schaffen würde, zur Schleuse zurückzufahren, könnte er per Funk aus dem Wrench Pod Hilfe herbeiholen.

Arik drehte sich langsam und versuchte das schwache Licht der Stroboskope auszumachen, um sich zu orientieren. Er rieb an dem Kristallbelag auf dem Visier, doch der war inzwischen in der Hitze gehärtet. Da er kein Licht sah, nahm er an, dass er sich ganz in der Nähe des Rovers befand. Auf dem Boden lag der Hochdruckreiniger, Düse und Kompressor ein ganzes Stück voneinander entfernt. Er erinnerte sich, dass er den Kompressor von der linken in die rechte Hand nehmen wollte, als er gestürzt war. Wenn der Kompressor sich rechts von ihm befand, müsste er zum Rover hin ausgerichtet sein.

Als Arik so weit gegangen war, dass er den Rover bereits hätte erreicht haben müssen, stand sein Entschluss fest. Er hatte gewusst, dass in diesem Moment Panik einsetzen und sich so weit verstärken würde, bis er nicht mehr logisch denken könnte, deshalb wollte er darauf vorbereitet sein, ohne nachzudenken zu handeln.

Wenn er sich bezüglich der Traghand geirrt hatte, hätte er sich vom Rover entfernt, anstatt sich ihm zu nähern, und er wäre zum Public Pod zurückgegangen, das er inzwischen erreicht haben müsste. Somit blieben drei Möglichkeiten übrig. Die wahrscheinlichste war, dass er den Rover nicht gesehen und an ihm vorbeigegangen war, was bedeuten würde, dass er auf das rote Stroboskop der Luftschleuse zuging. Möglich war auch, dass der Hochdruckreiniger nicht wie erwartet gelandet war, und dass er sich annähernd rechtwinklig zum beabsichtigten Weg bewegte. Eine Neunziggradwendung in die eine Richtung würde ihn zur V1 zurückführen, und er käme irgendwo zwischen dem Wrench Pod und dem Public Pod heraus, worauf er an der Wand entlang zur Schleuse gehen könnte. Eine Neunziggradwende in die andere Richtung aber war das schlimmste Szenario. Dann bestand die Möglichkeit, dass Arik sich geradewegs von der V1 entfernte und in die kahle Wüste der Venus hinausging, wo man erst dann nach ihm suchen würde, wenn es zu spät war.

Selbst das Worst-Case-Szenario beinhaltete jedoch eine Option. Wenn Arik rechtzeitig umkehrte, wäre alles okay. Wenn er früh genug merkte, dass er in die falsche Richtung ging, konnte er sich in die entgegensetzte Richtung wenden und seinen Fehler wiedergutmachen.

Vorausgesetzt, ihm blieb genug Zeit und er konnte verhindern, dass er in Panik geriet, hatte er gute Chancen, es zu schaffen, egal in welche Richtung er losmarschierte. Das Problem war, dass er nicht wusste, was unter »genug Zeit« zu verstehen war. Er schritt zwar gleichmäßig aus, doch er war extrem geschwächt, und die Luft- und Energievorräte sanken alarmierend schnell. Arik hatte Cam nie gefragt, was passieren würde, wenn ihm die Energie vor der Luft ausginge.

Die Antwort auf die Frage, wann er umkehren sollte, lag auf der Hand: Sobald er eine Strecke zurückgelegt hatte, die der Entfernung des am weitesten entfernten Orientierungspunkts zum Ort des Sturzes entsprach, musste er kehrtmachen. Die Herausforderung bestand darin, die Strecke exakt zu schätzen. Vor Wassermangel pochte Arik der Kopf; obwohl er sich körperlich anstrengte, hatte er nicht mehr genug Wasser im Körper, um zu schwitzen, und die Hitze erschwerte das klare Denken. Er glaubte, er wäre schon so weit gegangen, dass er die Schleuse inzwischen erreicht haben müsste, doch er konnte sich nicht sicher sein. Der Sauerstoffvorrat betrug nur noch 18 Prozent, was bedeutete, dass er dem Punkt ohne Wiederkehr sehr nahe war, wenn er ihn nicht bereits überschritten hatte. Schon sehr bald würde es gleichgültig sein, ob er umkehrte oder weiterging. Das Ergebnis wäre das Gleiche.

Arik fragte sich allmählich, ob es nicht vielleicht würdevoller wäre, sich einfach hinzusetzen und mit seiner Lage abzufinden. Dann könnte er in der ihm verbleibenden Zeit eine letzte Nachricht in den Venusboden kratzen. Er überlegte, ob er vielleicht einschlafen könnte, um der unerträglichen Panik und der Qual des Erstickens zu entgehen, als er bemerkte, dass er direkt auf eine Wand zuging. Er wurde von intensiver Erleichterung erfasst, und auf einmal kam es ihm absurd vor, dass er beinahe aufgegeben hätte. Er stellte sich vor, wie Cam seinen Leichnam nur wenige Meter von der Schleuse entfernt neben einer kurzen Entschuldigung an Cadie vorgefunden hätte. Er stellte sich vor, wie seine Freunde und seine Familie sich bemühten, seinem mysteriösen und sinnlosen Tod eine gewisse Würde zu belassen.

Doch da waren keine Stroboskope. Arik hatte gehofft, das rote Stroboskop der Luftschleuse zu sehen, doch in seiner Nähe gab es überhaupt keine Lichter oder Leuchtzeichen. Die ganze Außenseite der V1 war mit Blitzdioden markiert, und die hätte er trotz seines dreckverkrusteten Visiers mühelos erkennen sollen. Er näherte sich der Wand und legte die Hand darauf. Anscheinend bestand sie nicht aus einer korrosionsbeständigen Metalllegierung wie die V1, sondern aus Beton. Er folgte ihr ein paar Meter, doch die Oberfläche veränderte sich nicht, und es tauchten auch keine Stroboskope auf. Er trat ein paar Schritte zurück und versuchte die Höhe der Wand einzuschätzen, doch der obere Rand verlor sich im Dunst. Arik spürte ein Basaltstück unter dem einen Stiefel, und obwohl er darauf bedacht war, Energie zu sparen, bückte er sich und schleuderte es in hohem Bogen in Richtung des Bauwerks. Einen Moment später schlug es vor ihm auf dem Boden auf.

Plötzlich bemerkte er, dass die Luftanzeige rot blinkte. Der Luftvorrat war unter zehn Prozent gesunken. Was immer er da entdeckt hatte, es war nicht die V1, und er befand sich auch nicht in der Nähe der Schleuse oder eines anderen ihm bekannten Ortes. Er vermutete, dass er sich von der V1 entfernt hatte und auf eine Wand gestoßen war, die sie umgrenzte. Von einer solchen Wand hatte er noch nie gehört, und er konnte sich auch nicht vorstellen, dass sie dazu diente, etwas von der Station fernzuhalten, doch das war im Moment unwichtig. Wenn die Wand die äußere Begrenzung der V1 darstellte, müsste er zur Station zurückgelangen, wenn er sich im rechten Winkel davon entfernte.

Arik wandte der Wand den Rücken zu und marschierte los. Was auch geschah, er würde so schnell wie möglich weitergehen und sich nicht von seinem Weg abbringen lassen.

18
EIN LOCH IN DER WAND

Arik fühlte sich, als habe man ihn von der Hüfte abwärts durchgeprügelt. Er hatte nicht gewusst, dass Krämpfe der Skelettmuskulatur so schmerzhaft sein und eine solche Empfindlichkeit auslösen konnten. Doch allmählich wurde ihm bewusst, dass die Nachwirkungen der Anstrengungen und seines gefährlichen, dummen Fehlers auch ihre positiven Seiten hatten – sie verstärkten das Gefühl, am Leben zu sein. Er saß nicht mehr vor seinem Arbeitsplatz, wo er seine Beine entspannen konnte; er stand auf eigenen Füßen, bewegte sich umher und nahm den Schmerz wahr.

Er rief die detaillierteste Schemazeichnung der V1 auf, die er finden konnte. Zunächst wurde sein derzeitiger Aufenthaltsort, das Heimlabor, im Zentrum angezeigt, dann zentrierte er die 3-D-Darstellung auf die Kuppel, den eigentlichen Mittelpunkt der V1, und zoomte heraus. Eigentlich hätte er erwartet, die Darstellung beliebig verkleinern zu können, doch sie fror ein, als die V1 den ganzen Rahmen ausfüllte. Er versuchte, das Bild zu verschieben, doch das Modell ließ sich nicht bewegen. Dann zoomte er auf die Hauptschleuse und stellte fest, dass er das Bild auf dieser Darstellungsebene verschieben konnte, doch auch diesmal fror das Bild exakt zweihundert Meter vom Schleusentor entfernt ein – unmittelbar vor dem Bereich, an dem Arik auf die Wand gestoßen war.

Die Schemadarstellung war eine dreidimensionale Vektorgrafik, das hieß, sie beruhte im Wesentlichen auf einer Sammlung mathematischer Formeln, welche die V1 detailliert beschrieben. Vektorgrafiken ermöglichten es dem Betrachter, das Modell aus beliebiger Höhe und jedem beliebigen Winkel in Augenschein zu nehmen; der Computer berechnete es mittels der Vektorgrafiken neu und passte es nahezu in Echtzeit an die Erfordernisse an. Selbst die komplexesten Vektorgrafiken mit detaillierten Texturen, die pro Mikrosekunde Millionen von Berechnungen erforderten, waren für moderne Computer problemlos darstellbar. Die einzige Einschränkung stellten die in den Formeln enthaltenen Daten und die dem Modell vorsätzlich implementierten Beschränkungen dar.

Das Schema zu dekompilieren und nach den Instruktionen zu suchen, die verhinderten, dass es von bestimmten Koordinaten aus betrachtet wurde, wäre unpraktisch gewesen. Schemata waren viel zu kompliziert, um von Hand erstellt zu werden; die Werkzeuge, die man dafür einsetzte, erzeugten Gleichungen, die von Rechnern und nicht von Menschen ausgewertet wurden. Der Vektorviewer aber – das Programm, das die vektorbasierten Modelle interpretierte und renderte – war wesentlich einfacher. Die Einschränkungen des Modells zu entfernen, wäre nahezu undurchführbar gewesen, doch den Code des Viewers zu modifizieren, der diese Einschränkungen beachtete und sie durchsetzte, war wesentlich einfacher.

In dem Moment, als Arik den Quellcode des Vektorviewers aufrief, meldete sich Cam mit einem Videoanruf. Eigentlich hatte er mehr über die Wand herausfinden wollen, bevor er mit seinem Freund sprach, und einen Moment lang erwog er, den Anruf zurückzuweisen. Cam aber wusste bestimmt, dass Ariks Arbeitsplatz aktiv war, und er schuldete seinem Freund eine Erklärung. Er wappnete sich einen Moment lang, dann nahm er den Anruf an. Cam hielt sich nicht mit einer Begrüßung auf.

»Was zum Teufel ist da draußen passiert?«

»Ich weiß«, sagte Arik. »Ich hab Bockmist gebaut.«

»Das ist wohl ein bisschen untertrieben. Was hast du eigentlich mit dem Helm gemacht? Ich musste ihn mit Salzsäuredampf reinigen.«

»Das war der Kristallkatalysator. Der ist in der Hitze getrocknet und am Visier festgeklebt. Ich habe so schlecht gesehen, dass ich den Rover nicht mehr reinbringen konnte.«

»Arik, du hast den Rover vermutlich deshalb nicht reinbekommen, weil du halb tot warst. Wusstest du, dass deine Patrone verschrottet wurde, weil man geglaubt hat, sie wäre defekt? Sie wurde als komplett leer eingestuft. So was ist noch nie vorgekommen. Man hat geglaubt, sie wäre defekt, weil sich niemand vorstellen konnte, dass man mit so wenig Luft überleben kann.«

»Habe ich irgendwelche Rekorde gebrochen?«

»Das ist nicht lustig. Ist dir überhaupt klar, dass du um ein Haar nicht mehr zurückgekommen wärst? Du warst buchstäblich nur noch ein, zwei Atemzüge vom sicheren Tod entfernt.«

»Das weiß ich doch.«

»Und weißt du auch, was passiert wäre, wenn dir der Strom ausgegangen wäre?«

»Das habe ich mir auch schon überlegt.«

»Die Restladung des Anzugs hätte noch für etwa fünf Minuten gereicht, dann wäre deine gesamte Ausrüstung mit dir zusammen in Sekundenschnelle auf die Größe deines Helms geschrumpft.«

»Zu dem Zeitpunkt wäre ich zum Glück wohl schon erstickt.«

»Glaub mir, die Implosion wäre weit weniger unangenehm gewesen.«

»Werd ich mir fürs nächste Mal merken.«

»Es wird kein nächstes Mal geben. Das ist dir doch klar, oder? Du weißt, dass du nicht mehr nach draußen kannst.«

»Können wir darüber unter vier Augen reden?«

»Okay, ich bin allein.« Cam rückte zur Seite, sodass Arik den Raum überblicken konnte. »Im Moment findet eine Übung statt.«

»Das meine ich nicht. Ich muss mit dir über etwas reden.«

»Über etwas, das wichtiger ist als die Tatsache, dass du beinahe ums Leben gekommen wärst?«

»Ich habe dort draußen etwas entdeckt.«

Cam blinzelte vor der Polymeth-Wand. »Wie meinst du das?«

»Das erkläre ich dir, wenn du herkommst.«

Cam schaute nach rechts oben, wo er wohl die Uhrzeit ablas. Offenbar überlegte er, ob er genug Zeit hatte. »Wo bist du?«

»Zu Hause.«

»Bist du sicher, dass du nicht halluziniert hast? Im Ernst. Ich sage nicht, du hast nichts gesehen, aber es wäre nicht das erste Mal, dass jemand dort draußen etwas zu sehen geglaubt hat, das gar nicht existiert. Zumal bei dir der Sauerstoff fast aufgebraucht war.«

»Beim nächste Ausflug nach draußen beschaffe ich einen Beweis.«

Cams Neugier gewann allmählich die Oberhand. »Ich nehme die nächste MSB. Aber ich hoffe, an deiner Geschichte ist etwas dran.«

Die Videoverbindung brach ab. Arik öffnete die Autorentools des Vektorprogramms und entwarf das denkbar einfachste Modell – bestehend aus einem einzelnen Mikropixel –, dann fügte er Zoom und Verschiebebeschränkungen hinzu. Er ließ den Viewer in einem Programm laufen, das ihm in Realzeit die ausgeführten Programmzeilen anzeigte, dann lud er das Testmodell. Er zoomte heraus, bis das Modell einfror, dann rief er den Programmeditor auf.

Der Vektorviewer ließ sich nicht so einfach modifizieren, wie Arik gehofft hatte. Er hatte erwartet, er bräuchte lediglich ein paar Anweisungen zu entfernen, um zu sehen, welche Zoom- oder Verschiebeeinschränkungen im Modell implementiert waren, doch es stellte sich heraus, dass der relevante Code in den Steueralgorithmen der Kamera enthalten war. Zum Glück waren diese isoliert und so leicht zu überarbeiten, dass Arik bei Cams Eintreffen bereits über modifizierte Versionen verfügte, mit denen er sein Testmodell darstellen konnte.

»Ich habe vergessen, dir etwas zu sagen«, meinte Cam.

»Und das wäre?«

»Ich bin froh, dass du überlebt hast.«

»Ich auch«, sagte Arik. »Und mir ist völlig klar, dass ich mich wie ein Idiot verhalten habe.«

»Ich war der Idiot, weil ich dich ohne Vorbereitungstraining nach draußen gelassen habe. Wieso ist dir der Sauerstoff ausgegangen? Hast du etwa die große rote Warnleuchte direkt vor deinem Gesicht nicht bemerkt?«

»Ich habe den schwersten Fehler überhaupt begangen. Ich habe die Orientierung verloren.«

»Wie kann man bei über zweihundert Zehntausend-Lumen-Blitzdioden die Orientierung verlieren?«

»Die nutzen nur dann etwas, wenn man sie sehen kann.«

Cam musterte Arik mit ostentativer Verwunderung. »Äh, sollte ich vergessen haben, das zu erwähnen? Ich dachte, das wäre selbsterklärend.«

Arik sah auf die Uhr. »Wie viel Zeit hast du?«

»Nicht viel«, antwortete Cam. »Erzähl schon, was du draußen entdeckt hast.«

»Vielleicht ist es sogar hier drin. Ich hoffe, ich kann's dir zeigen.«

Arik lud mit der modifizierten Version des Vektorviewers die Schemadarstellung der V1. Er zoomte aufs Dock.

»Okay, das ist das Dock, und hier ist die Schleuse.« Er zoomte ein paar Stufen zurück und begann, das Modell zu verschieben. »Das ist die Außenwand des Public

Pods, und hier habe ich den Rover abgestellt, siehst du?«

»Könnte so stimmen.«

»Ich habe mich versehentlich in die falsche Richtung gedreht und bin losmarschiert ...« Er schob die V1 weiter zum Rand, und diesmal fror das Modell nicht ein.

Cam beugte sich vor. »Was zum Teufel ist das?«

In etwa zweihundert Metern Abstand vom Public Pod sah man eine dicke rote Linie.

»Ich hatte eigentlich gehofft, du könntest mir das sagen.«

»Ich habe keine Ahnung.«

»Das ist eine Art Wand.«

Arik zoomte weiter, bis die ganze Station erfasst war. Die Wand bildete eine gewundene Einfassung um das Hauptgebäude und die ERP-Antenne.

Cam sah Arik an. »Moment mal. Du bist die ganze Strecke zu Fuß gegangen?«

»Offenbar.«

»Und du hast das Ding mit eigenen Augen gesehen?«

»Ich habe direkt davor gestanden.«

»Konntest du erkennen, welchen Zweck die Wand erfüllt?«

»Nein.«

»Wie hoch ist sie?«

Arik neigte die Darstellung und zoomte auf den Wandabschnitt gegenüber der Schleuse.

»Fünfundzwanzig Meter. Mein Gott.«

»Das kann doch nicht wahr sein. Woraus besteht sie?«

»Überwiegend aus Beton, würde ich sagen.«

Cam schüttelte den Kopf. »Nein, das ist unmöglich.

Wenn sie aus Beton wäre, müsste sie regelmäßig ausgebessert werden. Aber wer sollte das tun, wenn nicht wir?«

»Das ist eine gute Frage. Vielleicht haben wir die Wand ja gar nicht gebaut.«

Cam setzte sich auf den freien Plastikstuhl. »Wenn wir sie nicht gebaut haben, wer dann?«

»Das weiß ich nicht, aber ich denke drüber nach: Sie ist so weit entfernt, dass man nur dann darauf stoßen kann, wenn man danach sucht oder sich verirrt. Du verbringst vierzehn Stunden täglich im Wrench Pod und hast nie davon gehört. Aber offenbar hat jemand eine Menge Arbeit investiert, um das Ding zu bauen, und anscheinend wird es auch gewartet.«

»Willst du damit sagen, es gäbe jemanden – oder *etwas* - auf der Venus, von dem wir nichts wissen?«

»Nein«, sagte Arik. »Die Gründer müssen wissen, was dort draußen vorgeht. Und sie wissen auch von der Wand. Sonst wäre sie in dem Modell nicht enthalten. Aber sie wird geheim gehalten. Ich musste den Vektorviewer modifizieren, damit sie angezeigt wird.«

Cam erhob sich und zeigte auf die Darstellung. »Was ist das da?«

Arik verschob das Modell um ein paar Meter und zoomte hinein. »Das sieht aus wie ein Tor. Ich habe offenbar dicht daneben gestanden.«

»Zweieinhalb Meter breit. Das reicht, um mit dem Rover hindurchzufahren.«

»Also, was hältst du davon?«

Cam zuckte mit den Schultern. »Ich weiß nicht. Ich gebe zu, das ist merkwürdig, aber vielleicht ist es ja nur eine Wand. Vielleicht haben die Gründer sie errichtet, um der Winderosion vorzubeugen.«

»Die Wand ist hoch genug, um wesentlich mehr abzuhalten als nur den Wind«, sagte Arik. »Und es ergibt auch keinen Sinn, dass du nichts davon weißt.«

»Es gibt im Wrench Pod eine Menge, was ich noch nicht weiß. Vielleicht hat es sich bloß noch nicht ergeben.«

»Mag sein. Oder aber es weiß auch sonst niemand im Wrench Pod Bescheid. Wie viel Beton habt ihr im Lager?«

»Nicht genug, um so etwas zu bauen. Wir verwenden kaum noch Beton. Der altert zu schnell.«

»Also, auf mich hat die Wand einen gut gepflegten Eindruck gemacht. Ich habe weder Risse noch Betonbrocken am Boden gesehen. Gibt es jemandem im Wrench Pod, dem du genug vertraust, um mit ihm darüber zu reden?«

»Bestimmt nicht«, sagte Cam. »Zumindest jetzt noch nicht. Ich finde, wir sollten das für uns behalten.«

»Sehe ich auch so.«

»Und geh auf keinen Fall wieder raus.«

»Ich muss nach meinen Experimenten sehen.«

»Ich werde danach sehen«, sagte Cam. »Du musst es mir versprechen, Arik. Ich will nicht verantwortlich sein, wenn dir etwas passiert. Wir überlegen uns was, aber im Moment darfst du nicht nach draußen gehen.«

Arik zögerte. Es ging nicht nur darum zu beobachten. Er musste noch Dutzende weitere Experimente durchführen, bevor er mit den ersten Ergebnissen rechnen konnte. Notwendig wären eine neue Technik für das Mischen sowie für das Ausbringen der Samen und der Kristalllösung, außerdem mussten sie neue Bereiche finden, wo sie unentdeckt arbeiten konnten. Cam konnte ein solches Projekt auf keinen Fall nebenher durchführen. Mit Cam zusammen würde er zu langsam vorankommen und zur KP-Forschung zurückkehren müssen, bevor Ergebnisse vorlagen. Doch er kannte seinen Freund auch gut genug, um zu wissen, dass er nicht nachgeben würde.

»Ist gut«, sagte Arik schließlich. »Ich gebe dir mein Wort.«

19
DIE ANDERE SEITE DER WAND

Nur neue Arbeitskräfte wurden mit dem Inventurdienst betraut. Cam war es bislang gelungen, sich der lästigen Pflicht zu entziehen, doch mit jeder Woche, da er nicht ausgewählt wurde oder sich herausreden konnte, wurden seine Chancen schlechter. Arik wusste, dass man Cam im Verlauf der nächsten sechs Wochen irgendwann bitten würde, mit Polymeth-Tablet und Scanner durchs Lager zu streifen, verloren zwischen Hochregalen, Paletten und gestapeltem Material. Vorausgesetzt, dass kein Rover defekt wurde, würde er sieben Tage lang keinen Grund haben, sich im Dock aufzuhalten.

Arik hatte Cadie verschwiegen, dass er im Freien die Orientierung verloren hatte, doch er hatte ihr erzählt, dass er bei seiner Terraforming-Forschung eine Pause einlegen würde, um sich intensiver der KP widmen zu können. Deshalb nahm sie an, dass das, was er baute, mit seiner Arbeit im Life Pod zu tun habe – ein Irrtum, den zu korrigieren Arik keinen Versuch unternahm. Wenn sie ihn fragte, was für ein Gerät das sei, erwiderte er, er werde es ihr erklären, sobald es funktioniere; das sei nur so eine Idee, und er wolle im Moment nicht darüber sprechen.

Im Stillen bezeichnete er das Gerät als Luftgewehr. Der lange Lauf bestand aus einem Druckschlauch, den er aus dem Müll geborgen hatte. Es verfügte über einen Plastikschaft mit Gummiaufsatz, der sich seiner Schulter anpasste, und einen großen, leeren Rahmen aus Draht und Stahl an der Oberseite für die Aufnahme einer Anzugpatrone, die das Gewehr mit Strom und Druckluft versorgen sollte. An der Unterseite gab es eine Ladevorrichtung für Patronen und an der Seite einen Auswurf für leere Hülsen.

Das Luftgewehr war dazu gedacht, es an der Schulter anzulegen und die Mündung auf den Boden zu drücken. Es basierte auf dem Double-Action-Prinzip: In der ersten Phase saugte es Erde in eine Kammer, wo sie mit Samen und Kristallkatalysator aus einer Borosilikatpatrone gemischt wurde, in der zweiten wurde die Mischung in das bei der Entnahme entstandene Bodenloch gepresst, und die Glaspatrone wurde an der Seite ausgeworfen.

Das Luftgewehr hatte gegenüber dem Hochdruckreiniger mehrere Vorteile. Es wirbelte keinen Staub auf und beeinträchtigte deshalb nicht die Sicht, und da die Kristalle in Glaspatronen geladen wurden, konnte man vorab alles im Labor mischen und wesentlich effizienter applizieren. Außerdem war es so klein, dass es in den Gepäckraum des Rovers passte, was den Anhänger unnötig machte, und wegen der Präzision des Luftgewehrs konnte Arik die Proben in einem einfachen, engen Gittermuster ausbringen.

Theoretisch ermöglichte ihm das Luftgewehr, beliebig viele Proben auszubringen. Eine Anzugpatrone verfügte über ausreichend Luft und Akkuladung, und da alle Proben vorab gemischt worden waren und der Vorgang so wenig körperliche Anstrengung erforderte, ging er davon aus, dass er bei einem einzigen Ausflug nach draußen mindestens hundert Proben würde ausbringen können. Da dies auf absehbare Zeit möglicherweise die letzte Möglichkeit sein würde, die Machbarkeit des Terraformings zu beweisen, musste Arik die Wahrscheinlichkeit erhöhen, zufällig genau die richtige Kombination aus Gentechnik und Katalysekomponenten zu treffen.

Doch die Zahl der Proben zu erhöhen bedeutete auch, dass er mehr Platz brauchen würde. Da er bei seinen Experimenten in der Nähe des Public Pods nicht gestört werden wollte, musste er sich einen neuen Ort suchen – einen, an dem ausreichend Fläche vorhanden war und wo niemand vorbeikommen würde. Arik kannte nur einen Ort in der Nähe, der ihm den erforderlichen Freiraum und die gewünschte Ungestörtheit garantieren würde: die andere Seite der Wand.

Wie sich herausstellte, war es gar nicht so schwer, nach draußen zu gelangen. Arik lokalisierte im Sicherheitsverzeichnis vier Tore, die in keinem Modell verzeichnet waren. Er vermutete, dass eines dieser Tore der Luftschleuse unmittelbar gegenüberlag und dass die anderen in gleichmäßigem Abstand an der Wand verteilt waren. Alle waren verschlossen, doch Arik löste das Problem, ohne auch nur nach einem Passwort oder einer biometrischen Verifikation gefragt zu werden. Wer auch immer das System eingerichtet hatte, war nach dem einfachen, aber völlig unzureichenden Prinzip »Sicherheit durch Unsichtbarkeit« verfahren, das nur so lange wirksam war, wie niemand davon wusste. Die Mängel lagen auf der Hand.

Ursprünglich hatte Arik vorgehabt, Cam dazu zu überreden, ihn ein letztes Mal nach draußen zu lassen, war aber zu dem Schluss gelangt, dass es für Cam besser war, wenn er bei seiner Weigerung blieb. Trotz der langen Zeit, während der Arik draußen gewesen war, hatte sich doch gezeigt, dass eine Menge schiefgehen konnte und dass es unmöglich war, auf jedes Szenario vorbereitet zu sein. Arik hatte sich mit der Vorstellung, dass er unter Umständen nicht zurückkehren würde, abgefunden, konnte von Cam aber nicht das Gleiche erwarten. Indem er Cams Anweisungen zuwiderhandelte, konnte sein Freund sich notfalls sagen, er habe alles Erdenkliche getan, um Arik von einem weiteren Ausflug abzuhalten. Indem er Cams Anweisungen sträflich missachtete, übernahm Arik die volle Verantwortung für sein Handeln und nahm für den Fall eines Missgeschicks alle Schuld auf sich.

Arik erfuhr von Cadie, dass Cam nun doch endlich zum Inventurdienst eingeteilt worden war. Cadie meinte auch, sie könne an diesem Tag nicht mit ihm essen, da sie und Zaire mit einer gemeinsamen Freundin im Code Pod speisen wollten.

»Vielleicht treffe ich mich mit Cam«, sagte Arik. »Ich muss mal ein bisschen raus.«

»Der hat keine Zeit«, erwiderte Cadie. »Cam ist die ganze Woche über im Lager. Deshalb hat Zaire auch Zeit. Möchtest du mitkommen?«

»Weißt du, worauf ich eher Lust habe?«, sagte Arik

mit nachdenklich gerunzelter Stirn. »Auf eine Partie Kricket.«

»Gut«, sagte Cadie. »Du arbeitest zu viel.«

Er aktivierte eine automatische Abwesenheitsnotiz, schloss seinen Arbeitsplatz, nahm seine Krickettasche – die er seit Neuestem am Arbeitsplatz verwahrte – und brach auf. Wenn alles gut laufe, sagte er zu Cadie, werde er in ein paar Stunden zurück sein, erhitzt und verschwitzt vom Mittagsspiel. Es kam selten vor, dass Arik während der Arbeit Cadie gegenüber Gefühle zeigte, deshalb reagierte sie erstaunt, als er auf dem Weg zur Tür innehielt, sie küsste und ihr sagte, wie sehr er sie liebe.

Cadie war überrascht, aber nicht unangenehm. »Ist alles in Ordnung?«

»Alles bestens«, erwiderte Arik. »Wir sehen uns am Nachmittag.«

Niemand versuchte Arik aufzuhalten, als er durch die Werkstatt zum Dock ging. Da niemand offiziell zur Kenntnis genommen hatte, dass Cam ihn im Gebrauch der Schutzanzüge unterwiesen hatte, konnte man ihm das Betreten des Wrench Pods auch nicht untersagen, weshalb die Begrüßung durch die Arbeiter so freundlich ausfiel wie eh und je. Allerdings gab es eine Abweichung von der üblichen Routine; diesmal hatte Arik seine Krickettasche geschultert, und anstatt wie üblich am Lager vorbei zur Schleuse zu gehen, nahm er den langen Weg außen herum.

Es gab auch noch andere kleinere Veränderungen in Ariks Verhalten. Statt seine Uhr im Spind zu lassen, verlängerte er das Armband und legte sie über dem Schutzanzug an, und statt die Tasche an einen Haken zu hängen, verstaute er sie auf Bettys Ladefläche. Und zusätzlich zu der Patrone, die er in die Anzughalterung einsetzte, legte er eine zweite auf den Beifahrersitz des Rovers und schnallte sie fest.

Arik überlegte, ob er am Public Pod einen Zwischenstopp einlegen und nach den dortigen Experimenten sehen sollte, entschied sich aber aus zwei Gründen dagegen. Erstens wusste er, dass das Tor, das er ausgewählt hatte, der Schleuse direkt gegenüberlag. Es wäre zwar nicht schwierig gewesen, am Public Pod zu halten und dann von dort aus die Wand anzusteuern, doch inzwischen hatte er Lehrgeld bezahlt und gelernt, bei einem Ausflug im Freien die Zahl der Variablen möglichst gering zu halten. Selbst die harmloseste Wegabweichung konnte zur Katastrophe führen, denn das Unglück wartete unerbittlich und unermüdlich auf eine solche Gelegenheit.

Der zweite Grund, weshalb Arik auf dem kürzesten Weg zur Wand fahren wollte, war der Timer der Torschleuse. Die automatische Abwesenheitsnachricht, die er hinterließ, bevor er seinen Arbeitsplatz schloss, löste einen Timer aus, der alle vier Tore in der Umschließungsmauer der V1 nach einer Stunde entriegelte und sie zwei Stunde später wieder verschloss. Arik hatte lange überlegt, ob es Sinn machte, die Tore automatisch zu schließen; es schien viel sinnvoller, sie alle zu öffnen und erst dann manuell zu schließen, wenn er wieder in der Station angelangt war. Trotzdem sah er sich gezwungen, den Prozess zu automatisieren. Obwohl ihn die Vorstellung, das Zeitfenster zu verpassen und ausgesperrt zu bleiben, mit Grauen erfüllte, wollte er die

Station für den Fall, dass er es nicht zurückschaffte, so gut gesichert wie möglich wissen. Die mögliche Gefahr bestand sicherlich nicht darin, dass etwas aus der Station nach draußen gelangte, doch er hatte keine Ahnung, was möglicherwiese von außen eindringen mochte. Er hielt es einfach für zu riskant, die Tore länger als zwei Stunden offen zu lassen.

Arik fand mühelos zur Wand und entdeckte das Tor genau an der Stelle, wo sie im Computermodell verzeichnet gewesen war. Es handelte sich um eine dicke Metallplatte, die in der Mitte leicht eingedellt war. Die zahlreichen Bolzen verbanden sie vermutlich mit versetzt angeordneten weiteren Stahlschichten, die ein Verziehen verhindern sollten, und sie war mit vier mächtigen Angeln an einem Metallrahmen befestigt. Neben dem Tor ragte aus der Betonwand ein großes Rad hervor, das es vermutlich mittels Zahnrädern ermöglichte, das schwere Stahltor zu bewegen. Doch dafür war es noch zu früh. Er sah auf die Uhr. Noch gut dreizehn Minuten, bis sein Script das Tor öffnen würde – genug Zeit, um das Luftgewehr zusammenzusetzen und auszuprobieren.

Er ging zum Heck des Rovers und öffnete die Krickettasche. Die Einzelteile ließen sich gut zusammenfügen und rasteten ein, auch die Patrone ließ sich mühelos einsetzen und aktivierte sich von selbst. Er nahm einen leeren Borosilikatzylinder aus der Tasche, schob ihn ins untere Fach, setzte die Mündung behutsam auf den Boden und stützte sich auf den Schaft. Als er im Gleichgewicht war, zog er den Schlitten zurück. Er verspürte einen Ruck, als die Druckkammer sich mit Erde füllte. Als er den Schlitten wieder nach vorn drückte, leerte sich die

Kammer unvermittelt, und die Patrone wurde mit einem hohen, melodischen *Ping* seitlich ausgeworfen.

Arik hatte in seinem Leben schon viele Geräte gebaut, doch bislang hatte ihm noch keines ein so breites Grinsen entlockt.

Er legte das Luftgewehr auf die Ladefläche, sah auf die Uhr und legte beide Hände flach aufs Tor. Er hatte seine Uhr nicht mit dem Timer abgeglichen, doch nach einigen Sekunden nahm er eine Vibration wahr, und die Stahlriegel zogen sich in die Wand zurück. Arik trat zurück, tippte mit dem Handschuh vorsichtig auf einen Knopf an der Uhr und startete den Zwei-Stunden-Countdown. Er hätte gern ein paar Minuten abgewartet, ob nach dem Öffnen des Tors etwas passierte. Hatte er einen Alarm ausgelöst? Würde sich das Tor gleich wieder automatisch schließen? Würde es jemand oder etwas von der anderen Seite öffnen? Doch er war sich der verrinnenden Zeit bewusst. Er trat zur Seite und griff in die Speichen des Rades. Mit jeder halben Drehung schwenkte das Tor ein Stück weiter auf.

Als das Tor etwa einen halben Meter offen stand, kam Arik der Gedanke, dass es vielleicht sinnvoll wäre, einen Blick nach draußen zu werfen, bevor er es vollständig öffnete. Er wandte sich vom Rad ab und spähte durch die Lücke. Soweit er erkennen konnte, sah es auf der anderen Seite nicht anders aus als auf seiner. Er sah nur felsigen Boden, der nach ein paar Metern von der dichten senfgelben Atmosphäre verschluckt wurde. Wenn dort draußen etwas war, so kam es ihm nicht entgegen, sondern wartete darauf, dass er herauskam.

Er griff wieder in die Speichen. Der Mechanismus ließ

sich recht gut bewegen, doch als das Tor so weit offen stand, dass der Rover durch die Lücke passte, war er bereits außer Atem und schwitzte. Er überlegte, ob er seinen Plan ändern und das Tor offen lassen sollte, denn wenn er es hinter sich schloss, würde ihn das nicht nur zusätzliche Energie und Luft kosten, sondern er müsste dann auch darauf achten, so viel Reserven zu behalten, dass er es auf dem Rückweg öffnen und wieder schließen konnte. Allerdings würde er nicht weit gehen müssen, denn er hatte ja schließlich den Rover, und selbst wenn er alle einhundert Lösungen in den Boden injizierte, so erforderte das Luftgewehr kaum Kraftaufwand. Es war besser, sich an den Plan zu halten.

Arik manövrierte den Rover behutsam durch die Lücke und stellte fest, dass es an der anderen Seite ebenfalls ein Drehrad gab. Aus irgendeinem Grund war das Schließen einfacher als das Öffnen, doch mit jeder halben Umdrehung wuchs sein Widerwille, sich von der V1 gänzlich abzuschneiden. Mehrere Male hielt er Ausschau nach einem Hinweis, wovor die Wand eigentlich schützen sollte, doch alles, was er sah, war dichter gelber Dunst. Wenn er das Tor einen Spalt weit offen ließe, würde er sich besser fühlen, doch er wollte seinen Plan so genau wie möglich einhalten. Er hatte ihn ausdrücklich mit dem Ziel entworfen, spontane und emotionale Entscheidungen zu vermeiden, die sich später als tragische Fehler entpuppen mochten.

Bevor er zum Rover ging, zog Arik einen kleinen Stahlkanister aus einem Seitenfach der Sporttasche. Er schraubte den Verschluss ab, drückte die Tülle ein und verteilte das darin enthaltene tiefgekühlte Jodisotop vom

Boden bis zu einer Höhe, die er mit ausgestrecktem Arm gerade noch erreichte, auf dem Tor. Die Flüssigkeit würde in der Hitze der Venus allmählich verdampfen, doch es würden genug Teilchen mit einer Halbwertszeit von achteinhalb Tagen zurückbleiben, die als radioaktive Markierung dienen konnten. Ursprünglich hatte Arik vorgehabt, zur Orientierung einen einfachen Sender zu benutzen, doch selbst der kleinste Sender, den er finden oder in der zur Verfügung stehenden Zeit hätte bauen können, wäre allzu leicht aufzuspüren gewesen. Das Iodisotop hingegen war ohne spezielle Ausrüstung unsichtbar und konnte weder entfernt noch deaktiviert werden.

Arik schätzte, dass er vierzig bis sechzig Minuten benötigen würde, um alle hundert Lösungen in den Boden zu injizieren, sodass ihm noch mindestens dreißig Minuten Zeit für die Suche nach der idealen Stelle blieben. Ihm war nicht ganz klar, was »ideal« in diesem Zusammenhang bedeutete. Auf jeden Fall sollte die Stelle das verfügbare Sonnenlicht abbekommen und für ihn in Zukunft leicht zu lokalisieren sein. Vermutlich würde er sich für eine Stelle außerhalb des Wandschattens entscheiden, die ein paar Meter vom Tor entfernt lag, doch die Auswahl des Versuchsfeldes war nur ein Ziel dieses Abschnitts der Unternehmung. Das zweite war die Erkundung.

Sein Instinkt riet ihm zwar, seine Experimente durchzuführen und schnellstmöglich zur Schleuse zurückzufahren, doch die Neugier veranlasste ihn, sich langsam von der Wand zu entfernen. Arik war den Aufenthalt im Freien inzwischen gewohnt, doch das hier war etwas ganz anderes. Er hatte die V1 im wahren Wortsinn hinter sich gelassen. Hier gab es keine Stroboskope, anhand derer er sich orientieren konnte, und niemand stand an der Schleuse bereit, um ihm im Notfall zu helfen. Er befand sich auf der anderen Seite einer hohen Wand, deren Sinn ihm und Cam völlig unerklärlich war, und mit jedem Meter, den er zurücklegte, verbrannte er eine weitere Sekunde der verbliebenen Restzeit des Timers, der das Potenzial hatte, ihn von allem und jedem abzuschneiden, was ihm etwas bedeutete. Die Sicherheit und Vertrautheit der V1 blieben hinter ihm zurück, und vor ihm, verborgen im gelben Dunst, lagen die Angst und der Reiz des Unbekannten.

Federung und Reifendruck des Rovers wurden nicht mehr laufend angepasst, und auf einmal wurde Arik bewusst, dass er auf einer Straße fuhr. Er stoppte und hob den Radarstrahl der Umgebungserfassung an. Auf dem Display hinter der Handsteuerung wurde eine ebene Fläche angezeigt, zu beiden Seiten lag die felsige Wüste der Venus. Er richtete das Radar in eine noch weitere Ferne, ohne die Warnung des Navigationssystems vor einer Überschreitung des Messbereichs zu beachten. Zu seinem Erstaunen wurde auf dem Display etwas abgebildet, das sein Begriffsvermögen überstieg: gewaltige runde Strukturen, jede mehrfach so hoch wie der höchste Teil der V1. In Ishtar Terra gab es zahlreiche Hügel und Berge, doch was Arik da sah, war zu regelmäßig geformt, als dass es natürlichen Ursprungs sein konnte. Er fuhr langsam weiter und blickte zwischen dem Display und der dichten gelben Atmosphäre hin und her, bis auf einmal das erste gewaltige Gebilde sichtbar wurde. Zunächst hielt er es für einen perfekt geformten Zylinder, doch dann nahm es die Hyperbelform eines Kühlturms an, wie sie für Kernreaktoren verwendet wurden.

Als er weiterfuhr, tauchten weitere Türme auf, außerdem rechteckige Gebäude, bei denen es sich um Reaktoren handeln musste. Es war ausgeschlossen, dass diese Reaktoren mit dem Stromnetz der V1 in Verbindung standen; deren Fusionsreaktor war nicht größer als Ariks Schlafzimmer und kam ohne Kühltürme aus. Dies hier waren eindeutig Überreste einer primitiveren Nukleartechnologie, als man noch Kernspaltungsreaktoren zur indirekten Energieerzeugung eingesetzt, mit dem erhitzten Wasserdampf Turbinen angetrieben und die überschüssige Wärme über Kühltürme in die Atmosphäre abgeleitet hatte. Arik erinnerte sich an Cams Geschichte von den ursprünglichen Gründern und der ersten Kolonie erfolgloser Siedler. Das Szenario passte nicht ganz, doch die meisten weit hergeholten modernen Mythen hatten ihre Wurzeln in einer fernen Realität. Offenbar war die V1 nicht die erste Venus-Siedlung; vor ihnen waren bereits andere hier gewesen und wieder verschwunden.

Arik fuhr weiter an den verfallenen Gebäuden vorbei. Der letzte Kühlturm war teilweise zerstört, schwarze Verkohlungen kündeten von einer heftigen Explosion. Offenbar war man auf Expansion aus gewesen, hatte aber Mühe gehabt, den Energiebedarf zu stillen. Arik fragte sich, wie diese Leute wohl ihren Sauerstoff- und Nahrungsbedarf gedeckt hatten. Vermutlich waren sie von der Erde vollkommen abhängig gewesen, sodass schon die kleinste Kommunikationsstörung oder Startverzögerung katastrophale Folgen gehabt hätte. Für diese Menschen musste die GSA Gott gewesen sein.

Oder aber es hatte die GSA damals noch gar nicht gegeben. Wenn er die Trümmer untersuchte, würde er vielleicht das Emblem der ESA oder sogar das der längst aufgelösten NASA finden. In Anbetracht des Alters der Kernspaltungstechnologie war es durchaus möglich, dass die Anlage vor der letzten weltweiten Wirtschafts- und Umweltkrise errichtet worden war. Arik versuchte sich vorzustellen, wie das Leben auf der Venus damals ausgesehen haben mochte. Im Falle eine Katastrophe hatten die Siedler vermutlich keine Möglichkeit gehabt, zur Erde zurückzukehren. Während die Erdbewohner mit wirtschaftlichem Zusammenbruch, globalen Stromausfällen und einer Umweltkatastrophe nach der anderen zu kämpfen hatten, äußerte sich die Krise für die Venus-Kolonisten darin, dass die Funkverbindung zur Erde von einem Tag zum anderen abbrach.

Arik wollte den Rover gerade wenden, als er feststellte, dass der Straßenbelag sich veränderte und die Sicht sich dramatisch verbesserte. Um die Achsen des Rovers nicht zu gefährden, senkte er den Radarstrahl wieder ab, dann sah er auf die Uhr. Wenn er sein Experiment noch durchführen wollte, müsste er bald zurückkehren. Allerdings kam ihm das ursprüngliche Ziel seines Ausflugs auf einmal fern und deplatziert vor. Arik hatte zufällig eine neue Welt entdeckt – die einzige Welt, die er außerhalb der V1 je gesehen hatte –, und deren Geheimnisse und Geschichten schlugen ihn in den Bann. Da die Atmosphäre aufklarte, konnte er erstaunlich weit sehen, und das wollte er ausnutzen.

Die Räder des Rovers gerieten ins Rutschen, und Arik konnte erkennen, dass der Untergrund beinahe grobkörnig geworden war. Da er keine Ahnung hatte, ob die Navigation und das Traktionssystem des Rovers sich an die veränderten Bedingungen anpassen konnten, hielt er an und beschloss, ein paar Meter zu Fuß zu gehen. Er konnte inzwischen fast einhundert Meter weit sehen, deshalb brauchte er nicht zu befürchten, sich zu verlaufen, und der dunkle Untergrund war nahezu vollkommen flach, nur stellenweise gab es leichte Erhebungen. Die Erde war hier anders, deshalb nahm Arik das Gewehr von der Ladefläche, um sich anzuschauen, wie der Boden in etwas größerer Tiefe aussah.

Der Boden kam ihm beim Gehen zunehmend weich vor, und bei jedem Schritt sanken die Stiefel ein bisschen ein. Er näherte sich einer der Erhebungen – einem etwa sechs Meter langen kegelförmigen Hügel, vermutlich aus Basalt oder Vulkangestein –, hielt aber an, bevor er ihn erreicht hatte. Er musterte aufmerksam den schwarzen Untergrund und meinte, eine Bewegung wahrzunehmen. Mit der Gewehrmündung prüfte er den Boden und stellte fest, dass sich der Lauf neben der Erhebung mühelos in den Boden drücken ließ. Als er ihn zurückzog, klebten daran dicke, teerartige Fäden, die an schwarzen Schleim erinnerten. Arik vermutete, dass er sich am Rand eines Kraters befand, dessen Oberfläche noch teilweise geschmolzen war, doch als er in die Hocke ging und die Erhebung inspizierte, begriff er, dass es sich um keinen Lavatümpel handelte.

Was er für einen Felsen gehalten hatte, war ein gewaltiger Schädel, um ein Mehrfaches größer als er selbst.

20
DIE HEIMATLOSEN

Arik befand sich einer Art Schockzustand. Er war sich bewusst, dass er seinen Anzug und die Uhrzeit checken, den Rover wenden und in die Richtung der radioaktiven Markierung hätte fahren sollen, doch dies alles kam ihm auf einmal unwichtig vor. Er fixierte den riesenhaften Schädel und bemühte sich, dessen Bedeutung zu erfassen.

Bislang hatte man keine Spur von Leben auf der Venus entdeckt – nicht einmal von mikrobiologischem Leben. Es war ausgeschlossen, dass so große Wesen unbemerkt geblieben wären. Ein Wesen mit einem so großen Schädel musste etwa dreißig bis vierzig Meter lang sein und Hunderte Tonnen wiegen. Es hätte zu den größten Land- und Wasserlebewesen in der Geschichte der Erde gezählt.

Er erlebte kurze Momente der Klarheit – sogar Momente, in denen alles einen Sinn ergab –, doch er konnte sie nicht festhalten. Das Gehirn war in der Lage, sich an allmähliche Veränderungen anzupassen, wie sie im Verlauf der Zeit immer wieder vorkommen, doch mit einer gänzlich neuen Realität war es überfordert. Arik konnte seine Entdeckung logisch einordnen, doch er konnte sich nicht damit abfinden.

Die Umgebung, die ihn eben noch fasziniert hatte, bedrückte ihn auf einmal, und er hatte Sorge, sich im Schutzanzug übergeben zu müssen. Die Übelkeit und das Gefühl von Desorientiertheit machten ihm klar, dass er besser zum Rover zurückkehren sollte, doch als er sich umdrehen wollte, bekam er auf einmal einen heftigen Schlag auf die Rückseite des Helms und schwankte nach vorn. Da er auf den Vorwärtsdrall nicht vorbereitet gewesen war, stolperte er nach ein paar kraftlosen Schritten und kippte in den Sand und den Schleim. Er kroch rückwärts, drehte sich um und hob unwillkürlich das Luftgewehr, um sich zu schützen, und in dem Moment, als er an der Mündung einen Gegendruck wahrnahm, spannte er den Schlitten. Sein Visier war von Staub und schwarzem Schlamm verdreckt, doch er bekam mit, dass die Druckkammer sich erst rot und dann gelblich färbte, als das Gedärm des Angreifers gegen die Wand des Plastikrohrs gedrückt wurde. Von oben vernahm er einen schrillen Schrei. Als er das Luftgewehr entlud, verschwand das Gewicht, das ihn niederdrückte.

Der Angreifer hatte keinen Schutzanzug getragen.

Er versuchte hektisch sich aufzurichten, doch da wurden ihm die Beine ruckartig weggerissen, und jemand zerrte ihn an den Stiefeln fort. Als er die Geistesgegenwart aufbrachte, um sich zu schlagen und auszutreten, drückte man ihn an Armen und Beinen zu Boden. Ein gewaltiger Druck legte sich auf seine Brust, und einen Moment später erblickte er durch die Dreckkruste des Helms hindurch einen grünen Funken, der zu einer langen, smaragdgrünen Flamme wurde. Ein schwerer fleischiger Auswuchs landete auf seinem Visier und wischte die Schmutzschicht fort.

Das Wesen war humanoid, wirkte allerdings grotesk entstellt. Abgesehen von einem primitiven Atemgerät aus Plastik, durch das Arik die aus ein paar Knorpelstücken bestehende Nase, das nackte Zahnfleisch und kurze, spitz angefeilte Metallzähne sah, trug es keinerlei Schutz. Es war kahlköpfig, Schädel und Gesicht waren mit breiten, schwarz verschorften Wunden bedeckt. Die schief stehenden Augen waren hart und trocken und betrachteten Arik eher neugierig als aggressiv. Im schwimmhäutigen Handstummel hielt es einen grünen Laserschneider, den es langsam auf Ariks Visier herabsenkte.

Dann bildete sich auf einmal ein Loch unter dem einen Auge, an der Stelle der Nasennebenhöhle, und einen Moment lang konnte Arik tief in den Kopf hineinsehen, bevor er explodierte und das Visier rot färbte. Erst dann hörte er den Schuss.

Der Druck auf seine Arme und Beine war verschwunden. Es wurden noch zwei weitere Schüsse in rascher Folge abgegeben, schließlich noch ein dritter, und dann herrschte Stille. Arik fragte sich, ob er getroffen worden war, doch das HUD meldete keine Beschädigung des Anzugs. Er versuchte, seine Umgebung in Augenschein zu nehmen, doch er konnte nichts erkennen, weil rote und schwarze Fragmente von seinem Visier tropften.

Jemand trat ihm gegen die Hacken, dann schaukelte sein Helm hin und her, als sein Visier abgewischt wurde. Über sich machte er zwei Schutzanzüge aus; der eine kniete an seinem Kopf, der andere stand neben seinen

Füßen. Die Münder bewegten sich hinter den Visieren, doch er empfing kein Funksignal.

Sie packten Arik bei den Armen und zogen ihn auf die Beine. Sie unterhielten sich miteinander, während sie ihm in die Augen sahen und seinen Schutzanzug inspizierten. Ihre Anzüge waren ganz anders als Ariks – sie bestanden aus einem flexiblen, metallischen Material –, und die Visiere waren breiter, sodass sie über ein größeres Blickfeld verfügten. Beide Gesichter waren bärtig, hager und erschöpft.

Die Männer hielten Arik bei den Armen und geleiteten ihn behutsam, passten sich seinem Tempo an. Arik schaute hoch und sah, dass sie sich einem Fahrzeug näherten. Er hielt Ausschau nach dem Rover, doch er stand nicht mehr da, wo er ihn abgestellt hatte. Beide Männer hatten langläufige Gewehre mit dicker, beleuchteter digitaler Zieloptik geschultert. Der Größere hielt Ariks Luftgewehr in der Hand.

An der Seite des Fahrzeugs öffnete sich eine Drucktür, und der eine Mann kletterte über ein Trittbrett in die Öffnung, dann drehte er sich um und reichte Arik die Hand. Arik kletterte hinterher und wurde gleichzeitig nach innen gezogen und geschoben. Er setzte sich auf eine Bank und beobachtete, wie die Tür sich schloss.

Im Fahrzeug war es dunkel, doch die Leuchtdioden der Instrumente verbreiteten genug Licht. An der Wand hingen zwei weitere Gewehre, vier Pistolen mit breiten Abzügen, die man auch mit Handschuhen betätigen konnte, sowie Macheten, deren Griffe jedoch für beidhändigen Gebrauch gedacht waren. Als über der Tür eine grüne Leuchtdiode aufleuchtete, nahmen beide

Männer den Helm ab. Der eine nahm ein kleines Funkgerät in die Hand und setzte sich vor den Monitor im Heck des Fahrzeugs. Das lange, ungekämmte Haar klebte ihm am Schädel.

Auf dem Display wurde das Bild einer auf dem Fahrzeug montierten Kamera angezeigt. Als die Kamera sich drehte, bemerkte Arik ein Fadenkreuz in der Bildmitte. An den Seiten zeichneten sich Waffenläufe ab.

Der andere Mann nahm Arik den Helm ab und verstaute ihn unter der Bank. Er hatte dünnes blondes Haar und einen dichten roten Bart. Die Schnurrbartenden hingen wie Stalaktiten herab, und er kaute heftig.

»Jetzt bist du in Sicherheit, mein Junge«, sagte der Mann mit unbekanntem Akzent. Und dann zu seinem Begleiter: »Mach einen Temperaturscan, bevor wir losfahren.«

Das Display wurde dunkel, die Kamera rotierte. Sie richtete sich auf eine kleine hellrote Erhebung, daneben zeichnete sich eine etwas dunklere ab.

»Hat anscheinend drei erwischt«, meinte der Mann, der die Kamera steuerte. »Einen hat der Junge erledigt. Da regt sich nichts mehr.«

Der Mann mit dem roten Bart klopfte an die Wand, worauf das Fahrzeug sich in Bewegung setzte. Es beschleunigte zügig, und sie wurden auf dem unebenen Terrain heftig durchgeschüttelt. Die beiden Männer waren mehr mit ihrer Ausrüstung als mit Arik beschäftigt.

»Was ist passiert?«, fragte Arik schließlich. Er war sich nicht sicher, ob das die richtige Frage war. »Wer sind Sie?«

Der Schwarzhaarige klemmte sein Gewehr in eine

leere Wandhalterung. »Im Moment sind wir deine allerbesten Freunde. Hast du eine Ahnung, was passiert wäre, wenn wir dich nicht zufällig gefunden hätten?« Er nahm Ariks Luftgewehr in die Hand und inspizierte die schmutzige Mündung. »Das ist ein hochinteressantes Gerät. Das hat dem armen Kerl übel mitgespielt.«

»Wer sind die?«

Der Mann nahm die Patrone aus Ariks Luftgewehr und verstaute sie beiläufig in einem Schrank mit anderen Patronen unterschiedlicher Größe und Form. »Das sind die Heimatlosen«, sagte er.

»Hier, mein Junge.« Der andere Mann reichte Arik eine Plastikflasche. »Trink das. Bist du verletzt?«

»Ich weiß nicht. Ich glaube nicht. Wohin fahren wir?«

»Wir bringen dich nach Hause.«

Arik spürte, dass das Fahrzeug schnell fuhr. Er wusste, dass er sich nicht weiter als zwei Kilometer von der V1 entfernt hatte, was bedeutete, dass er nicht viel Zeit hatte, um Fragen zu stellen.

»Wo sind wir hier?«

Die beiden Männer sahen einander an. Der mit dem schwarzen Bart legte den Kopf in den Nacken und tropfte sich eine klare Flüssigkeit in die Augen.

»Sollen wir's ihm sagen?«

»Scheiß drauf. Das ist eh ein verrückter Ort. Er hat's verdient, die Wahrheit zu erfahren.«

»Es mag verrückt sein, aber es zahlt sich aus. Willst du wirklich an dem Ast sägen, auf dem wir sitzen?«

»Ich schätze, er weiß es schon. Stimmt's, Arik? Was glaubst du, wo wir sind?«

»Ich gebe dir einen Hinweis«, sagte der Schwarzhaarige. Er blinzelte mit tränenden Augen. »Das hier ist nicht Ishtar Terra.«

Arik sah von einem zum anderen und fragte sich, ob es ein Fehler wäre zuzugeben, wie viel er bereits wusste.

»Der Tageslänge nach zu schließen«, sagte Arik, »befinden wir uns auf dem Kontinent Antarktika.«

Der Rothaarige lächelte. »Dann stimmt es also, was man über dich sagt! Scheiße, du bist wirklich ein Genie!«

»Jedenfalls hat er mehr Grips als die Heimatlosen«, meinte der andere.

21
DEKONTAMINATION

Als sich die Innenschleuse öffnete, war das Dock in das rote Licht der Warnlampen gehüllt. Zwei Männer in Schutzanzügen mit Atemmasken erwarteten ihn in der Mitte des Raums. Neben ihnen stand eine Plastiktonne. Eine ruhige Frauenstimme gab Anweisungen, doch sie wurde durch den Helm zu sehr gedämpft, als dass er sie hätte verstehen können. Arik wurde von Panik erfasst, als er eine Verbindung zwischen seinem Ausflug und dem Notfall Stufe Null herstellte. Er hätte das Tor in der Wand nicht offen lassen sollen. Die V1 war über eine Stunde lang gefährdet gewesen. Er stellte sich vor, wie die Wesen, die der Mann als »Heimatlose« bezeichnet hatte, die Stahlbarriere aufrissen, in Rudeln zur V1 rannten und mit dem Nothebel die Luftschleuse öffneten. Er sah vor sich, wie die grotesk deformierten Gestalten durch die Räume und Pods der V1 stürmten, ihre spitzen Fangzähne in den Körper seiner Frau und seiner Freunde schlugen und sie zerfetzten. In ihren fleischigen Gliedmaßen hielten sie Laser, mit denen sie Menschen verstümmelten, die Überreste zerteilten und die Schädel öffneten, um an die nahrhaften Proteine heranzukommen.

Irgendetwas stimmte nicht.

Obwohl er wusste, dass es kein Entkommen gab, wich Arik zurück, als sich ihm die beiden Männer näherten. Dann erkannte er seinen Vater und Dr. Nguyen. Darien öffnete mit seiner behandschuhten Hand die Dichtung und nahm ihm den Helm ab. Dr. Nguyen trat hinter Arik und hantierte am Anzug. Jetzt verstand er die unnatürlich ruhige Stimme, die aus der Polymeth-Wand kam:

»... Notfall Stufe Null. Die Luftzufuhr wurde abgeschaltet. Melden Sie sich an der nächsten Sauerstoffstation und warten Sie dort auf weitere Anweisungen. Wir haben einen Notfall Stufe Null. Die Luftzufuhr wurde abgeschaltet ...«

»Was geht hier vor?«, fragte Arik seinen Vater. Ihm lagen noch bedeutsamere Fragen auf der Zunge, doch die bargen Stoff für stundenlange Diskussionen, Streit und Auseinandersetzung. Womöglich implizierten sie sogar das Ende der V1. Im Moment aber hatte er vor allem um Cadie Sorge.

»Wo ist Cadie?«

»Sie ist in Sicherheit. Ehrlich.«

»Ich will sie sehen.«

»Das wirst du«, sagte Darien, »aber du musst mir glauben, dass es für alle im Moment das Beste ist, wenn du dich genau an meine Anweisungen hältst. Hast du mich verstanden?«

Arik musterte seinen Vater. Er wusste, dass er sich gegenwärtig im Nachteil befand – die Gründer hatten für diesen Notfall zweifellos Vorsorge getroffen und alle Eventualitäten in Betracht gezogen. Arik benötigte mehr Informationen, bevor er rational handeln konnte. Er brauchte einen Ansatzpunkt. Vermutlich war es im Moment am besten, gar nichts zu tun. Darien wartete noch immer auf seine Bestätigung, dass er nichts Übereiltes oder Unvorsichtiges unternehmen würde. Arik nickte.

Darien ließ den Helm in die Plastiktonne fallen. So hatte Arik sich seine Rückkehr in die V1 nicht vorgestellt; dies sollte der Beginn eines neuen und ganz anderen Lebens für ihn und die anderen Angehörigen seiner Generation darstellen. Doch durch den Stufe-Null-Notfall waren ihm die Hände gebunden. Der Notfall zwang ihm die unterwürfige, kriecherische Rolle auf, mit der er sich nie wieder hatte abfinden wollen. Doch auch ohne Chaos begriff Arik, dass er vermutlich nie in die Lage kommen würde, seinen Vater infrage zu stellen, etwas von ihm einzufordern und ihm auf Augenhöhe gegenüberzutreten. Die Beziehung zu Darien würde immer von Achtung und nicht von Gleichheit geprägt sein.

»Wie schaut es aus?«, fragte Darien. Er machte sich an der Innenverriegelung des Metallkragens zu schaffen.

»Er meldet keinen Schaden«, antwortete Dr. Nguyen hinter Ariks Rücken, »aber ich möchte zur Sicherheit eine Einsatzdekontamination durchführen.«

Die beiden Männer halfen Arik aus dem Anzug heraus. Alles, was sie ihm abnahmen, wanderte in die Tonne: Handschuhe, Uhr, Manschette und Ärmelriemen, der schweißnasse Hachimaki und schließlich der ganze Anzug.

»Auch deine Kleidung, Arik«, sagte Dr. Nguyen. »Alles kommt in die Tonne.«

Arik zögerte, erhob aber keinen Einspruch. Sonst hielt

sich niemand im Dock auf, und so weit er das von seiner Position aus erkennen konnte, war die Werkstatt menschenleer. Inzwischen hatten sich vermutlich sämtliche Bewohner der V1 in den Druckkammern eingeschlossen oder sich in Zelten in Sicherheit gebracht. Ari zog sich aus und warf die Kleidungsstücke in die Tonne. Schweißnass und zitternd stand er mitten im Dock, das Metallprofil des Bodengitters schnitt ihm in die bloßen Füße.

Die beiden Männer traten zurück, und Dr. Nguyen öffnete ein tragbares Dekontaminierungskit. Er nahm einen kleinen Kanister heraus, schüttelte ihn gründlich und drückte mit einem in die Verschlusskappe integrierten Werkzeug ein Loch hinein. Feiner Nebel trat heraus, und Dr. Nguyen sprühte Arik damit von allen Seiten ein. Der Nebel haftete an Ariks nackter Haut und trocknete rasch zu einem feinen weißen Puder. Dr. Nguyen nahm als Nächstes einen Stab aus der Box, drehte am Griff und bewegte ihn langsam an Ariks Körper entlang. Der Stab sandte ultraviolettes Licht aus, das mit dem Puder reagierte. Klickgeräusche deuteten darauf hin, dass er auf gefährliche Strahlung gescannt wurde. Als Dr. Nguyen zufrieden war, riss er eine Plastiktüte auf und nahm einen hellblauen Kittel und ein Paar Pantoffel heraus.

»Bitten ziehen Sie das an, Arik.«

Das Material fühlte sich wachsartig an, klebte an seiner Haut und raschelte, wenn er sich bewegte. Der letzte Gegenstand in der Box war ein Karton mit Puder. An der Seite war eine kleine, steife Plastikbürste befestigt. Dr. Nguyen zog Schutzanzug und Handschuhe aus und warf beides in die Tonne.

»Darien, wenn Sie das Aufräumen übernehmen, bringe ich Arik auf sein Zimmer.«

Darien nickte, dann blickte er ernst seinen Sohn an. »Wir unterhalten uns später.«

Arik merkte, dass sie zum Doc Pod fuhren. Abgesehen von den knappen Anweisungen, die Dr. Nguyen unterwegs erteilte, redeten sie kein Wort miteinander. Die Durchsage des Sauerstoffalarms durchdrang die Stille. Die MSB-Röhren leuchteten rot wie Riesenarterien.

Im Krankenzimmer geleitete Dr. Nguyen Arik zur Dusche. Er reichte Arik eine Plastiktüte für Sonderabfall, die für den Kittel, die Pantoffeln, die Bürste und die Flasche mit dem Reinigungsmittel gedacht war. Er wies Arik an, den Puder auf den ganzen Körper aufzutragen; Mund, Augen und Nasenlöcher sollte er aussparen.

Als Arik aus der Dusche trat, herrschte wieder normale Beleuchtung, und die Durchsage war verstummt. Auf dem Bett lag frische Kleidung, noch in knisterndes Cellophan verpackt. Auf dem Nachttisch stand eine Flasche Wasser. Ariks Haut war vom Reinigungsmittel und den steifen Plastikborsten gerötet und geschwollen.

Im Dock hatte er noch angenommen, bei dem Stufe-Null-Alarm handele es sich um eine Übung, und erst in der Dusche war ihm klar geworden, worum es eigentlich ging. Da alle Bewohner der V1 in Sauerstoffkammern und Zelten Zuflucht gesucht hatten, konnte er auf dem Weg zum Doc Pod mit niemandem in Kontakt kommen. Zuletzt hatte man ihn bei der Vorbereitung seines Ausflugs gesehen. Da Dr. Nguyen und Darien vermutlich seine gesamte Ausrüstung verbrannt hatten, gab es keinen

Beleg für seine Rückkehr. Was die Bewohner der V1 betraf, befand Arik sich noch immer draußen.

Arik berührte die undurchsichtige Polymeth-Wand neben der Tür und wunderte sich nicht, als sie nicht reagierte.

22
QUARANTÄNE

Als Arik erwachte, war die Beleuchtung des kleinen Krankenzimmers gedimmt, und er konnte nicht erkennen, ob es Nacht war, oder ob er bis zum Morgen durchgeschlafen hatte. Unwillkürlich wollte er auf die Armbanduhr sehen, doch sie war nicht da. Er tastete im Bett danach, dann fiel ihm ein, dass sein Vater sie zusammen mit seiner Ausrüstung und Kleidung in die Abfalltonne geworfen hatte. Zunächst kam es ihm vor wie ein Traum, doch während Träume verblassten, je mehr man über sie nachdachte, verhielt es sich mit der Erinnerung genau entgegengesetzt. Alles stürzte wieder auf ihn ein, vertrieb die Benommenheit des Schlafs und ersetzte sie durch ein wachsendes Grauen.

Als Arik sich aufsetzte, bemerkte er, dass jemand in seinem Zimmer gewesen war. Sein Arbeitsplatz an der Wand war geöffnet, eine eingefrorene Videonachricht wurde angezeigt. Das ernste Gesicht seines Vaters schaute ihn an. Auf dem Stuhl in der Ecke lag ein Koffer aus Hartplastik, auf den Beistelltisch hatte jemand eine Fertigmahlzeit gestellt.

Arik wurde bewusst, wie hungrig er war. Er nahm die Plastikbox, öffnete die Vakuumversiegelung und lehnte sich zurück, während er darauf wartete, dass sich die Mahlzeit durch die chemische Reaktion erwärmte. Dariens große blaue Augen blickten knapp an Arik vorbei, auf einen Punkt an der anderen Seite des Raums gerichtet. Es war schon eigenartig, dass man genau erkennen konnte, wann einem jemand in die Augen schaute und wann er absichtlich an einem vorbeisah. Arik dachte nach über das, was sein Vater im Dock zu ihm gesagt hatte und was noch immer zwiespältige Gefühle bei ihm auslöste: Hatte Darien nach ihm gesucht, oder war es seine vorrangige Sorge gewesen, die Geheimnisse der Gründer zu bewahren? Er trat vor seinen Arbeitsplatz und rief die Nachricht ab.

Dariens Gesicht belebte sich. Sein Blick wanderte umher, als sammele er seine Gedanken und suche nach einem Anfang. Arik setzte sich auf die Bettkante. Er hörte das Zischen der Fertigmahlzeit und schnupperte den Duft des Klonfleischs.

Sein Vater atmete tief durch und schaute hoch.

»Arik, ich weiß wirklich nicht, was dir im Moment durch den Kopf geht. Es tut mir leid, dass ich nicht bei dir sein konnte, als du aufgewacht bist, aber es ist einfach zu viel los. Ich habe dir etwas zu essen gebracht, und auf dem Stuhl liegt ein Koffer mit ein paar Sachen zum Anziehen. Dr. Nguyen hat zu einer kurzen Quarantäne geraten, nur für alle Fälle, deshalb kannst du leider noch nicht entlassen werden. Er wird dir in Kürze alles erklären.

Ich weiß nicht recht, wo ich anfangen soll. Du hast bestimmt eine Menge Fragen, und ich werde sie dir beantworten, sobald es möglich ist, aber ein paar Dinge möchte ich dir jetzt schon sagen.

Zunächst sollst du wissen, dass das Leben auf der V1 das Beste war, was deine Mutter und ich dir geben konnten. Es sieht im Moment vielleicht nicht so aus, aber du hast keine Ahnung, welches Glück wir haben, dass wir hier leben dürfen. Wir haben Luft, Nahrung, Wasser, ein Dach über dem Kopf und Schutz. Du hast selbst gesehen, wie es draußen für die Menschen ist, die das nicht haben, und glaub mir, wenn ich dir sage, du hast noch längst nicht das Schlimmste gesehen.

Arik, die Menschheit ist grandios gescheitert. Ich weiß nicht, wie ich es anders ausdrücken soll. Es gibt keine Regierungen mehr, keine Gesetze, keine Wirtschaft. Es gibt so viel Müll und Gift und Zerstörung dort draußen, dass es einfacher ist, die Menschen einzusperren, als die Probleme anzugehen. Wie sich herausstellte, bestand die größte Leistung der Menschheit darin, letztendlich die Kräfte zu überwinden, die uns Hunderttausende Jahre lang vor der Selbstzerstörung bewahrt haben.

Ich weiß nicht, ob irgendjemand vollständig begreift, wie es passiert ist – weshalb die Menschheit mit ihrer Intelligenz das natürliche System der gegenseitigen Kontrolle überwunden hat, gleichzeitig aber nicht intelligent genug war, das eigene Überleben zu sichern. Die einfache Antwort ist, dass es zu viele Variablen gab. Während der eine Teil der Welt die kostengünstige Solartechnologie vervollkommnete, pumpte ein anderer so viele Umweltgifte und Partikel in die Luft, dass das Sonnenlicht die Atmosphäre nicht mehr durchdringen konnte. Als die Windradtechnologie ihren Höhepunkt erreichte, wurde das Wetter so unberechenbar, dass man keine neuen Windräder bauen konnte. Die Kernenergie galt als der große Retter, stellte sich aber als die destruktivste Form der Energiegewinnung in der Geschichte der Menschheit heraus; mit der Verbreitung der Reaktoren gerieten auch waffenfähiges angereichertes Uran und Plutonium in alle möglichen Hände. Die Gleichungen waren einfach zu komplex, und es gab zu viele widerstreitende, chaotische und sich gegenseitig neutralisierende Kräfte, als dass man sie hätte entwirren können.

Das größte Problem aber war, dass die Menschen vollständig die Kontrolle über ihr Leben verloren hatten, und wenn Menschen die Kontrolle verlieren, verlieren sie die Hoffnung. Und wenn das in einem großen Ausmaß geschieht, Arik, dann verwandelt sich die Hoffnungslosigkeit in eine wütende, verrohende Seuche, die zerstörerischer ist als eine Kernexplosion.

Die V1 ist keine Lüge, mein Sohn. Sie bedeutet Hoffnung. Sie ist ein Grund weiterzumachen. Sie verleiht unserem Leben Sinn. Das ist unser Auftrag. Das ist das einzige Podsystem auf diesem Planeten, das erfolgreich war und sogar wächst. Das ist der einzige Ort, wo es noch Familien, Kultur, medizinische Versorgung, Feiern und wissenschaftlichen Fortschritt gibt. Die V1 ist wohl oder übel der Leuchtturm menschlichen Erfindungsgeistes.

Du sollst wissen, dass deine Mutter und ich nichts bedauern. Vielleicht wirst du das erst dann verstehen, wenn du eigene Kinder hast, aber es gibt nichts, was Eltern nicht für ihre Kinder tun würden. Notfalls belügen sie sie sogar. Was immer du im Moment empfindest, ich möchte dir versichern, dass all das für euch ist. Alles, was deine Mutter und ich getan haben, dient dazu, dir und Cadie und der Gen V und euren Kindern und Kindeskindern die Chance zu geben, nicht nur zu überleben, sondern *glücklich* zu werden. Arik, wenn die Menschheit eine Zukunft hat, dann ist es die V1.«

Darien hielt inne, schloss die Augen und atmete tief durch. Er veränderte die Haltung, dann fuhr er fort.

»Ich möchte dir noch etwas sagen. Eine meiner Mitarbeiterinnen, deine ehemalige Lehrerin Rosemary Grace, hat gestern versucht, sich mit einer Überdosis Serotonininhibitoren das Leben zu nehmen. Sie liegt jetzt im Koma und zeigt nur sehr wenig Hirnaktivität, und wir wissen nicht, ob sie sich erholen wird. Es tut mir sehr leid, dass ich dir das sagen muss – ich weiß, du hast sie sehr gemocht –, aber ich möchte, dass du begreifst, wie schwierig es sein kann, mit der Wahrheit über die V1 zu leben. Sie war eine sehr starke Frau, doch selbst sie kam mit den Gegebenheiten nicht zurecht.«

Arik schüttelte abwehrend den Kopf. Rosemary war für ihn eines der wichtigsten Vorbilder gewesen. Sie war seine Lehrerin, seine Mentorin und Freundin. Hin und wieder hatte sie sogar die Mutterrolle übernommen, die L'Ree nie ganz ausfüllen konnte. Die Vorstellung, dass ein Mensch, den er liebte, sich so hoffnungslos und verzweifelt gefühlt hatte, dass er Selbstmord begehen wollte, bedrückte Arik.

»Davor wollten deine Mutter und ich dich schützen. So ungern wir dich angelogen haben, wäre es uns noch viel schwerer gefallen, dir die Wahrheit zu sagen. Irgendwann hätten wir es dir natürlich gesagt, aber erst später. Im Moment stehst du in der Blüte deiner Jahre. Du forschst an einer Technologie, welche die Menschheit eines Tages mit unbegrenzter Atemluft versorgen wird.

Du bist frisch verheiratet. Du und Cadie, ihr werdet bald eine Familie sein. Davon wollten wir dich auf keinen Fall ablenken und dich womöglich aus der Bahn werfen.

Wir können es arrangieren, falls du so weitermachen möchtest wie bisher. Ich weiß, du bist nicht der Typ, der einer Herausforderung aus dem Weg geht, aber mit Aufgabe hat das nichts zu tun. Es ist eher das Gegenteil. Vergessen würde bedeuten, dass du dich auf wichtigere Herausforderungen konzentrieren kannst, auf Dinge, die zu verändern du wirklich die Macht hast. Das würde es dir ermöglichen, das Leben weiterzuführen, das der Menschheit im Moment den größten Nutzen bringt. Bitte denk darüber nach.«

Darien schaute an ihm vorbei, dann sah er wieder Arik an. »Ich muss jetzt wieder an die Arbeit, mein Sohn. Ich komme dich besuchen, sobald ich mich freimachen kann. Sag Dr. Nguyen Bescheid, falls du etwas brauchst. Wir sehen uns bald. Und denk dran, deine Mutter und ich lieben dich sehr.«

Darien tippte aufs Polymeth. Die Aufzeichnung erstarrte, flackerte, verblasste. Arik erhob sich, ging zur Wand, um die Nachricht noch einmal abzuspielen, doch sie war bereits gelöscht.

23
GENETISCHER FINGERABDRUCK

Arik ging im abgeschlossenen Krankenzimmer umher, auf finstere Art belustigt von der Ironie seiner Gefangenschaft. Dieser Raum unterschied sich eigentlich nicht von der Welt, in der er lebte – er war lediglich etwas kleiner und beengter. Bis jetzt aber hatte er sich noch nie eingesperrt gefühlt. Sein Leben lang hatte er sich mit der räumlichen Beschränkung abgefunden, ohne sie infrage zu stellen. Wahre Gefangenschaft aber, so wurde Arik jetzt klar, bestand nicht darin, dass man sich nicht frei bewegen konnte, sondern in der Einsicht in die Beschränkung und dem Sich-Abfinden damit. Gefangenschaft war als Vorstellung wirkungsvoller als die eigentliche Tatsache. Viele Menschen, die sich frei fühlten, waren sich ihrer Einschränkungen vermutlich nicht einmal bewusst.

Für Arik ließ sich Freiheit nicht physisch umsetzen, wohl aber virtuell durch seinen Arbeitsplatz. Jetzt begriff er, dass er sein lebenslanges Eingesperrtsein dadurch kompensiert hatte, dass er in das unerschöpfliche und grenzenlose Potenzial der Software und der Wissenschaft eingetaucht war. Das bedeutete jedoch nicht, dass er nicht in der physischen Welt verankert gewesen wäre. Vielmehr wurde ihm jetzt erst bewusst, wie abhängig er von Cadie war, wie selbstverständlich er ihre Anwesenheit nahm. Arik konnte sich nur an wenige Tage erinnern, an denen er nicht mit Cadie zusammen gewesen war. Ihre Beziehung war für ihr Leben ebenso grundlegend wie die Nahrung, die sie verzehrten, und die Luft, die sie atmeten.

Arik hätte gern gewusst, wie Cadie mit den Ereignissen zurechtkam und welche Informationen man ihr gab. Selbst wenn man ihr versichert haben sollte, dass er wohlauf sei und bald nach Hause käme, musste es doch eine traumatische Erfahrung für sie sein, ihn nicht sehen zu können und nicht einmal eine Nachricht von ihm zu bekommen. Aber wahrscheinlich hatte man sie keineswegs beruhigt. Vermutlich wusste Cadie nicht, ob Arik tot oder am Leben war. Er musste unbedingt mit ihr in Kontakt treten.

Es wunderte Arik, wie gut sein Arbeitsplatz noch funktionierte. Er hatte angenommen, Fai werde bis auf den Empfang eingehender Nachrichten und den Lesezugang zu seinen persönlichen Dateien all seine Berechtigungen widerrufen. Doch sein Account war nahezu intakt. Er konnte sogar sehen, dass Cadies Arbeitsplatz im Moment aktiv war, wenngleich jeder Kommunikationsversuch mit ihr scheiterte.

Das Interface ermöglichte es ihm, unterschiedliche Kommunikationsverbindungen herzustellen, doch jeder Versuch führte zu einem unerwarteten Fehlerprotokoll. Anstatt Ariks Zugang zum Nachrichtenprotokoll einzuschränken – was er mit Leichtigkeit hätte umgehen können –, hatte Fai Ariks Zugang zu den Kommunikationsprotokollen auf der Netzwerkebene blockiert. Selbst wenn Arik seine eigene Nachrichtensoftware schriebe, würde das Netzwerk alle von ihm stammenden Datenpakete – und vermutlich auch die an ihn gesendeten mit Ausnahme der Nachrichten seines Vaters – zurückweisen. Natürlich könnte er ein eigenes Protokoll schreiben, das dem Netzwerk unbekannt war, doch damit hätte Cadies Kommunikations-Client nichts anfangen können.

Arik saß hinter einer unglaublich einfachen, aber gleichzeitig hocheffizienten Firewall fest.

Offenbar wollte man verhindern, dass er Cadie oder Cam die Wahrheit über die V1 verriet und so das ganze Podsystem in Gefahr brachte. Er wusste, dass seine Quarantäne nichts mit potenzieller Strahlenkrankheit oder einer unentdeckten Verletzung zu tun hatte. Das war eine Psycho-Quarantäne, eine Informationssperre. Doch er hatte Verständnis für die Bedenken der Gründer. Sie taten recht daran, Vorkehrungen zu treffen; selbst wenn die Wahrheit die V1 nicht zerstören würde, würde sie doch die weitere Entwicklung stark beeinflussen und vermutlich verhindern, dass die Station ihr ganzes Potenzial entfaltete. Irgendwann würde es ans Licht kommen, jedoch erst dann, wenn die V1 bereit wäre. Sobald bestimmte Meilensteine erreicht waren, würden die Gründer die Initiation der Gen V vollenden, und eine neue Generation würde geboren werden und unter Vorspiegelung falscher Tatsachen heranwachsen, weil es für das Überleben der Station notwendig war.

Er wollte Cadie aber trotzdem eine Nachricht schicken. Inzwischen musste man ihr irgendeine Erklärung für sein Verschwinden gegeben haben. Was immer man ihr gesagt hatte, es musste der Grund dafür sein, dass sie ihn nicht besuchen und nicht einmal mit ihm sprechen oder ihm eine Nachricht schicken wollte. Arik hatte nicht die Absicht, die Bürde seines Wissens an jemand anderen – geschweige denn an seine Frau – weiterzureichen, doch er wollte Cadie mitteilen, dass er wohlauf war.

Arik hatte noch nie versucht, sich in einen anderen Arbeitsplatz zu hacken, doch zur Übung hatte er sich schon verschiedene mögliche Angriffsvektoren überlegt. Sich Zugang zu einem beliebigen Arbeitsplatz zu verschaffen, war keine triviale Aufgabe, doch er nahm an, dass zwei spezielle Arbeitsplätze für einen Angriff von seiner Seite besonders anfällig wären: der von L'Ree und der von Darien.

Jeder Bewohner der V1 wusste, dass die Computer-Cloud Nutzerkonten mit biometrischen Daten authentifizierte, und da man einen Arbeitsplatz für gewöhnlich dadurch aktivierte, dass man seine Hand auf ein interaktives Wandstück legte, nahmen die meisten Leute an, dies geschehe mittels Analyse der Handfläche und der Fingerabdrücke. Arik aber wusste, dass man ebenso gut den Ellbogen, das Knie oder notfalls auch die Zunge auf die interaktive Polymeth-Oberfläche drücken konnte, um seinen Arbeitsplatz aufzurufen, denn in Wirklichkeit waren die Benutzerkonten mit genetischen Profilen verknüpft. Obwohl 99,9 Prozent des DNA-Codes bei allen Menschen identisch waren, wäre es schlichtweg unmöglich gewesen, die restlichen 0,1 Prozent zu rekonstruieren. Doch da die eine Hälfte von Ariks DNA von seiner Mutter und die andere von seinem Vater stammte, war das genetische Puzzle zur Hälfte bereits gelöst. Um sich in ihren Arbeitsplatz einzuloggen, musste er nur noch die andere Hälfte rekonstruieren. Mit 50 Prozent als Anfangswert, ausreichend Rechenzyklen und der Erfahrung, die er bei der Arbeit am ODSTAR-Projekt erworben hatte, sollte es ihm gelingen, Cadie entweder über den Arbeitsplatz seiner Mutter oder den seines Vaters eine Nachricht zu übermitteln.

Da Arik das BCI nicht zur Verfügung stand, musste er eine effiziente Möglichkeit finden, mit seinem Arbeitsplatz zu interagieren. Für einfachere Aufgaben reichten Bildschirmkontrollen und Sprachsteuerung aus, doch er würde eine Menge Quellcode durchsehen und Hunderte, wenn nicht gar Tausende Programmzeilen schreiben müssen. Ohne effiziente Eingabemethode würde er vermutlich länger zum Programmieren brauchen, als das Programm am Ende laufen würde.

Arik räumte den kleinen Nachttisch frei, legte alles aufs Bett und zog den Stuhl von der Wand weg. Dann schob er den Nachttisch in die Ecke, und die drei Polymeth-Teile koppelten sich aneinander. Er verschob seinen Arbeitsplatz und teilte ihn auf die drei Oberflächen auf. Für gewöhnlich stand Arik bei der Arbeit oder ging umher, doch da er beide Hände auf dem Tisch brauchen würde, zog er den Stuhl heran und setzte sich. Er benötigte etwa dreißig Minuten, um das Augentracking und das Gestensystem zu kalibrieren und auf dem Tisch einen passenden Kommandosatz abzubilden, mit dem er arbeiten konnte. Diese Konfiguration war zwar nicht mit der Effizienz seines BCI zu vergleichen, doch mit ein wenig Übung würde er damit wahrscheinlich schneller programmieren können als jeder andere Bewohner der V1.

Das eigentliche genetische Medium – eine Körperzelle mit dem richtigen genetischen Material – konnte Arik nicht nachahmen. Daher musste er sich auf die Softwareschicht konzentrieren, die zwischen dem physikalischen Interpreter und der Kontoauthentifizierung lag. Sein Programm musste den Authentifizierungscode glauben machen, Milliarden leicht unterschiedlicher Hände würden in rasend schneller Folge auf das Polymeth gelegt.

Beim Arbeiten kam Arik der Gedanke, dass er und Cadie vermutlich mit jeder Form von DNA-Probe – einem abgeschnittenen Zehennagel, einem Haar aus einer Bürste, einer Hautschuppe – jeden beliebigen Account knacken könnten. Cadie würde den genetischen Fingerabdruck extrahieren und digitalisieren, und er würde ihn an der richtigen Stelle in die Sicherheitssoftware implementieren. Wenn er genug Zeit hätte, mit einer angepassten Software die physikalischen Interpretationsmodule zu umgehen, könnte er es vermutlich auch allein schaffen. Im Grunde war das ganze Sicherheitssystem völlig überholt. Es gründete auf disparaten und unverbundenen Kompetenzbereichen, und die Rechner waren zu langsam, um Brute-Force-Angriffe unmöglich zu machen. Aus der Sicht der ursprünglichen Programmierer musste es unglaublich komplex gewirkt haben, aber für eine Generation, die es gewohnt war, wissenschaftliche Grenzen zu überschreiten, und für Menschen, denen der Umgang mit Maschinen und Technologie so selbstverständlich war wie noch keiner zuvor, boten sich zahlreiche Schlupflöcher.

Arik begriff, wie sehr die V1 sich auf die Unwissenheit und Vorhersagbarkeit des Verhaltens ihrer Bewohner verließ. Er dachte daran, wie leicht es ihm gefallen war, nach draußen zu gelangen und die Tore zu entriegeln, welche die V1 vom Rest der Welt isolierten. Wenn er es recht bedachte, hätte er ihre wahre Position im Sonnensystem vermutlich auch dadurch herausfinden können, dass er ein wenig Schmutz vom Gitterboden des Docks abzwackte. Wie viele andere Hinweise warteten noch darauf, durch kritisches Denken, Inspiration oder Zufall entdeckt zu werden? Wie lange würde es dauern, bis jemand anders hinter das Geheimnis von V1 kam? Seine Generation, wurde ihm bewusst, würde schwer zu kontrollieren sein. Das Fundament der Unwissenheit, auf dem die V1 gründete, begann bereits zu bröckeln. Auf einmal wurde ihm klar, dass man es irgendwann würde einreißen und neu aufbauen müssen, wenn die Station überleben wollte. Die verbleibende Zeit, bis Ishtar Terra Station Eins würde neu erfunden, umgebaut und von Grund auf umgestaltet werden müssen – wie es bei allen komplexen Systemen der Fall war –, nahm mit exponentieller Geschwindigkeit ab. Die Frage war nur, ob die Verantwortlichen dies auch rechtzeitig einsehen würden, sodass Zeit für einen geordneten Übergang blieb, oder ob sie es darauf würden ankommen lassen, dass das Gefüge zusammenbrach und Chaos und Barbarei Einzug hielten wie in der Welt, aus der die Station entstanden war.

Als das Programm fertig war, schrieb Arik eine Reihe

von Softwaretests, um dessen Funktionalität zu prüfen. Dabei entdeckte er ein paar potenzielle Fehler, behob sie und führte die Tests erneut durch. Der zweite Durchlauf verlief einwandfrei, deshalb nahm er gleich den letzten Schritt in Angriff und versteckte die aktive Konsole für den Fall, dass jemand hereinkam.

Arik schlief, während das Programm lief. Es würde ihn aufwecken, sobald einer von zwei Umständen eintraf: Entweder würde es ihm gelingen, sich erfolgreich einzuloggen, oder es hatte alle möglichen genetischen Kombinationen ausprobiert, ohne eine Übereinstimmung zu erzielen.

Nach nur zwei Stunden ertönte das Signal. Arik hatte tief geschlafen und brauchte eine Weile, um herauszufinden, ob das Ergebnis positiv oder negativ war. Das Programm hatte seinen genetischen Fingerabdruck erraten und sich erfolgreich in seinen Arbeitsplatz eingeloggt. Arik hatte absichtlich darauf verzichtet, die neu errechneten Gensequenzen mit seinen eigenen zu vergleichen, denn bei Milliarden Iterationen hätte dies den ganzen Vorgang verlangsamt. Außerdem diente es als Plausibilitätsprüfung, wie die Programmierer sagten: Hätte das Programm geendet, ohne wenigstens eine bekannte Gensequenz – seine eigene – zu finden, hätte er gewusst, dass es einen grundlegenden logischen Fehler enthielt.

Er fühlte sich nicht mehr müde, doch als sechs Stunden später ein zweites Mal das Signal ertönte, hatte er erneut tief geschlafen. Diesmal war es kein Fehlalarm. Als Arik sich vor seinen Arbeitsplatz setzte, stellte er fest, dass das Programm sich abgeschaltet hatte, nachdem es alle möglichen genetischen Kombinationen durchgerechnet hatte. Arik fragte sich, ob jemand vom Code Pod durch den Angriff geweckt worden war und das System dagegen gewappnet hatte, oder ob der Authentifizierungsmechanismus die Milliarden erfolglosen Versuche detektiert und den Zugang geschlossen hatte, doch als er das Programm erneut mit seinem eigenen genetischen Profil testete, funktionierte es wie erwartet.

Die Rechner-Cloud der V1 war offenbar noch immer für Angriffe empfänglich, und das Programm bestand alle Tests und Plausibilitätsprüfungen. Dafür, dass es weder den genetischen Code seiner Mutter noch den seines Vaters aus seinem eigenen rekonstruiert hatte, gab es nur eine vernünftige Erklärung: Arik war weder mit Darien noch mit L'Ree verwandt, auch mit keinem anderen Bewohner der V1.

24
ZEITKAPSEL

Jedes Argument geht von einer oder mehreren Voraussetzungen aus. Voraussetzungen sind die achtunggebietenden, scheinbar unerschütterlichen Fundamente eines Arguments, von dem aus sich die Schlussfolgerungen verzweigen. Die Angreifbarkeit des Arguments liegt daher eher in den Voraussetzungen als in den Schlussfolgerungen. Greift man eine gut formulierte Schlussfolgerung an, wird der Angriff meist mühelos abgewehrt. Kratzt man aber an den Voraussetzungen, fällt die ganze Argumentation unter ihrem eigenen Gewicht in sich zusammen, und zurück bleibt eine Menge Unsinn und Unwahrheiten.

Arik hatte Dariens Argumentation vernünftig gefunden. Eltern würden alles tun, um das Wohlergehen ihrer Kinder zu gewährleisten. Hätten Letztere die Wahrheit über die V1 gekannt, hätte dies Gen V gefährdet, weshalb die Gründer recht daran taten, die Wahrheit vor Arik und seinen Altersgenossen zu verbergen. Das war eine einfache Argumentation, und so beschämend es auch war, Arik hatte sie sich erstaunlicherweise ohne Weiteres zu eigen gemacht. Jetzt aber hatte sich die Grundvoraussetzung als falsch erwiesen. Darien und L'Ree waren nicht Ariks Eltern, was bedeutete, dass es *ungerechtfertigt* war, ihn und den Rest der Gen V anzulügen. Da seine Grundvoraussetzung widerlegt war, konnte er Darien nicht mehr vertrauen.

Arik hatte das Gefühl, einen Berghang hinunterzurutschen, den er irgendwann wieder würde erklimmen müssen. Jedes Mal, wenn er glaubte, er habe Halt gefunden und könne wieder nach oben klettern, gab der Boden unter ihm erneut nach, und er stellte fest, dass er noch tiefer stürzen musste. Inzwischen musste er dem Erdboden ganz nahe sein. An dieser Realität gab es nicht vieles, das man infrage stellen und als Lüge entlarven konnte. Er hatte das Gefühl, von allem und jedem losgelöst zu sein. Er war nicht nur geistig und emotional isoliert, sondern auch physisch. Jetzt fehlte nur noch, dass sich herausstellte, dass auch Cadie und Cam ihn betrogen. Auf seinem Weg nach unten hatte Arik fast alle Verbindungen gekappt. Seine Ehe mit Cadie und die Freundschaft mit Cam waren die letzten Gewissheiten, an die er sich klammern konnte. Sollten auch sie versagen, blieb ihm nichts mehr als der endlose, unumkehrbare freie Fall.

Er tigerte in dem kleinen Zimmer auf und ab und stellte Verbindungen her. Er war sich beinahe hundertprozentig sicher, dass Cadie, Cam und die anderen Angehörigen der Gen V ebenfalls Opfer waren. Arik vermutete, dass sie alle adoptiert worden waren. Er hatte die Bruchstücke von Dariens Argumentation neu zusammengesetzt. Wenn es schon schwerfiel, die eigenen Kinder um ihres Wohlergehens willen zu belügen, lag der Schluss nahe, dass man weit trivialere Lügen nur gegenüber denen rechtfertigen konnte, zu denen keine engere Beziehung bestand. Da man alle Geheimnisse von V1 über Jahre hinweg bewahrt hatte, war anzunehmen, dass kein Angehöriger von Gen V biologisch mit den Menschen verwandt war, die ihn aufgezogen hatten. Was man der Gen V angetan hatte, hätten hundert biologische Eltern gegenüber ihren leiblichen Kindern niemals durchgehalten.

Das Argument klang vernünftig. Die Puzzleteile fügten sich zusammen.

Arik nahm an, dass man die Gen V sorgfältig zusammengestellt hatte. Vermutlich waren sie aufgrund ihres genetischen Potenzials noch vor ihrer Geburt aus den in der ganzen Welt verteilten Podsystemen ausgewählt worden. Es war sogar denkbar, dass man sie gezüchtet oder genetisch konditioniert hatte. Bei ihrer Ankunft in der V1 hatte man sie den fähigsten Leuten zugeteilt und sie dazu erzogen, bestimmte Aufgaben auf Gebieten zu übernehmen, in denen Mangel herrschte, und Probleme zu lösen, die niemand sonst lösen konnte. Sie waren Ressourcen, Rohmaterial, das man je nach Bedarf formte und modifizierte, denkende Maschinen, Sklaven eines fehlgeleiteten Zukunftsentwurfs.

So viele Fragen der Einsturz von Dariens Argumentation auch aufwarf, beantwortete er doch wenigstens eine: Darien hatte behauptet, es gebe kein Wirtschaftssystem mehr, während der dunkelhaarige Mann, der mitgeholfen hatte, Arik vor den Heimatlosen zu retten, erklärt hatte, die V1 bezahle gut. Seinen Begleiter hatte er gewarnt, man beiße nicht die Hand, die einen füttere. Wie groß die Zerstörungen auf der Erde sein mochten, wie viele Kriege gewütet hatten und wie viele Regierungen auch gestürzt worden waren, musste es doch noch eine Art Wirtschaftssystem geben, und die V1 spielte anscheinend eine bedeutende Rolle dabei.

Daraus folgte, dass die ökonomischen Interessen der V1 mit der Investition in die Gen V verknüpft waren. Arik hatte angenommen, der Mann im Fahrzeug, der die Patrone des Luftgewehrs konfisziert hatte, habe einfach nur die Gelegenheit genutzt, ein wenig Beute zu machen, doch inzwischen sah er dessen Motive klarer. Was war auf einem Planeten, der nicht einmal mehr die elementarsten menschlichen Bedürfnisse decken konnte, wertvoller als Luft? Und in einem Wirtschaftssystem, dessen wertvollstes Gut die Luft war, kam es darauf an, diese möglichst billig und in möglichst großer Menge zu produzieren. Arik begriff, dass die künstliche Photosynthese die Alchemie der Gegenwart war. Doch sie bedeutete weit mehr als Geld. Sauerstoff bedeutete Macht.

Der Schluss war vielleicht gewagt, doch er passte zu gut zu den Fakten, um ihn leichtfertig von der Hand zu weisen. Wenn die KP die ultimative Möglichkeit zur Erhöhung der Luftproduktion darstellte, dann war das Terraforming die ultimative Möglichkeit, die Nachfrage zu zerstören. Für Arik bestand in diesem Moment kein Zweifel mehr, dass es weit praktischer war, Farne, Kletterpflanzen, Bäume und vielleicht sogar Algen zu züchten, die in der lebensfeindlichen, giftigen Umgebung der Erde überleben konnten, als sich auf die künstliche Photosynthese zu versteifen. Dennoch war das Terraforming kategorisch abgelehnt und sogar verboten worden. Terraforming hatte das Potenzial, alles zu zerstören, wofür die Gründer sich eingesetzt hatten.

In gewisser Hinsicht war die Erde um Milliarden Jahre ins Karbonzeitalter zurückgeworfen worden, in dem das Leben entstanden war. Man hatte sie ausgebeutet und zerstört, man hatte zugelassen, dass sie verfiel, doch jetzt war sie bereit für eine neue Genesis. Diesmal aber würde der Mensch Einfluss darauf nehmen und die Richtung vorgeben. Statt einer Milliarden Jahre währenden Evolution mittels mehr oder weniger zufallsbedingter Mutation würde diesmal ein von Ingenieuren und Technikern gesteuerter, präziser und effizienter Prozess stattfinden. Arik hatte keinen Zweifel, dass schon seine Enkelkinder in einer natürlichen Umgebung würden leben können, wenn dies nicht den wirtschaftlichen Interessen der V1 entgegenstünde.

Arik dachte voller Abscheu an das, was Darien ihm über Rosemary erzählt hatte. In dem Moment war es ihm plausibel vorgekommen, dass eine Frau mit einer solchen Leidenschaft für die Wissenschaft und für neues, kreatives Denken sich in der V1 eingesperrt gefühlt haben sollte. Jetzt aber konnte er sich nicht mehr vorstellen, wie sie auch nur daran hatte denken können, sich das Leben zu nehmen. Er begriff, dass Rosemary nicht an der V1 verzweifelt war; man hatte sie zum Schweigen gebracht, und er glaubte auch den Grund zu kennen.

Er rief das Modell der V2 und die Wasserdruckdaten auf, die Rosemary an dem Morgen, als er sie in ihrem Büro aufgesucht hatte, zu seinem Arbeitsplatz transferiert hatte. Seine Arbeit im Life Pod und die Terraforming-Experimente hatten ihn dermaßen in Anspruch genommen, dass er noch keine Gelegenheit gehabt hatte, sich ihre Arbeit anzusehen. Sowohl das Modell als auch die Computersimulation verwendeten Türme zur Wasserversorgung der V2, doch die in das reale Modell eingebetteten Sensoren meldeten einen höheren relativen Druck als das Computermodell. Arik rief die Formeln zum hydrostatischen Druck auf und nahm eine einzige Veränderung vor: Er ersetzte die Gravitationskonstante der Venus durch die der Erde. Die Ergebnisse wurden angepasst, und jetzt stimmten die Zahlen der Simulation bis auf die letzte Ziffer mit denen des physischen Modells überein.

Rosemary hatte anscheinend genau gewusst, wo das Problem gelegen hatte. Arik vermutete sogar, dass sie den Fehler absichtlich eingeführt hatte, um ihn darauf aufmerksam zu machen und dabei unentdeckt zu bleiben. Sie hatte gewollt, dass er die Wahrheit über die V1 selbst herausfand – dass er nach und nach die richtigen Schlüsse zog, indem er sie Schritt für Schritt bewies. Außerdem hatte sie gewusst, auf welche Weise er das Problem angehen würde, um am Ende eine Schlussfolgerung zu ziehen, die nahezu außerhalb des Vorstellungsvermögens lag. Erst jetzt begriff Arik, dass alles, was Rosemary ihm über Problemlösung und kritisches, kreatives Denken beigebracht hatte, eine Vorbereitung auf die Lösung dieses Rätsels gewesen war. Er fragte sich, wie lange es wohl gedauert hätte, bis er von selbst darauf gekommen wäre, dass eine angebliche Konstante – eine unveränderliche, nicht infrage zu stellende Tatsache – von Grund auf falsch war. Wann hätte er daran gedacht, dass man manche Probleme nur dann lösen konnte, indem man *alles infrage stellte?*

Arik wusste, dass alle neuen Voraussetzungen, die er

formulierte, unweigerlich auf eine bestimmte und ganz einfache Schlussfolgerung hinausliefen: Man würde ihm niemals gestatten, diesen Raum mit seinem derzeitigen Kenntnisstand zu verlassen. Noch ehe er die Wahrheit über seine Eltern und Rosemary herausgefunden hatte, war schon klar gewesen, dass er zu viel gesehen hatte und zu viel wusste, als dass man ihm gestatten durfte, mit einem anderen Angehörigen von Gen V zu kommunizieren.

Darien hatte angekündigt, ihn in einer Stunde zu besuchen. Er hatte eine kurze Videonachricht geschickt und sich dafür entschuldigt, dass er nicht eher kommen könne. Er hatte erneut beteuert, er werde alle Fragen beantworten, alles erklären und so lange bleiben, wie es für Arik nötig war. Und dann, hatte er hinzugefügt, werde man über die Optionen sprechen, sich überlegen, wie es weitergehen solle und was für alle Beteiligten das Beste sei. Arik aber wusste, dass es diesmal nicht anders laufen würde als bei anderen Entscheidungen, die man ihm präsentiert hatte. Am Ende würde er sich fügen müssen. Die ihm verbliebene Zeit und seine Energie verwandte er besser darauf, sich zu wappnen, anstatt Widerstand zu leisten.

Sein vorrangiges Anliegen war, seine Terraforming-Forschung zu schützen. Im zentralen Quantenspeicher wäre sie nicht sicher, ganz gleich, wie gut er sie versteckte, verschlüsselte oder tarnte. Er überlegte, ob er sie auf Siliziumpapier übertragen sollte, doch dafür reichte eine Stunde nicht aus, und wenn er um ein Notizbuch bitten würde, hätte das Verdacht erregt, und man hätte seine Aufzeichnungen überprüft. Selbst wenn er eine Geheimschrift verwendete, die niemand entziffern konnte, würde seine Arbeit nie zu ihm zurückfinden und auch von niemand anderem verstanden werden. Arik fiel nur eine Möglichkeit ein, wo er die Daten sicher verstecken und wo niemand danach suchen würde: das ODSTAR-Gerät, das er mit Cadie zusammen entwickelt hatte.

Fai hatte Ariks Zugang zu allen bekannten Kommunikationsprotokollen auf Netzwerkebene in der zutreffenden Annahme gesperrt, dass selbst dann, wenn er ein neues Protokoll schriebe, die Knoten der Rechner-Cloud nicht wissen würden, wie sie es interpretieren sollten. Fai hatte dabei allerdings die Kommunikationsprotokolle außer Acht gelassen, die Arik bereits programmiert hatte und die von anderen Netzwerkknoten verstanden wurden.

Arik hatte ein spezielles Protokoll für den Datenaustausch des ODSTAR-Projekts geschrieben, um dessen Effizienz zu erhöhen und die Hardware zu vereinfachen. Das Schreiben und Auslesen von Daten in DNA-Code war zeitaufwändig, deshalb hatte Arik ein Protokoll programmiert, das die Daten pufferte und sie nicht schneller einspeiste, als das Gerät sie verarbeiten konnte. Fai war zu stolz gewesen, um sich nach den Einzelheiten des ODSTAR-Projekts zu erkundigen, deshalb hatte er keine Ahnung, dass das Protokoll existierte, und es deshalb auch nicht blockiert. Arik suchte im Netzwerk nach dem ODSTAR-Knoten und stellte fest, dass er noch zugänglich war, bereit, Daten von jedem kompatiblen Netzwerkknoten zu lesen oder an ihn zu übermitteln. Arik fragte testweise den verfügbaren Speicher ab, worauf ODSTAR über sechshundert Megabyte Speicherkapazität für das von Cadie entwickelte vierundzwanzigste Chromosom meldete. Während des Datenaustauschs wurden keine Kommunikationspakete blockiert oder gelöscht.

Es dauerte einige Minuten, alle Daten zu komprimieren, sie zu übertragen und codieren zu lassen. Als Arik sicher war, dass alles kopiert worden war, und die Integrität der Daten überprüft hatte, nahm er den ODSTAR-Knoten vom Netz und löschte die Protokollbibliothek, die er für die Kommunikation programmiert hatte. Ohne die Bibliothek und ohne eine Beschreibung des Protokolls wäre es für Außenstehende nahezu unmöglich, ODSTAR-Daten auszulesen oder zu speichern.

Jetzt brauchte Arik nur noch eine Zeitkapsel. Sie musste tief im Code der Rechner-Cloud vergraben sein und die Wahrheit über die V1 in so abstrakter, unverständlicher Form enthalten, dass sie für jeden Bewohner der V1 außer ihm selbst sinnlos wäre. Da er davon ausgehen musste, dass sein Arbeitsplatz überwacht werden würde, musste er eine andere Möglichkeit finden, die Informationen vor aller Augen so zu verstecken, dass er darauf aufmerksam werden würde, ohne danach zu suchen. Am besten wäre es, wenn Fai ihn zur rechten Zeit darauf stoßen würde.

Das Code Pod delegierte gern inkohärente, uneindeutige Fehlercodes im Shellprogramm an Arik. Die Programmierer behaupteten, sie hätten keine Zeit für solch triviale Dinge, doch Arik wusste, dass sie den Basiscode des Shellprogramms einfach nicht gut genug verstanden, um selbst auf Fehlersuche zu gehen. Irgendwie musste er die Wahrheit über die V1 in einem einzigen Fehlercode unterbringen – indem er alles, was er in Erfahrung gebracht hatte, zu einer einzigen Zeile alphanumerischer Ziffern komprimierte, die für alle ein Buch mit sieben Siegeln wären, während sie zu ihm sprächen wie eine prophetische Stimme aus der Vergangenheit.

Als Darien eintraf, stand der Tisch wieder neben dem Bett und der Stuhl in der Ecke. Ariks Arbeitsplatz war geschlossen, und er lag auf dem Bett, mit dem Rücken zur Tür. Als die Türelemente ruckartig zur Seite wichen und der Mann eintrat, der ihn großgezogen hatte, reagierte er nicht.

Darien stand einfach nur da und beobachtete Arik sekundenlang, bevor er das Wort ergriff.

»Du hast bestimmt ein paar Fragen«, sagte Darien schließlich.

»Nein«, sagte Arik, ohne sich umzudrehen oder die Augen zu öffnen. »Ich will nichts mehr hören. Ich will einfach nur vergessen.«

Darien nickte. »Ich denke, das ist das Beste«, sagte er mitfühlend. »Ich glaube wirklich, das ist die richtige Entscheidung. Ich hole Dr. Nguyen.«

Darien ging hinaus, die Tür schnappte zu. Ein paar Minuten später nahm Arik eine Veränderung in der Raumbelüftung wahr, dann schlief er ein. Als er das nächste Mal erwachte, hatte man sein Gehirn freigelegt, und er nahm im Kopf ein Prickeln wahr.

DRITTER TEIL

EINE NEUE WELT

25
DER UMFANG DER ERDE

Der Zugang zum Frequenzscanner und Receiver der V1 war nicht eingeschränkt. Stattdessen wurde der Zugriff auf bestimmte Frequenzen kontrolliert. Doch es gab mehrere Frequenzen, die bei der täglichen Arbeit verwendet wurden und die jeder scannen oder abhören durfte. Zumindest hätten diese Frequenzen offen sein sollen; Arik war jedoch aufgefallen, dass es in der V1 seit seinem Unfall verschiedene neue Blockaden gab, vermutlich um weitere solche Unfälle zu verhindern, denn die Angehörigen der Gen V ersetzten zunehmend erfahrenere Kräfte und störten auf diese Weise Prozesse und Verfahrensweisen, die sich vermutlich seit über einem Jahrzehnt nicht grundlegend verändert hatten.

Arik fragte sich, ob er vielleicht nur diesen einen Versuch hatte – ob man seinen Zugriff auf den Scanner bemerken und ihn dazu befragen würde. Er hatte gewiss nichts Falsches oder potenziell Gefährliches vor, doch das Gleiche hatte er vermutlich auch über die Terraforming-Forschung und seine Ausflüge ins Freie gedacht. Er würde sich beeilen und alles aufzeichnen müssen für den Fall, dass jemand ihn daran hindern wollte, das Gesuchte zu finden.

Arik stellte mit der Receiversoftware die Frequenz 882,758 MHZ ein, die Differenz der beiden Frequenzen aus der Nachricht, die er in der Vergangenheit an sich selbst geschickt hatte. Der Scanner akzeptierte die Eingabe, was bedeutete, dass die Frequenz nicht blockiert wurde, und da er nur Rauschen hörte, konnte er davon ausgehen, dass die Frequenz auch nicht für den Austausch verschlüsselter Nachrichten genutzt wurde. Arik schaltete den Audiostream auf seinen Arbeitsplatz, um ihn gegebenenfalls aufzuzeichnen. Es war fünf Minuten vor zwölf Uhr mittags.

Cadie war mit ihrer Arbeit beschäftigt. Arik hätte eigentlich ebenfalls arbeiten sollen, doch er hatte Subha am Morgen eine Nachricht geschickt und ihr mitgeteilt, dass er Kopfschmerzen habe und erst nach der Mittagspause kommen werde. Wie alle Bewohner der V1 ließ Subha ihm seit dem Unfall eine Menge Freiraum. Bis jetzt hatte Arik noch nicht davon Gebrauch gemacht.

Er war in seinem Heimbüro, die Tür war geschlossen. Da Cadie nicht zu Hause war, verwendete er keine Kopfhörer; falls sich herausstellte, dass die Nachricht so leise war, dass er sie über das Polymeth nicht hören konnte, bestand immer noch die Möglichkeit, sie mehrfach abzuspielen und zu verstärken. Das Rauschen war leise und gleichmäßig, und er drehte die Lautstärke so weit hoch, dass ihm auf keinen Fall etwas entgehen würde. Da er seinen Ohren nicht ganz traute, verwendete er zusätzlich ein Audiovisualisierungsprogramm, das selbst die kleinsten akustischen Anomalien in grafische Wellen und Bewegungen umwandelte. Es zeichnete eine dreidimensionale grüne Linie in einen schwarzen Raum, und die Ansicht ließ sich vergrößern und drehen, sodass er die Audiowellen aus verschiedenen Perspektiven betrachten konnte. Aufgrund des Hintergrundrauschens war die Linie im Moment etwas zittrig.

Arik checkte die Zeit auf seiner Armbanduhr und an seinem Arbeitsplatz. Beide Zeitangaben waren identisch. Es war dreiunddreißig Sekunden nach zwölf Uhr mittags, und noch immer hörte er nur das Rauschen.

Nach einer Minute begann Arik sich Sorgen zu machen, er könnte einen Fehler gemacht haben. Er fragte sich, ob er den Code vielleicht wörtlicher hätte nehmen sollen. Vielleicht wurde die Nachricht ja auf beiden Frequenzen, nämlich 922,76 und 40,002 MHZ verbreitet, und das Wort DELTA war ein Hinweis darauf, wie die Daten zu verarbeiten wären. Drei Minuten nach zwölf checkte Arik mit dem Scanner die beiden verschlüsselten Frequenzen, doch auch dort tat sich nichts. Funkstille, wie sein Vater es genannt hatte. Und selbst wenn ein Signal gesendet worden wäre, hätte Arik es vermutlich nicht entschlüsseln können.

Fünfzehn Minuten nach zwölf beschloss Arik, das aufgezeichnete Rauschen abzuspielen und die Aufzeichnung im Hintergrund fortzusetzen. Er erhöhte die Empfindlichkeit der Visualisierung und dehnte die Schwelle bis über den menschlichen Hörbereich hinaus aus. Bei dieser Einstellung reagierte die grüne Linie extrem stark auf die auf dieser Frequenz ausgesandte elektromagnetische Strahlung. Arik setzte sich einen Kopfhörer auf, drehte die Lautstärke hoch und fixierte die hektische grüne Linie.

Fast dreißig Minuten lang lauschte er dem Rauschen und sprang hin und wieder ein Stück zurück, wenn er meinte, etwas gehört oder einen signifikanten Ausschlag wahrgenommen zu haben, doch das erwies sich jedes Mal als Fehlalarm. Arik nahm den Kopfhörer ab und stoppte die Wiedergabe. Er saß im Dunkeln da, die Visualisierungssoftware hüllte den Raum in ein unstetes Grün.

Bis jetzt war ihm gar nicht bewusst gewesen, wie sehr er auf eine Nachricht hoffte. Obwohl die Wahrscheinlichkeit, eine zu entdecken, von Anfang an gering gewesen war, war die Enttäuschung heftiger als erwartet. Als er auf seine Hände niedersah, bemerkte er, dass sie zitterten. Sein Gesicht und sein Hals waren mit Schweiß bedeckt. Am liebsten hätte er die Kopfhörer gegen seinen Arbeitsplatz geschmettert und mit aller Kraft auf das Polymeth eingeschlagen.

Die Nachricht war weit mehr als ein Rätsel, das er seit drei Tagen zu lösen versuchte. Er hatte keine Ahnung, was er zu hören erwartete, doch ein Teil von ihm glaubte offenbar, dass es sich um weit mehr als nur eine Erklärung für die plötzliche Funkstille der Erde handelte. Was immer es war, es würde ihm ein Ziel geben, das über seine Arbeit hinauswies – etwas Bedeutsameres, als die wissenschaftlichen Zerstreuungen und die kläglichen Versuche, Subha und Kelley zufriedenzustellen. Die Nachricht, wurde Arik bewusst, stand für ein Leben jenseits der Enge und Sterilität der V1.

In gewisser Weise hatte er schon immer nach dieser Nachricht gesucht. Er hatte in der Wissenschaft danach gesucht, in der Mathematik, bei Computern und selbst bei Cadie. In den letzten Tagen war Arik zu der Überzeugung gelangt, dass er die Nachricht eigentlich nicht gefunden hatte, sondern von ihr gefunden worden war, und zwar an einem Punkt in seinem Leben, da er ihrer am dringendsten bedurfte. Die Vorstellung, im Rauschen der Funkwellen könnte eine geheimnisvolle Stimme verborgen sein, die ihm eine neue Wahrheit vermittelte und seinem Leben Sinn verlieh, war absurd. Dennoch wollte er daran glauben. Er wollte daran glauben, dass die Nachricht nicht nur Ausdruck seines archaischen Verlangens nach Bedeutung sei – einer Form des Glaubens, die sich bei den meisten Menschen als Religion manifestierte und in einer nüchternen, technisch geprägten Gesellschaft wie der der V1 die Form einer im Rauschen verborgenen Mitteilung annehmen konnte.

Arik hätte längst wieder an der Arbeit sein sollen, doch er hatte beschlossen, nicht wieder hinzugehen. Er war noch nicht bereit dazu. Es wäre einfach gewesen, ins Life Pod zurückzukehren, die Technik der KP zu entwickeln, sich vor sämtlichen Bewohnern der V1 auf die Bühne zu stellen und von Kelley zum Retter erklären zu lassen. Doch nicht einmal die Vorstellung seiner in einem Sauerstoffzelt eingesperrten kleinen Tochter vermochte ihn dazu zu bewegen, von der Suche nach der Nachricht abzulassen. Im Grunde tat er das nicht nur für sich, sondern auch für seine Tochter. Er wollte die V1 verändern, bevor sie geboren wurde. Etwas an dieser Welt erzeugte in ihm einen Widerwillen, hier neues Leben zu akzeptieren. Das Leben aber ließ sich nicht aufhalten; stattdessen musste man die Welt verändern.

Er rief noch einmal die ursprüngliche Meldung des

Shellprogramms auf und versuchte, sie aus einem neuen Blickwinkel zu betrachten.

2519658000000 922,76 40,002 DELTA

Soweit er erkennen konnte, gab es keine andere vernünftige Interpretation der Zahlen; die erste musste ein Datum sein, die beiden anderen Funkfrequenzen. Aber wenn auf beiden Frequenzen – oder der Deltafrequenz – an dem speziellen Datum nichts gesendet wurde, musste die Bedeutung anderswo versteckt sein.

Arik begann nach Mustern zu suchen. Warum gerade diese beiden Frequenzen? Weshalb keine Zufallsfrequenzen? Weshalb nicht die Frequenzen, auf denen das Wrench Pod mit den ferngesteuerten Wartungsrovern kommunizierte? Weshalb nicht die Frequenzen des Backup-Kommunikationssystems? Weshalb nicht eine der für Notsignale reservierten Frequenzen? Den Antennen war gemeinsam, dass sie für die Kommunikation mit der Erde benutzt wurden, und beide waren identisch aufgebaut. Sie waren zehn Meter hoch und hatten ein eingebautes visuelles Diagnosesystem, und beide waren auf dem Dach installiert

Das Diagnosesystem bestand aus zwei kleinen Kameras, die an den Antennenenden angebracht und auf den Fuß gerichtet waren. Sollten die Antennen einmal ausfallen, konnte die Infrastrukturabteilung mittels Videostream überprüfen, ob sie physisch intakt waren, bevor sie jemanden im Schutzanzug zur Inspektion nach draußen schickte. Arik konnte sich nicht vorstellen, dass die Antennen eine spezielle Bedeutung hatten, doch er war vor dem Unfall vermutlich mehrmals draußen gewesen und hatte vielleicht auch mit einer der Antennen oder beiden zu tun gehabt. Er rief die Videostreams der beiden Kameras auf und platzierte sie nebeneinander.

Ohne die in der oberen linken Ecke eingeblendete Bezeichnung – *ERP (922,76)* und *V1 (40,002)* – wären die beiden Bilder ununterscheidbar gewesen. Der Aufnahmewinkel war gerade so groß, dass die Füße der beiden Antennen erfasst wurden, doch es deutete nichts darauf hin, dass sie in einem Kilometer Abstand auf verschiedenen Dächern montiert waren. Arik vergegenwärtigte sich die verschiedenen Bedeutungen des Wortes *Delta.* Der vierte Buchstabe des griechischen Alphabets. Der vierthellste Stern eines Sternbilds. Die sedimentreiche Mündung eines Flusses. Die einzige Definition, mit der er etwas anfangen konnte, war die Varianz einer Variablen oder Funktion, und da die Nachricht von ihm selbst kam, musste dies die richtige Interpretation sein.

Arik speicherte einen Schnappschuss beider Videostreams und analysierte sie mit einem Bitmap-Vergleichsalgorithmus, um die Unterschiede herauszufinden. Die Kameras hatten keinen optischen Zoom, doch Arik konnte digital zoomen und bei Bedarf bestimmte Bereiche vergrößern. Der erste Unterschied, der gemeldet wurde, betraf die beiden Bezeichnungen in der Ecke. Arik maskierte diese Bereiche und startete den Algorithmus neu. Der Computer entdeckte mehrere Tausend Unterschiede. Die meisten davon konnte Arik selbst nicht sehen, deshalb legte er die Erfassungsschwelle neu fest und ließ den Algorithmus ein drittes Mal ablaufen. Diesmal war die Varianz in den von den beiden Antennen geworfenen Schatten am größten.

Die Sonne war so weit von der Venus entfernt, dass die Schatten der beiden Antennen keinen signifikanten Unterschied hätten aufweisen sollen, doch nach kurzem Nachdenken kam Arik zu dem Schluss, dass der Unterschied vermutlich auf die Planetenkrümmung und den Abstand der beiden Gebäude von einem Kilometer zurückzuführen war. Das war eine simple Erklärung, die Arik normalerweise nicht hätte stutzen lassen, doch die Schatten waren außergewöhnlich kräftig. Normalerweise zeichnete sich ein Schatten wegen der unglaublich dichten und stark lichtbrechenden Atmosphäre auf der Venus nur verschwommen ab, doch diese beiden Schatten waren erstaunlich scharf gezeichnet. Heute war genau die Mitte des 3024-Stunden-Tags der Venus, und der Abstand zur Sonne hatte das Minimum, die Sonneneinstrahlung das Maximum erreicht. Da die Sonne wegen des Abstands zum Äquator nie im Zenit stand, warfen beide Antennen immer einen Schatten, der im Allgemeinen aber nicht so deutlich zu erkennen war wie heute.

Arik übertrug den Output des Bitmap-Vergleichsalgorithmus an einen Algorithmus zur Berechnung des exakten Unterschieds der Schattenlänge. Das Ergebnis lautete auf 0,0015708 Meter oder 1,5708 Millimeter. Jetzt musste Arik überlegen, wie er die Daten interpretieren sollte. Er fragte sich, ob die Zahl für eine weitere Funkfrequenz stand, doch wenn ja, befand sich das Komma vermutlich an der falschen Stelle. Obwohl es kein großer Aufwand gewesen wäre, alle infrage kommenden Frequenzen zu scannen, schlug er intuitiv eine andere Richtung ein. Da er wusste, dass beide Antennen exakt zehn Meter hoch waren und der Abstand genau einen Kilometer betrug, konnte er anhand des Längenunterschieds der Schatten den Umfang der Planetenoberfläche berechnen. Dieses Experiment hatte als Erster der griechische Mathematiker Eratosthenes zweihundert Jahre vor Christi Geburt durchgeführt und damit zum ersten Mal den Erdumfang berechnet. Die Bedeutung des Umfangs der Venus, der ungefähr 38 000 Kilometer betrug, war nicht gerade offensichtlich, doch da die Berechnung simpel war, sprach nichts dagegen, diesen Weg weiterzuverfolgen. Vielleicht stieß er ja auf weitere Funkfrequenzen oder einen anderen Hinweis, dem er nachgehen konnte.

Die Antennen und der Längenunterschied der Schatten bildeten ein theoretisches Dreieck, das Arik zunächst lösen musste. Mit einem visuellen Dreiecksrechner bestimmte er die Werte, die ihm noch fehlten. Der wichtigste Wert war der Winkel zwischen der Antenne und dem 1,57-Millimeter-Schatten, der 0,009 Grad betrug. Als Nächstes musste er den Bruchteil des Planetenumfangs berechnen, der dem Abstand der beiden Antennen entsprach; das Verhältnis von 360 zu 0,009 entsprach 40 000 Kilometern.

Der Wert war falsch. Der Unterschied zwischen seinem Ergebnis und dem tatsächlichen Umfang der Venus betrug 5 Prozent. Dieser Fehler war größer als der von Eratosthenes, der mit einem tiefen Brunnen, einem Stock und einem Helfer auskommen musste, der die 800 Kilometer zwischen den beiden Landmarken abgeschritten hatte. Arik führte das Experiment noch einmal durch, beginnend mit zwei neuen Screenshots des Videofeeds, und ließ dem Rechner Zeit, so viele Dezimalstellen wie nötig zu berechnen. Auch diesmal stellte Arik fest, dass er trotz des Abstands von 250 Millionen Kilometern den exakten Erdumfang berechnet hatte.

26
REDUNDANZ

Was das menschliche Gehirn betraf, verfügte Arik nur über ein wenig Basiswissen zu dessen Regionen, den grundlegenden Funktionen und der Arbeitsweise der Neuronen, Axonen und Dendriten. Deshalb machte er sich die Sachverhalte mittels Softwareanalogien klar.

Er stellte sich das menschliche Gehirn als ein Softwaresystem vor, das nie ganz offline gehen durfte und daher im Laufe der Jahrtausende ständig gepatcht und erweitert wurde, indem neue Codeschichten über die alten geschrieben wurden, und das in Echtzeit ein Update erfuhr, damit kein einziger Befehl verloren ging. Irgendwann entwickelten solche Softwaresysteme ein Eigenleben und wurden so komplex, dass kein Mensch sie noch überschauen konnte. Die Programmierer waren daher gezwungen, sich auf bestimmte Wege, Features und Funktionen zu spezialisieren. Ein einzelner Entwickler war auf die Rolle eines »Bastlers« beschränkt. Wollte man solche Systeme modifizieren, war man auf das Prinzip Versuch und Irrtum angewiesen – oder in evolutionärem Zusammenhang auf die natürliche Selektion.

Arik begriff jetzt, dass sein Gehirn verändert worden

war – nicht von Dr. Nguyen, sondern vermutlich von einem Team der besten Neurochirurgen, welche die V1 sich hatte leisten können und die man bei einer der Notfallübungen eingeschmuggelt hatte. Doch so kompetent sie auch gewesen sein mochten und so wirkungsvoll und raffiniert die Computer und Robotinstrumente gewesen waren, die ihnen assistiert hatten, waren sie doch auf Versuch und Irrtum angewiesen gewesen. Das menschliche Gehirn war, abgesehen vom Universum selbst, die komplexeste Struktur des bekannten Universums, und selbst die klügsten Ärzte konnten allenfalls daran herumbasteln.

Um zu verstehen, was in seinem Bewusstsein vorging, benötigte Arik eine neue Metapher. Im Kurs »Geschichte des Programmierens und selbstständiges Programmieren« hatte er von einer Datenspeichertechnik erfahren, die RAID genannt wurde, die Abkürzung für Redundant Array of Independent Disks. Als man Daten noch auf magnetischen Festplatten speicherte, wurden die wichtigsten Informationen bisweilen auf mehrere Platten oder räumlich getrennte Speicherzentren verteilt, damit es im Falle eines Festplattenausfalls zu keinem Datenverlust kam. Zusätzlich wurde ein normales Back-up angefertigt. Die Daten wurden komprimiert, verschlüsselt, kopiert, auf verschiedene Permanentspeicher gebrannt und zum Schutz vor Naturkatastrophen, Hackern, terroristischen Angriffen und vor allem menschlicher Fehlbarkeit an zwei oder mehreren, Tausende Kilometer voneinander entfernten Orten deponiert.

Arik hatte zwar keine Ahnung, wie Erinnerungen gespeichert wurden, wusste aber, dass dies auf unglaublich komplexe und redundante Weise geschah. Sie wurden kopiert, in Einzelkomponenten zerlegt, auf verschiedene Gehirnregionen verteilt und über die verschiedensten Wege mit möglichst vielen anderen Erinnerungen verknüpft. Vielleicht migrierten im Laufe der Zeit sogar einige dieser Erinnerungen aus dem Gehirn und verteilten sich im ganzen Nervensystem, sodass sie am Ende im Magen, im Herzen, in den Beinen, Fingern, Augen, Ohren und der Nase saßen. Wo und wie unsere Erfahrungen auch gespeichert sein mochten, Arik nahm an, dass man sie nicht zerstören konnte, ohne den ganzen Organismus zu zerstören; allenfalls konnte man das Gehirn dazu bringen, dass es den Zugang und die Vorschriften zum Zusammensetzen der Einzelteile vergaß.

Doch selbst diese Information war redundant. Jede vergessene Information enthielt die Adresse jedes anderen vergessenen Fragments, deshalb brauchte man nur über eines dieser Teile zu stolpern, und schon konnte man den Rest rekonstruieren, neu verknüpfen und vollständig wiederherstellen. Als Arik die Bedeutung der Nachricht, die er sich selbst geschickt hatte, begriffen hatte, begriff er alles. Er erinnerte sich wieder daran, wie er zum ersten Mal die kleine Pyramide aus schwefelgelber Erde zwischen den Fingern zerrieben hatte; erinnerte sich an die Angst und Freude, die er bei seinem ersten Aufenthalt im Freien empfunden hatte; erinnerte sich an den Morgen, als Cam ihm mit dem Rover Fahrunterricht erteilt hatte und er beinahe die Schleusentür demoliert hätte; erinnerte sich an den schlecht durchdachten Plan, bei seinen Experimenten am Public Pod einen Hochdruckreiniger einzusetzen; erinnerte sich an das Brennen in seiner Lunge, als er versucht hatte, ein wenig Atemluft aus der leeren Patrone zu saugen, und an das berauschende Gefühl, als er sich in der Schleuse den Helm vom Kopf gerissen und die kühle, sauerstoffreiche Luft eingeatmet hatte.

Arik erinnerte sich an die Wand, das dicke Stahltor, die Ruinen des Kernreaktors und die Kühltürme. Er erinnerte sich an den schwarzen, klebrigen Schlamm, der einmal ein wogender blauer Ozean gewesen und inzwischen kaum mehr von den verbrannten Stränden zu unterscheiden war. Er erinnerte sich an die Augenhöhle des Walschädels, den Schlag von hinten und die roten und gelben Eingeweide in der Mündung des Luftgewehrs, die er aus dem Bauch des Angreifers gesaugt hatte. An das nichtmenschliche Gesicht, das ihn neugierig gemustert hatte, bevor es explodiert und sein Visier rot und schwarz gefärbt hatte. An die Männer, die ihn gerettet hatten; an den einen, der ihm sympathisch vorgekommen war, und den anderen, den er für unberechenbar und gefährlich gehalten hatte. An das rote Leuchten des Sauerstoffalarms und die ruhige, distanzierte Stimme, die Anweisungen wiederholte. An die maskierten Gesichter seines Vaters und Dr. Nguyens. An den schmutzigen, kontaminierten Schutzanzug, der zusammen mit seiner Ausrüstung und seiner Kleidung in der Tonne gelandet war. Daran, wie er nackt, mit erhobenen Armen und zitternd im Dock gestanden war und das Metallgitter in seine bloßen Fußsohlen geschnitten hatte. An die Ruhe und Isolation der Quarantäne, an Rosemarys inszenierten Selbstmord. Und auch an die Zeitkapsel, die sich als der Katalysator erwiesen hatte, der den

Schmerz und das Erstaunen über seine Entdeckungen erneut wachgerufen hatte.

Arik wurde noch ein weiterer Sachverhalt bezüglich des Gehirns bewusst. Anders als bei Computern waren nicht alle Daten identisch. Es bestand ein grundlegender Unterschied zu der Art und Weise, wie das Gehirn Erinnerungen bewahrte und Informationen speicherte. Arik konnte sich zwar erinnern, über Terraforming geforscht zu haben, nicht aber an die eigentliche Forschungsarbeit. Er erinnerte sich, dass er Daten ins ODSTAR-Projekt transferiert hatte, wusste aber nicht, was sie beinhalteten.

Arik blickte sich zu dem Regal um, in dem das ODSTAR-Gerät stand. Er wusste, dass Cadie es zusammen mit der gesamten darin befindlichen DNA zerstört und dass er selbst die einzige Kopie der Protokollbibliothek gelöscht hatte, mit der man kommunizieren konnte. Er wusste aber auch, dass die gespeicherten Daten nicht verloren waren. Das genetische Tattoo seiner ungeborenen Tochter enthielt nicht nur ein verblüffendes Bild eines nahezu ausgelöschten Planeten. Es barg in sich auch die Macht, die Welt wiederzuerschaffen. Sie war in ihrer DNA kodiert, war ein Teil ihres Wesens, versteckt an einem Ort, wo niemand danach suchen würde und wo niemand sie ihr würde wegnehmen können.

27
ENTSCHEIDUNGSFINDUNG

Arik stellte sich folgende Frage: Wie lässt sich ein idiotensicheres System austricksen? Die Antwort lag auf der Hand. Sie lautete: gar nicht.

Arik vermutete jedoch, dass Cams Aussage, die Luftschleuse sei idiotensicher, auf Voraussetzungen beruhte. Ging man von a, b und c aus, standen x, y und z zu erwarten. Um die Voraussetzungen auszuhebeln, musste man das System für vollkommen erklären, einen unglaublich hohen Standard einhalten und ein unerbittliches Trommelfeuer sich zufällig verändernder Bedingungen auslösen, bis irgendwann die richtige Kombination Ereignisse zeitigte, die zuvor vollkommen unvorstellbar gewesen, aber tragischerweise eben doch eingetreten waren.

Arik kannte die Geschichte der ersten Raumfahrer, die im Dienst gestorben waren. Drei Apollo-Astronauten waren erstickt, als ein Funke in der Sauerstoffatmosphäre der Kapsel einen Brand auslöste. Da die Luke über keine Sprengbolzen verfügte, hatten sie sich nicht in Sicherheit bringen können. Ein Vorfall, über den selbst ein Chemiestudent im ersten Semester hätte stolpern sollen, war von Tausenden der besten Techniker der westlichen Hemisphäre übersehen worden. Arik wusste, dass jede Situation und jede Umgebung Komponenten in sich barg, die sich entzünden konnten. Es war überwiegend Glück, das verhinderte, dass reaktive Elemente miteinander reagierten. Aus Geschichtsbüchern und Videos wusste er, dass Millionen Menschen an Tankstellen geraucht hatten, auf Achterbahnen mit mikroskopischen Rissen gefahren und in Flugzeugen mit undichten Hydraulikleitungen gereist waren, ohne zu wissen, dass die geheimnisvollen Gesetze des Kosmos sie in Lebensgefahr gebracht und am Ende, aus welchen Gründen auch immer, verschont hatten. Eine Menge Arbeit wurde auf die Systeme verwandt, die der Entropie entgegenwirkten, doch bisweilen gab es einfach zu viele Variablen, als dass man sie alle hätte berücksichtigen können.

Und manchmal wurde das Chaos auch absichtlich ausgelöst und zum eigenen Vorteil genutzt.

Arik musste ein letztes Mal nach draußen gehen, und zwar auf eine Weise, die für unmöglich gehalten wurde. Sämtliche Schutzanzüge und Helme waren in Spinden mit biometrischen elektromagnetischen Bolzen weggeschlossen. Da die Schlösser nicht mit der Rechner-Cloud der V1 verbunden waren, konnten sie auch nicht gehackt werden, und da sie über ihre eigene abgeschirmte Stromquelle verfügten, konnte man sie auch nicht von der Energieversorgung abschneiden. Entweder man präsentierte ihnen einen anerkannten genetischen Fingerabdruck, oder man zerstörte sie. Einen Spind aufzuschneiden oder das Schloss zu knacken, wäre vermutlich nicht besonders schwer gewesen, wenn die dazu notwendigen Utensilien (flüssiger Stickstoff, hydrologische Blechschneider, Hochleistungshämmer, Laserschneider usw.) nicht ebenfalls gesichert gewesen wären.

Mit Cam zu sprechen kam nicht infrage. Man hatte ihn vermutlich im Doc Pod aus dem gleichen Grund von ihm ferngehalten wie Cadie, doch auch nach dem sogenannten Unfall hatten sich Arik und Cam kein einziges Mal getroffen. Arik konnte nicht genau sagen, was sie voneinander fernhielt, doch in Anbetracht der Tatsache, dass er sein Versprechen, nicht nach draußen zu gehen, gebrochen hatte, der Emotionen, die durch Cadies Schwangerschaft aufgewühlt wurden, und dem Ärger, den Cam wohl bekommen hatte, weil er ihn im Gebrauch der Schutzanzüge unterwiesen hatte, gab es Erklärungen in Hülle und Fülle.

Außerdem hatte man in der Zeit der Quarantäne Ariks Kommunikationsmöglichkeiten eingeschränkt und seinen Zugang zu den Netzwerkprotokollen blockiert. Weil er an keinen Schutzanzug herankommen konnte, war er in der V1 eingesperrt. Doch soweit Arik das erkennen konnte, war dies die einzige Vorsichtsmaßnahme, die man ergriffen hatte. Er hatte noch immer Zutritt zum Wrench Pod, selbst mitten in der Nacht, wenn niemand dort arbeitete, und an der Luftschleuse hatte man anscheinend keine physischen Veränderungen vorgenommen. Doch inzwischen war jeder einzelne Schutzanzug der V1 – selbst die in der Kuppel neben dem Nährstofftank aufbewahrten Notanzüge – biometrisch gesichert, und selbst wenn Arik eine Möglichkeit gefunden hätte, die Bolzen zu knacken, wäre dies vermutlich bald entdeckt worden. Es reichte nicht, einfach nur nach draußen zu gelangen; es musste auch unbemerkt geschehen.

Es wunderte Arik, dass die Gründer keine drastischeren Maßnahmen ergriffen hatten, um sicherzustellen, dass er nie wieder nach draußen käme. Sie hätten einen Wachposten in der Schleuse postieren können; Fais Team hätte die Evaluierungsroutine der Schleuse ändern und veranlassen können, dass sie bestimmte biometrische Signaturen weitermeldete; man hätte vom Wrench Pod verlangen können, jeden einzelnen Außenbordeinsatz im Voraus anzumelden und ihn genehmigen und überwachen zu lassen. Doch das Geniale an der V1 bestand darin, die Gefangenschaft mit Subtilität anstatt mit brutaler Einschüchterung durchzusetzen. Eines der fundamentalsten psychologischen Gesetze besagt, dass offener Zwang Widerstand hervorruft. Fühlen sich Menschen eingesperrt, dann hören sie nicht auf, nach einem Ausweg zu suchen. Tarnt man aber das Gefängnis, kommen die Gefangenen gar nicht erst auf den Gedanken zu fliehen. Die an Arik durchgeführte neurochirurgische Operation bewies, dass es wichtiger war, den Willen zur Flucht zu eliminieren als die Mittel dazu.

Was für die Durchführbarkeit von Ariks Vorhaben sprach, war sein Wissen, dass auch vermeintlich narrensichere Systeme nur vor bekannten Gefahren schützen konnten. So wie Fai keine Kommunikationsprotokolle hatte berücksichtigen können, von denen er nichts wusste, konnten die Verantwortlichen des Wrench Pods nicht der einen Information Rechnung tragen, von der sie nicht wussten, dass Arik über sie verfügte: Praktisch brauchte man gar keinen Schutzanzug, um im Freien zu überleben.

Arik hatte keine Ahnung, wie lange man die Strahlung und die giftigen Atmosphärengase ertragen konnte, doch er hatte mit eigenen Augen gesehen, dass es möglich war. Die Angreifer am Strand waren lediglich mit einem Atemgerät ausgerüstet gewesen, und wenngleich die Umwelteinflüsse bei ihnen sichtlich ihren Tribut gefordert hatten, nahm er an, dass er sich von einem zeitlich begrenzten Aufenthalt im Freien wieder erholen würde. Es war zwar denkbar, dass die Heimatlosen immer nur wenige Minuten oder gar Sekunden im Freien verbrachten, doch die Sicht am Strand war so gut gewesen, dass er Fahrzeuge oder Gebäude, in denen sie sich versteckt haben mochten, sicherlich bemerkt hätte. Vermutlich hatten sie mehrere Kilometer zu Fuß zurückgelegt, bevor sie ihn erreicht hatten, was bedeutete, dass Arik den einen Kilometer weiten Weg von der V1 zum Earth Radio Pod auch ohne speziellen Schutz überleben würde.

An ein Atemgerät war leicht heranzukommen. Mehrere Hundert davon waren für den Notfall an strategischen Stellen in der ganzen V1 verteilt. Um die Wahrscheinlichkeit einer Entdeckung möglichst gering zu halten, beschloss Arik, im Labor mit dem Material aus den Vorratsschränken des Life Pods ein eigenes Gerät zu bauen. Er verwendete bruchresistentes Borosilikatglas, das bei 822 Grad Celsius schmolz, Plastikschläuche, Gummidichtungen, einen Mikrobenfilter und eine kleine »Geburtstagskerze« aus Perchlorat, die nach dem Entzünden eine Person eine Stunde lang mit Sauerstoff versorgte. Aus einem Hemd fertigte er eine Haube für Kopf und Gesicht an und wählte eine dicht sitzende Schutzbrille aus, die zwar nichts gegen die Strahlung ausrichten konnte, ihn aber vor einer Augenentzündung schützen würde.

Arik war entschlossen, die V1 ohne Schutzanzug zu verlassen, doch er wusste, dass die Schleuse dies nicht zulassen würde – zumindest nicht freiwillig. Die Schleusenwände waren mit raffinierter Analysetechnik ausgestattet, die ein dreidimensionales Modell der in der Schleusenkammer befindlichen Objekte errechnete. Bevor das Außentor sich öffnen durfte, musste bestätigt werden, dass die Zahl der funktionsfähigen Schutzanzüge mit der der detektierten Personen übereinstimmte. Ariks erster Gedanke war, sich irgendwie zu tarnen. Wie wäre es, wenn er in die Hocke ginge – dann wäre er nicht größer als ein Robotrover. Oder wenn er sich auf die Ladefläche legte und mit einer Plane zudeckte? Als er sich jedoch mit den Spezifikationen, den Schemadarstellungen und dem Reparaturhandbuch beschäftigte, wurde ihm klar, dass sich das System nicht so leicht würde austricksen lassen. Das Schleuseninnere wurde nicht nur mit Radar und im sichtbaren Spektrum gescannt, sondern auch im Infrarotbereich, sodass selbst Temperaturunterschiede von einem Millionstel Grad messbar waren. Mit hyperempfindlichen Elektroden wurde das elektrische Feld des menschlichen Zentralnervensystems gemessen, Mikrofone registrierten individuelle Atemmuster und den Herzschlag durch den Schutzanzug hindurch. Wenn jedes einzelne Objekt in der Schleuse analysiert und identifiziert war, wurde das Gesamtgewicht gemessen und mit dem Schätzwert verglichen. Zuletzt wurden die Daten von einem äußerst komplexen Algorithmus verarbeitet, der eine einzige Frage beantworten sollte: War es sicher, das äußere Schleusentor zu öffnen?

Arik hätte das System nicht unbedingt als idiotensicher bezeichnet, musste aber zugeben, dass es erheblichen Aufwand erfordert hätte, es zu überlisten. Er hatte die Erfahrung gemacht, dass immer dann, wenn man einem bestimmten Teil eines Systems große Aufmerksamkeit widmete, ein anderer vernachlässigt wurde. So technisch komplex die Apollo-Ausbildungskapsel auch gewesen sein mochte, hatte sie sich unter bestimmten Umständen als primitive, extrem teure Verbrennungsanlage erwiesen. Um ein narrensicheres System zu überlisten, musste man einfach nur einen Schritt zurückgehen und nach dem einen Schwachpunkt Ausschau halten, an den niemand gedacht hatte. Den gab es immer – man musste ihn bloß finden.

Bei der Beschäftigung mit den Spezifikationen stieß Arik auf eine Möglichkeit, den Entscheidungsfindungsprozess des Computers auszuhebeln und die Öffnung des Außentors zu erzwingen. Links vom Tor war ein Hebel bündig in die Außenwand eingelassen. Bei jedem Anheben des Hebels wurden die beiden Torhälften etwa einen Zentimeter auseinandergedrückt. Die Erbauer der Schleuse hatten vermutlich die Vorteile einer mechanischen Überschaltung gegen die Nachteile abgewogen; der Hebel war offenbar ausschließlich für Notfälle gedacht, und da er sich nur von außen bedienen ließ, konnte niemand, der sich in der Schleuse befand, damit das Tor öffnen. Da Innen- und Außentor zudem mechanisch miteinander gekoppelt waren, war es ausgeschlossen, dass beide Tore gleichzeitig geöffnet und das Dock, das

Wrench Pod und womöglich die ganze V1 kontaminiert wurden. Daher schien es vernünftig und auch sicher, für den Fall eines Stromausfalls eine manuelle Möglichkeit zur Rückkehr in die Station zu schaffen. Die Entwickler und Ingenieure hatten sich nicht vorstellen können, dass jemand den Notfallhebel dazu benutzen würde, die Sicherheitsprozeduren der Schleuse zu umgehen, um die Station zu verlassen statt um sie zu betreten. Es war undenkbar, und selbst wenn es jemand schaffte, weshalb hätte er das tun sollen?

Der Nothebel bot die gesuchte Möglichkeit, den Entscheidungsfindungsprozess des Schleusenrechners zu umgehen, doch ein nicht unerhebliches Hindernis gab es noch: Da der Hebel sich außen befand, würde Arik einen Partner brauchen. Da es niemanden in der V1 gab, der ihm bei seiner vermeintlichen Selbstmordaktion helfen würde, war er auf die fühllose und vorurteilsfreie Technik angewiesen.

Als er die Programmiersprache der Robotrover erlernte, ging ihm durch den Sinn, wie perfekt sich Menschen und Computer doch ergänzten. Aufgaben, die Menschen leichtfielen, stellten Rechner häufig vor große Herausforderungen, während selbst die einfachsten Computer in kürzester Zeit Probleme lösen konnten, die jeden Menschen überfordert hätten. Kein Mensch hätte beispielsweise die zahlreichen Variablen überblicken können, die das Lebenserhaltungssystem der V1 steuerten, und nicht einmal die brillantesten Savants hätten auch nur einen Bruchteil der simultanen Berechnungen wie ein beliebiger veralteter Computer durchführen können. Gleichzeitig konnte ein dreijähriges Kind mit einfachsten Anweisungen einen bestimmten Hebel finden und bedienen.

Viel leichter wäre es gewesen, wenn Arik den Rover ferngesteuert hätte, doch in der Schleuse hatte er keinen Zugang zu seinem Arbeitsplatz. Man konnte zwar Polymeth-Tablets in die Schleuse mitnehmen, doch um Interferenzen mit dem Raumanalysesystem zu vermeiden, wurden sie abgeschaltet, sobald das Innentor geschlossen wurde. Die einzige Möglichkeit, den Notfallhebel vom Rover bedienen zu lassen, bestand darin, ihn so zu programmieren, dass er selbstständig vorgehen konnte.

Die Anweisungen, die Arik für Malyshka – den Rover, der anscheinend am besten gewartet war – vorbereitete, waren in der Programmiersprache SEMAL – Abkürzung für *Spatial and Environmental Manipulation Language* – geschrieben, und er brauchte fast zwei Tage, um sie zu erlernen. SEMAL verfügte über Konstrukte für den Umgang mit dreidimensionalen Objekten und über eingebaute Algorithmen für die visuelle Interpretation und Fehlerkorrektur. Es gab Bibliotheken, welche die Programmierung erleichterten, weil sie bereits die Logik für die Bedienung des Kameraauslegers und anderer Erweiterungen enthielten. Außerdem stellte Arik fest, dass er 3-D-Modelle des Docks und der Luftschleuse in sein Programm importieren konnte, sodass er sich statt auf die digitale Darstellung der realen Umgebung darauf konzentrieren konnte, Malyshka beizubringen, wie sie mit den Gegebenheiten umgehen sollte.

Als Arik das Programm von seinem Arbeitsplatz auf Malyshka übertrug, erwachte sie augenblicklich zum Leben. Sie schaltete die Scheinwerfer ein, fuhr das Kamerastativ aus, um den Raum zu inspizieren, sandte Radarimpulse aus und wartete auf den mündlichen Befehl, mit der Durchführung der Mission zu beginnen. Das Winseln der Servomotoren, das Klopfen und Ticken der Selbstdiagnose und das Knirschen der thermoplastischen Harzprofile auf dem Bodenrost klangen jetzt, da der Arbeitslärm fehlte, unerwartet laut, doch Arik nahm an, dass ihm mindestens drei Stunden bis zum Beginn der Morgenschicht blieben. Für alle Fälle hatte er sich eine Geschichte zurechtgelegt, er solle in Fais Auftrag die Software der Luftschleuse debuggen – eine Prozedur, die in der Nacht durchgeführt werden musste, damit der normale Arbeitsablauf nicht gestört wurde.

Vorausgesetzt, das Programm funktionierte, würde Malyshka in die Schleuse rollen, den Druckausgleich neben der Außentür aktivieren, geduldig warten, während die Schleuse ihren Inhalt evaluierte und zu dem Schluss kam, dass sie gefahrlos fortfahren könne, und schließlich durch das Außentor langsam nach draußen fahren. Dann hätte Arik genau dreihunderttausend Millisekunden Zeit, die Wasserflasche auszutrinken, seine Ausrüstung anzulegen und in die Schleuse zu treten. Malyshka war darauf programmiert, nach dem Schließen des Innentors den Nothebel zu lokalisieren, ihn zu packen und nach unten zu drücken, bis der Widerstand eine gewisse Schwelle überschritt, und den Vorgang genau neunundvierzigmal zu wiederholen. Sollte das Tor sich innerhalb der nächsten zwanzig Minuten nicht öffnen, konnte Arik davon ausgehen, dass Malyshka irgendwie durcheinandergekommen war und die Mission nicht würde abschließen können. Dann würde er die Schleuse verlassen, über seinen Arbeitsplatz die manuelle Kontrolle über den Rover übernehmen, ihn wieder nach drinnen steuern, sich das aufgezeichnete Videomaterial und die Logs anschauen und die erforderlichen Veränderungen vornehmen.

Malyshka wartete nur noch auf Ariks Befehl, um mit der Ausführung zu beginnen. Er hatte bereits seine Ausrüstungscheckliste durchgesehen – Atemgerät, zwei Perchloratkerzen, Schutzbrille, Kompass, Haube, Handschuhe, Dekontaminierungskit, Wäsche zum Wechseln –, doch es gab einen Prozess, den er zunächst abschließen musste: Er musste sich ein letztes Mal davon überzeugen, dass seine Entscheidung richtig war.

Arik hatte ein Faible für das Absolute. Er wusste zwar, dass die Welt im Grunde analog war, doch digitale Darstellungen zog er vor. Mit Wahr und Falsch ließ sich einfach arbeiten, und der Entscheidungsprozess wurde vereinfacht. Er wusste aber auch, dass eine rein aussagenlogische Herangehensweise unrealistisch war. Die Welt ließ sich nicht auf Ja oder Nein, An oder Aus, Eins oder Null reduzieren. Dass man die richtige Entscheidung getroffen hatte – ganz gleich, wie klar gezeichnet der Weg auch schien –, konnte man mit vollkommener Gewissheit erst im Rückblick sagen, wenn man sie aus einem zeitlichen Abstand bewertete. Die Welt wurde nicht vom diametralen Gegensatz von Richtig und Falsch angetrieben; vielmehr bewirkte die weit komplexere Dynamik von Ursache und Wirkung die stetige Entfaltung von Raum und Zeit. Die relevante Frage war nicht, ob eine bestimmte Handlungsweise *richtig* war; es kam allein darauf an, ob eine Handlung die gewünschte Reaktion erzielte.

Er hatte sich damit abgefunden, dass er mit dem Aufenthalt im Freien zahlreiche tödliche Risiken einging. Sein Gehirn könnte von der Hitze unkontrolliert anschwellen, oder das Atemgerät könnte aufgrund der korrosiven Bestandteile der Luft ausfallen. Seine Lunge könnte negativ auf den reinen Sauerstoff reagieren, und die Lungenbläschen könnten kollabieren. Er könnte erneut die Orientierung verlieren und sich so schwer verletzen, dass er es nicht mehr bis zur Schleuse schaffen würde. Arik wusste aus eigener Erfahrung, wie gefährlich und unvorhersehbar Außenbordeinsätze waren, selbst dann, wenn die Ausrüstung optimal und der Ablauf genau geplant war. Angesichts so vieler unbekannter Faktoren und ohne Schutzanzug nach draußen zu gehen bedeutete, sich einem unkalkulierbaren Risiko auszusetzen, für das es keine angemessene Vorbereitung gab.

Außerdem war durchaus möglich, dass er die Ziele des Einsatzes verfehlte. Er glaubte zwar, er habe den Eingang der ERP entriegelt, doch es war denkbar, dass er am Ende doch nicht hineinkam. Oder dass er nicht mit der Funkausrüstung zurechtkam, oder dass die anderen Podsysteme nicht auf ihn reagierten. Selbst wenn er alles richtig machte, war die Wahrscheinlichkeit hoch, dass er entweder scheiterte oder ertappt wurde. Und diesmal würde er wohl mehr opfern müssen als nur seine Erinnerungen.

Arik machte sich klar, dass er größere Risiken einging, als er sich je hätte vorstellen können. Er konnte nicht mehr sagen, wie weit er zu gehen bereit war, und konnte auch nicht einschätzen, wozu er fähig war. Die Alternative aber war, sein Wissen für sich zu behalten, sich mit Dingen wie der künstlichen Photosynthese und anderen Projekten abzulenken, von denen Kelley sich einen Nutzen für die V1 versprach. Er könnte sich darauf konzentrieren, seine Tochter großzuziehen und sie zu unterrichten, könnte Freude bei seiner Familie und in der Arbeit finden, ein langes und vielleicht sogar erfülltes Leben mit Familie und Freunden in relativer Sicherheit führen. Er könnte sich mit Cam versöhnen, hin und wieder ein Kricketmatch absolvieren, sich nach der Arbeit mit anderen Paaren treffen, um Videos anzuschauen, sich in weitläufigen, exotischen 3-D-Welten verlieren oder vierhändig Schach spielen. Er könnte sich einreden, dass er geduldig auf die richtige Gelegenheit warte, auf eine Bresche, von der er insgeheim hoffte, dass sie sich niemals auftun würde.

Keine dieser Optionen ließ sich eindeutig als wahr oder falsch einstufen. Es gab einfach zu viele undefinierte Variablen, als dass er eine definitive Schlussfolgerung hätte ableiten können. Vielleicht würde er erst im zeitlichen Abstand von Wochen, Monaten oder Jahren wissen, ob er die richtige Entscheidung getroffen hatte. Da keine der Optionen von vorneherein richtig oder falsch war, musste er sich auf Ursache und Wirkung konzentrieren, das Problem von hinten aufdröseln und sich vom Endresultat her vorarbeiten. Er stellte sich die Welt vor, die er seiner Tochter hinterlassen wollte, und die Person, die er nicht nur in ihren Augen, sondern auch in seinen eigenen sein wollte. Er stellte sich vor, was er gegenüber Cadie, Cam und dem Rest von Gen V, den Bewohnern der V1 und der ganzen Welt, wie auch immer sie aussah, darstellen wollte. Es gab nur einen Weg, der Mann zu werden, der er sein wollte, und der Preis, den er dafür zahlen müsste, war zweitrangig.

Er sprach den Namen aus, den er und Cadie für ihre ungeborene Tochter ausgewählt hatten, *Haná,* und der Rover fuhr an. Knapp fünf Minuten später begann Arik seinen letzten Außenbordeinsatz.

28
EARTH RADIO POD

Als Arik im dichten Dunst die ERP-Stroboskope ausmachte, wurde ihm bewusst, dass er es schaffen würde. Zwanzig Minuten zuvor hatte er geglaubt, er müsse sterben.

Sein Fehler war ihm in dem Moment klar geworden, als das Schleusentor sich teilte: Er hätte dem Rover einen verbalen Abbruchbefehl einprogrammieren sollen. Als die Hitze durch den Spalt brach, machte Arik sich mit erstaunlicher Nüchternheit klar, dass er unmöglich überleben könnte. Nur weil die Heimatlosen dort draußen überlebten, hieß das nicht, dass auch er das konnte. Irgendetwas an ihnen war seiner Aufmerksamkeit entgangen – ein physikalischer Mechanismus zur Hitzeabwehr, eine im Verlauf von mehreren Dutzend Generationen erworbene genetische Disposition. Jetzt war ihm klar, dass es nicht nur ignorant und leichtsinnig gewesen war, ohne Schutzanzug nach draußen zu gehen – es war reiner Selbstmord.

Als der Rover jedoch sein Programm abgeschlossen hatte, war Arik noch immer am Leben. Er hätte die Mission abbrechen können, indem er auf das Bedienfeld neben dem Außentor drückte, doch das tat er nicht. Stattdessen trat er durch die Öffnung, hielt unmittelbar vor der Schleuse inne und wappnete sich gegen den glühend heißen Wind, atmete gleichmäßig durch das Gerät und überlegte, ob er weitermachen oder wieder in die Schleuse treten sollte. Er hatte es bis hierher geschafft. Er stand nahezu ungeschützt außerhalb der V1 und erlebte die Lebensfeindlichkeit des Planeten unmittelbarer als vermutlich je ein Stationsbewohner zuvor, und er lebte immer noch. Anstelle des sauberen, kühlen, perfekt angefeuchteten Lufthauchs des Belüftungssystems nahm er den heißen, trockenen, staubigen Wind wahr; anstelle des immergleichen Drucks von einem Bar spürte er den Außendruck, der gegen seine Trommelfelle drückte. Zwar bekam er bereits Kopfschmerzen und atmete merklich schwerer als zuvor, doch er empfand auch ein überwältigendes Gefühl von Freiheit. Er überraschte sich selbst mit der Entscheidung weiterzugehen, und ihm kam der philosophische Gedanke, dass diese Art zu sterben möglicherweise nicht schlechter wäre als viele andere und vermutlich sogar besser als die meisten.

Wenngleich es unmöglich war, sich an solch extreme Temperaturen zu akklimatisieren, stellte er fest, dass er durchaus in der Lage war, gleichmäßig auszuschreiten und sich zu orientieren. Zwanzig Minuten nach Verlassen der Schleuse erblickte er im Dunst vor sich die Stroboskope des ERP, und als er auf das rote zuging, wusste er, dass er überleben würde.

Die Schleuse des ERP bot nur einer Person mit sehr wenig Ausrüstung Platz. Sie glich der Schleusenkammer zwischen der Kuppel und dem Rest des Life Pods, war aber offenbar wesentlich älter und nicht gut gewartet. Die Bedienpads neben der Tür waren steif und rissig, funktionierten aber noch.

Das ERP bot nur zwei Personen Platz. Es gab darin zwei Stühle aus transparentem Plastik und eine flache Theke, die mit der breiten Polymeth-Wand verbunden war. In der einen Ecke stand eine kleine Stickstoffkühlkammer, in der Arik eine geöffnete Mahlzeit und drei Isolierflaschen mit Wasser vorfand. Er hatte kein eigenes Wasser mitgenommen, weil er nicht wusste, ob es unterwegs nicht kontaminiert würde, deshalb öffnete er eine der gekühlten silbernen Flaschen und trank sie in einem Zug leer.

Arik hatte die Logik des Earth Radio Pods noch nie so recht verstanden. Weil die Kommunikation mit der Erde als ebenso überlebenswichtig galt wie die Versorgung mit Luft und Wasser, hatte man das ERP angeblich in einem Abstand von einem Kilometer erbaut, damit es im Falle einer Katastrophe verschont blieb. Anders als das Sicherheitssystem funktionierte es vollkommen unabhängig vom Rest der Kolonie. Es verfügte über eigene Rechner und Lebenserhaltungssysteme, den Strom lieferte ein kleiner Fusionsreaktor, der im Freien in einem Stahlgehäuse untergebracht war. Keine dieser Vorsichtsmaßnahmen erschien Arik wirklich sinnvoll. Das ERP war seiner Ansicht nach ebenso anfällig wie die V1 – vielleicht sogar noch anfälliger in Anbetracht der Nähe zur nuklearen Energieversorgung –, und nach einem Vorfall, der das gesamte Kommunikationssystem der V1 zerstörte, hätte es vermutlich keine Überlebenden gegeben, die das ERP noch hätten nutzen können. Da Arik jedoch vermutete, dass das ERP dazu diente, mit den anderen Podsystemen zu kommunizieren, war es durchaus vernünftig, dass man es abseits der Station errichtet hatte und alle Funksignale wirkungsvoll verschlüsselte.

Er legte Atemgerät, Schutzbrille und Gesichtsmaske auf die Theke neben der Tür und setzte sich vor die Polymeth-Wand. Da das ERP über ein eigenes isoliertes Computersystem verfügte, konnte man hier nicht auf die Arbeitsplätze der V1-Rechner-Cloud zugreifen; alles wurde über einen einzigen Arbeitsplatz gesteuert. Die Scansoftware war identisch mit der der V1, und sie war bereits geöffnet und aktiv. Arik drehte die Lautstärke hoch und startete den Scanvorgang.

Alle Signale, auf die der Scanner ansprach, waren unverschlüsselt, und jedes Mal wurden von der Abstimmsoftware Passwort, Zugangscode oder eine andere Anmeldeinformation angefragt. Hätte er Zugang zu seinem eigenen Arbeitsplatz gehabt, hätte er vielleicht ein paar der kryptographisch weniger gut gesicherten Streams knacken können, doch ohne die Software und die nötige Rechnerkapazität konnte er nicht einmal herausfinden, welche Verschlüsselung verwendet worden war. Er überlegte, eine Anfrage auf Frequenzen knapp über und unter den verschlüsselten Kanälen auszusenden, in der Hoffnung, dass sie auf unerwartete Funksprüche gescannt wurden, kam aber zu dem Schluss, dass es zu riskant wäre, Hunderte willkürliche Anfragen auszusenden. Sicherer war es, den Scanner so umzuprogrammieren, dass er die verschlüsselten Signale unberücksichtigt ließ, und das Beste zu hoffen.

Nachdem er die Filterkriterien des Scanners angepasst

hatte, erzielte er fast augenblicklich einen Treffer. Er vernahm eine verrauschte, aber gut verständliche Frauenstimme mit elegantem, melodischem Akzent:

»... schwach ausgeprägte Symptome, darunter eine vorübergehende Abnahme der Zahl roter Blutkörperchen. Fünfzig bis einhundert Rem: verminderte Immunität, vorübergehende Sterilität bei Männern und schwache bis starke Kopfschmerzen. Ein bis zweihundert Rem: Übelkeit und Erbrechen über einen Zeitraum von vierundzwanzig Stunden, gefolgt von zehn bis vierzehn Tage währender Schwäche. Spontane Schwangerschaftsabbrüche oder Totgeburten bei Frauen. Die Sterblichkeitsrate ohne Behandlung beträgt zehn Prozent. Zweihundert bis dreihundert Rem ...«

Offenbar wurde da eine Tabelle mit Strahlungsdosen und Symptomen verlesen. Er hatte bereits damit begonnen, einen Anruf zu formulieren, als ihm bewusst wurde, dass der Sprechrhythmus auf eine Aufzeichnung hindeutete.

»... Latenzperiode, gefolgt von Gaumen- und Nasenbluten, Erschöpfung, Übelkeit und dem Versagen des Darmgewebes. Ohne Behandlung tritt unmittelbar der Tod ein. Die meisten Grade der chronischen und akuten Strahlenkrankheit *lassen sich behandeln,* und viele genetische Mutationen lassen sich rückgängig machen. Wir verfügen über ein Onboard-Hospital, Nahrung, sauberes Wasser und eine Atmosphäre mit neunzehn Prozent Sauerstoff. Wir bieten kostenlose und sichere Passagen nach Sakha, Southstation North, New Elizabeth und den Podsystemen von Hammerfest. Falls Sie eintausend Rem oder weniger bei sich registrieren, melden Sie sich bitte *unverzüglich* auf folgender Frequenz: zwei-fünf-neun-Komma-sieben Megahertz. Wenn Sie diese Nachricht hören, können wir Sie erreichen. Diese Nachricht wird wiederholt.«

Es folgte eine längere Pause, doch Arik zögerte nicht. Der Scanner hatte im Hintergrund weitergearbeitet und nach weiteren unverschlüsselten Sendungen gesucht, aber keinen einzigen Treffer erzielt. Arik stellte die Frequenz manuell ein und übermittelte einen Funkspruch.

29
SCHLEICHENDE DOSIS

Als er sich wieder im Dock befand, stopfte er seine Kleidung und Ausrüstung in rote Gefahrenmüllbeutel und warf sie in den Müllschlucker. Er führte an sich eine möglichst gründliche Einsatzdekontamination durch und zog die Wechselkleidung an, die er im Dock deponiert hatte. Malyshka stand wieder neben ihren beiden Schwesterrovern, doch die Armaturen waren noch beleuchtet. Arik war noch nicht mit ihr fertig.

Während Arik sich im ERP aufgehalten hatte, war Malyshka nicht untätig gewesen. Wenn ihre Programmierung fehlerfrei gewesen war, hatte sie nach dem fünfzigmaligen Betätigen des Notfallhebels gewendet und sich sehr langsam der Außenwand des Public Pods genähert. Das elektromagnetische Feld hätte eine manuelle Steuerung verhindert, und die Kameras wären nutzlos gewesen, doch da Malyshka selbstständig vorging, konnte sie in regelmäßigen Abständen atmosphärische Messungen bis zu einem Abstand von wenigen Metern zu den Fensterabdeckungen vornehmen. Wenn eines von Ariks Experimenten erfolgreich gewesen war – wenn irgendetwas gekeimt hatte –, bestand die Möglichkeit, dass der Rover es festgestellt hatte.

Arik überspielte Malyshkas Daten auf seinen Arbeitsplatz, dann schaltete er sie ab und steckte das Ladekabel ein. Er schloss seinen Arbeitsplatz, nahm die Schachtel mit dem Pulver und die Plastikbürste aus dem Dekontaminierungskit und ging in die Werkstatt. Zu dieser späten Stunde verkehrte die MSB nur auf Anfrage, und da sie von sonst niemandem gebraucht wurde, stand sie noch immer an der Stelle vor dem Wrench Pod, wo Arik ausgestiegen war.

Zu Hause in seinem Home Pod schluckte Arik zwei Schmerztabletten. Im Dock hatte er sich noch ganz gut gefühlt, jetzt aber hatte er quälende Kopfschmerzen. Das war nicht der übliche Kopfschmerz, der sich an der OP-Narbe konzentrierte; diesmal füllte der Schmerz seinen ganzen Schädel aus, und vom Nacken strahlten kurze Stiche bis zu den Frontallappen aus. Arik vermutete, dass er an dem litt, was man auf der V1 – und besonders im Juice Pod – salopp als »schleichende Dosis« bezeichnete. Die wissenschaftlich akkurate Bezeichnung lautete *akute Strahlenvergiftung.*

Das war keine große Überraschung und auch weniger ernst, als es sich anhörte. Arik hatte gewusst, dass er sich radioaktiver Strahlung aussetzte, und sich deshalb einer Dekontamination unterzogen. Er wusste, dass auch kleinere, im Grunde harmlose Dosen Symptome hervorrufen konnten, zumal dann, wenn auch noch eine starke Dehydrierung hinzukam. Allerdings wusste er nicht, wie viel Strahlung er tatsächlich aufgenommen hatte.

Er hätte bei seinem Ausflug gern eine dieser gelben, sechseckigen Plaketten getragen, die alle Mitarbeiter des Juice Pods am Hemd befestigt hatten. Kam es zu einem

Unfall, konnte man daran ablesen, wie viel Rem jemand in welchem Zeitraum aufgenommen hatte. Die Plaketten aber wurden in einem verschlossenen Lagerschrank verwahrt, zu dem Arik keinen Zugang hatte, und wenn er beiläufig um eine gebeten hätte, hätte dies Verdacht erregt. Er hatte sogar überlegt, ein eigenes Strahlenmessgerät zu bauen, doch er hätte es nicht testen können, und er war überzeugt, dass unzuverlässige Daten noch schlimmer waren als gar keine Daten.

Es war ein kalkuliertes Risiko. Er hatte gewusst, dass er sich in Gefahr begab, und jetzt konnte er nur noch abwarten. Arik trank die Wasserflasche leer, dann nahm er den Karton mit dem Puder und die Plastikbürste mit in die Dusche.

Als er unter dem Trockner stand, fühlte er sich auf einmal völlig entkräftet. Das Schmerzmittel neutralisierte zwar die Kopfschmerzen, doch er war seit fast vierundzwanzig Stunden wach und hatte sich starkem körperlichem Stress ausgesetzt. Er kleidete sich teilweise wieder an und ging ins Büro. Er würde nicht arbeiten können, deshalb schickte er Cadie eine Textnachricht und bat sie, Subha Bescheid zu sagen, dass er erst nachmittags kommen werde. Cadie würde in etwa zwei Stunden aufwachen, und als Erstes würde sie ihren Arbeitsplatz öffnen – wahrscheinlich noch vor dem Aufstehen. Er hätte Cadie gern aufgeweckt – um mit ihr zu reden und mit ihr zusammen zu sein, auch wenn er von seinem Ausflug nichts erzählen würde –, doch er tat es nicht, weil er sich nicht zutraute, alles für sich zu behalten. Er musste sich erst überlegen, was er ihr sagen und wie es dann weitergehen sollte.

Es gab noch etwas, das Arik vor dem Einschlafen tun wollte. Er wollte unbedingt die Messdaten durchsehen, die Malyshka gesammelt hatte. Analysieren konnte er sie dann, wenn er sich etwas ausgeruht hatte, doch er wollte wissen, ob ihm auf den ersten Blick etwas auffallen würde.

Bevor Arik jedoch die Daten aufrief, hielt er auf einmal inne. Sein Herz schlug so heftig, dass er es nicht nur spürte, sondern auch hörte, und obwohl das Medikament seine Kopfschmerzen betäubte, hatte er das Gefühl, sein Schädel stünde unter Druck. Er atmete flach und schnell. Der Schweiß troff ihm aus allen Poren, und als er an sich hinuntersah, stellte er fest, dass sich auch auf seiner Brust und seinen Armen Schweißperlen gebildet hatten. Er machte unwillkürlich den Mund auf, und der Magen drehte sich ihm um.

Arik eilte ins Bad und übergab sich zum ersten Mal in seinem Leben.

30
BEWEGLICHE TEILE

Arik ging am nächsten Tag nicht zur Arbeit und auch nicht am übernächsten. Er hatte die letzten beiden Nächte auf einem Futon auf dem Boden seines Heimbüros verbracht. Bevor Cadie am Morgen des dritten Tages zur Arbeit fuhr, kniete sie am Futon nieder und streichelt sein Bein.

»Du solltest besser Dr. Nguyen einen Besuch abstatten. Das geht schon zu lange so.«

Arik schüttelte den Kopf, ohne ihn vom Kissen zu heben. »Das ist bloß ein Virus. Da kann er nichts machen.«

»Er kann dir ein Antivirenmittel geben.«

»Bis es wirkt, geht's mir eh schon wieder besser.«

»Das kannst du nicht wissen.«

Arik drückte sich hoch und lehnt sich an die Polymeth-Wand. Sein T-Shirt war feucht von Schweiß. »Wenn ich mich heute Abend nicht besser fühle, gehe ich morgen zu ihm.«

»Versprochen?«

»Versprochen. Und halt dich bis dahin von mir fern. Für dich und das Kind könnte das schlimmer sein als für mich.«

Bevor Cadie aufbrach, brachte sie ihm eine Fertigmahlzeit, zwei Flaschen Wasser und eine weitere Decke. Als sie mittags kam, um nach ihm zu sehen, war er aufgestanden und arbeitete, und am nächsten Morgen war er beinahe wiederhergestellt. Arik aber wusste, dass sein Zustand sich im Grunde nicht verändert hatte. Er war in die trügerische und geradezu grausame Latenzperiode der Strahlenkrankheit eingetreten – strahlender Honeymoon, wurde sie bisweilen genannt. Er würde erneut krank werden, doch er wusste nicht, wann das sein würde und wie schwer die Symptome ausfallen würden. Die nächsten Tage waren entscheidend.

An diesem Tag fuhren er und Cadie gemeinsam zur Arbeit. Am Ziel angelangt, schickte Arik Cam und Zaire eine kurze kryptische Nachricht: »Arbeitet heute länger. Brecht genau um 2100 auf. Fahrt mit der MSB nach Hause.« Arik und Cadie aßen gemeinsam vor ihren Arbeitsplätzen zu Mittag, und um 1900 war Cadie müde und wollte heimfahren. Arik meinte, er könne noch nicht Schluss machen – er stünde möglicherweise kurz vor einem Durchbruch und bräuchte noch etwa zwei Stunden. Er brachte ihr eine Fertigmahlzeit und eine Flasche Tee, und nachdem sie gegessen hatten, machte Cadie in ihrem Büro auf dem Futon ein Nickerchen. Kurz vor 2100 Uhr weckte Arik sie, indem er ihr Haar streichelte.

»Es ist so weit«, sagte er.

Sie blinzelte und lächelte ihn an. »Möchtest du mir etwas zeigen?«

»Nein«, erwiderte Arik, »aber ich muss dir etwas sagen. Ich erklär's dir unterwegs.«

Die MSB beschrieb einen kreisförmigen Weg durch die V1. Das Life Pod und die Kuppel lagen in der Mitte, die meisten anderen Pods waren in längeren Abständen an der Außenseite der Bahn angeordnet. Die Abteile der Bahn schwebten fünfzehn Millimeter über dem breiten Mittelgleis. Das Magnetkissen reduzierte die Reibung nahezu auf null und ermöglichte es der Bahn, je nach magnetischer Polung lautlos in beide Richtungen zu fahren. Abgesehen von den Notbremsen gab es keinerlei bewegliche Teile in den Abteilen und dem Schienensystem, was bedeutete, dass das System äußerst zuverlässig und nahezu wartungsfrei war.

Bewegliche Teile zu reduzieren ist die beste Methode zur Erhöhung der Zuverlässigkeit. Aufgrund der Quantennatur des Universums verhalten sich bewegliche Teile nicht zweimal genau gleich, sodass jede Bewegung in einem System ein gewisses Maß an Unvorhersehbarkeit und Variabilität mit sich bringt. Man könnte auch von einer Schwachstelle sprechen. Was passiert, wenn ein kritisches Teil sich nicht weit genug bewegt? Wenn es sich zu weit bewegt oder zu rasch oder mit etwas höherer oder geringerer Geschwindigkeit als beim letzten Mal? Oder wenn es sich überhaupt nicht bewegt? Wie oft kann es sich bewegen, bevor es ausfällt? Wie lange dauert es, bis der Schmierstoff versagt, der die Reibung mindern soll? Und falls (oder wenn) ein bewegliches Teil ausfällt, wie wirkt sich das auf die untergeordneten Teile aus? Der Grad der Unvorhersehbarkeit im Verhalten eines bestimmten Teils ist im Allgemeinen nicht das Problem; gefährlich wird es erst, wenn die kleinen Wirbel sich zu einem großen Strudel vereinigen – wenn sie akkumulieren und sich verbinden und eine Kettenreaktion auslösen, die so kompliziert ist, dass man sie nicht einmal im Nachhinein aufdröseln, geschweige denn vorhersehen kann.

Um 2100 Uhr waren alle Bewohner der V1 entweder zu Hause oder würden die nächsten acht bis zwölf Stunden am Arbeitsplatz sein, weshalb die MSB der ideale Ort für eine private Unterhaltung war. Man war unter sich, außerdem waren die MSB-Abteile nicht überdacht und hatten nur sehr niedrige Wände, und in den Tunneln zwischen den einzelnen Pods entstand eine Menge Fahrtwind. Und es gab keine leitenden Polymeth-Oberflächen, die heimlich Geräusche hätten aufnehmen können.

Als die MSB vor dem Wrench Pod hielt, standen Cam und Zaire auf dem Bahnsteig. Arik befürchtete, die Begegnung könnte für ihn und Cam peinlich verlaufen, doch als die beiden ins letzte Abteil einstiegen und ihm und Cadie gegenüber Platz nahmen, kam ihm der Gedanke, dass es für Cadie und Zaire möglicherweise nicht anders war. Er fragte sich, wie gut Zaire über das Kind Bescheid wusste. Hatte sie Cam ermutigt, oder wusste sie gar nicht, dass das Kind ursprünglich von ihm war? Wie würde ihre Einstellung zu Cadie die zu Arik beeinflussen, und wie würde es sich auf ihrer aller Fähigkeit auswirken, sich seine Geschichte unvoreingenommen anzuhören?

Arik begriff, dass die beweglichen Teile, welche die menschlichen Emotionen und Interaktionen antrieben, komplizierter, empfindlicher und explosiver waren als das Innenleben einer von Menschenhand erschaffenen

Maschine. Um ihr aller Leben zu verändern, musste er alles niederreißen, was sie zwischen sich aufgebaut hatten, und es zu einem sauberen, festen Fundament verdichten, auf dem er etwas ganz Neues errichten könnte, etwas ohne bewegliche Teile, etwas so Mächtiges und Imposantes, dass keiner von ihnen darüber hinweggehen könnte.

Er musterte sie alle und vergewisserte sich, dass er ihre Aufmerksamkeit hatte. Währenddessen überlegte er, wie er anfangen sollte. Seine Miene war eher entschlossen als zögerlich oder ängstlich.

»Als Erstes möchte ich mich bei euch für mein Verhalten entschuldigen. Cam, ich weiß, ich habe dir eine Menge Ärger eingebrockt. Cadie, ich weiß, ich war in letzter Zeit distanziert und abwesend. Zaire, ich weiß, das war alles nicht leicht für dich, und ich weiß, dass eure Beziehung dadurch belastet wird. Aber im Moment sollten wir das alles beiseiteschieben. Wirklich alles. Zorn, Schuldgefühle, Vorwürfe, Eifersucht – was auch immer. Einverstanden?«

Beklommenheit und sogar Trotz zeichnete sich in den Gesichtern seiner Zuhörer ab, doch dann stellte Arik fest, dass er bei ihnen einen Stimmungsumschwung bewirkt hatte. Bei ihrer Begegnung ging es nicht mehr um Streit und Zank. Alle nickten, vermutlich im stillen Einvernehmen, dass ihre Freundschaft wichtiger sei als die Beschäftigung mit der Vergangenheit.

»Es gibt Dinge, die ihr wissen solltet, die ich euch aber nicht sagen kann.« Arik sah sie nacheinander an und ließ ihnen Zeit, seine Worte zu verarbeiten. »Ihr müsst sie mit eigenen Augen sehen, deshalb bitte ich euch, etwas zu tun, das keiner von euch tun will. Aber ich verspreche euch, dass es das Wichtigste sein wird, was ihr je im Leben getan habt. Ihr müsst mir bedingungslos vertrauen.«

Cadie wirkte sichtlich besorgt. Sie hatte die Hände über ihrem Bauch gefaltet. »Arik, bitte. Was redest du denn da?«

»Ich möchte, dass ihr in zehn Tagen alle drei nach draußen geht.«

»Was?«, platzte Cadie heraus. Zaire reagierte nicht, und Cam schüttelte langsam den Kopf.

»Hört mir einfach mal zu«, sagte Arik. »In zweihundert Metern Entfernung von der Schleuse gibt es eine Wand, und darin befindet sich ein Metalltor. Cam, du weißt, wovon ich rede. Ich bitte euch nur darum, in zehn Tagen einen Schutzanzug anzuziehen und mit einem Rover zu dem Tor zu fahren. Alles, was ihr wissen müsst, erwartet euch dort.«

»Arik, es tut mir leid«, sagte Cam, »aber dabei kann ich nicht mitmachen. Ich hätte dich nie nach draußen lassen dürfen. Ich weiß nicht, was dort draußen passiert ist, und ich weiß nicht, was in dir vorgeht, aber ich mache nicht mehr mit. Das muss aufhören.«

»Aber *ich* mache mit«, sagte Zaire. Alle sahen sie an. Sie versuchte ihr Unbehagen und ihre Besorgnis hinter Entschlossenheit zu verbergen.

»Nein, das wirst du nicht tun«, sagte Cam. »Ich lasse nicht zu, dass du da mit hineingezogen wirst. Keiner von uns macht da mit, es sei denn, du erklärst uns *genau*, worauf wir uns einlassen.«

»Ich muss das nicht wissen«, sagte Zaire. »Mir reicht es zu wissen, dass Arik uns bittet, ihm zu vertrauen, und das tue ich. Ich glaube, das sind wir ihm schuldig. Du musst nicht mitmachen, wenn du nicht willst, aber ich bin dabei.«

»Nein«, entgegnete Arik, an die ganze Gruppe gewandt. »Ihr müsst alle mitmachen. Es ist unbedingt nötig, dass ihr alle drei gemeinsam nach draußen geht. Das kann ich gar nicht genug betonen. Ihr müsst alle mitmachen, und zwar genau zu dem genannten Zeitpunkt.«

»Dann machen wir alle mit«, sagte Zaire. Sie schaute Cam an. Er erwiderte trotzig ihren Blick.

»Hört mir gut zu«, sagte Arik. »In zehn Tagen werdet ihr um genau 1100 Uhr in den Anzug steigen und mit dem Rover zur Wand fahren. Ihr lasst einen Spind für mich offen, und zwanzig Minuten später treffen wir uns dort. Bis dahin reden wir nicht mehr darüber. Wir diskutieren nicht darüber, und ich werde euch auch nicht daran erinnern. Ihr müsst es einfach nur tun. Ihr alle. Das müsst ihr mir versprechen.«

»Selbst wenn ich dir helfen wollte«, sagte Cam, »es ist unmöglich, dass wir alle gleichzeitig die V1 verlassen. Zaire und ich können uns Schutzanzüge verschaffen, aber wir können Cadie nicht durchs Wrench Pod zur Schleuse bringen, und du könntest ihr auch nicht folgen. Seit dem Unfall haben sich die Dinge verändert, Arik. Man wird uns daran hindern.«

»Es wird niemand da sein, der uns hindern könnte«, entgegnete Arik. »Dafür werde ich sorgen.«

»Und wie?«

»Indem ich sämtliche Bewohner der V1 an einem Ort zusammenbringe«, sagte Arik. »Ich werde das Problem der KP lösen.«

Die MSB hatte wieder den Bahnsteig des Life Pods erreicht und kam sanft zum Stehen.

»Lasst mich nicht hängen«, sagte Arik. Er stieg aus, doch Cadie blieb sitzen. »Eine zweite Chance wie diese wird es nicht geben, das könnt ihr mir glauben.«

31
ROTER HERING

Der Ausdruck »Roter Hering« rührte von der Praxis her, Jagdhunde mit dem durchdringenden Geruch von Pökelfisch von einem Fuchs oder Dachs abzulenken. Später wurde er in Literatur, Wissenschaft und Politik im Sinne von »Ablenkungsmanöver« verwendet.

Arik war zu der Überzeugung gelangt, dass die künstliche Photosynthese ein roter Hering war. Anstatt ein Problem zu beschreiben, schlug er implizit eine Lösung vor. Es ging gar nicht darum, den metabolischen Prozess einer photosynthetisierenden Pflanze technisch nachzuahmen – das eigentliche Problem bestand darin, mit verfügbaren Mitteln große Mengen an Sauerstoff zu beschaffen, und zwar so rasch, so billig und so effizient wie irgend möglich. In einem entscheidenden Moment in der Geschichte der V1 hatte sich jedoch jemand den Beschränkungen ihrer Erfahrungen und Vorstellungskraft nicht entziehen können und Inspiration mit Umsetzung verwechselt. Die Photosynthese zu emulieren, um Sauerstoff zu erzeugen, das war so, als versuchte man zu fliegen, indem man die Vögel nachahmte, und bislang hatte die Übung vergleichbare Ergebnisse erbracht.

Um das Problem der KP zu lösen – offensichtlich

eine Fehlbenennung, doch sie hatte sich eingebürgert –, musste Arik nach anderen Regeln vorgehen. Die Fähigkeit der Pflanzen, ihre eigene Nahrung zu produzieren und als Nebenprodukt Sauerstoff abzugeben, hatte sich im Laufe von über einer Milliarde Jahren entwickelt. Am Anfang hatten die einfachsten Formen von Algenschaum gestanden. Deren Technik war mittels des unveränderlichen und einzig gültigen Maßstabs des Erfolgs verfeinert worden: durch das Überleben. Millionen Jahre winziger Veränderungen und nahezu unbemerkbarer genetischer Mutationen hatten Hunderttausende Pflanzenarten auf Wege geführt, die sich als Sackgassen der Evolution erwiesen, doch ein kleiner Prozentsatz der Mutationen erwies sich als nützlich. Die allmählichen Verbesserungen akkumulierten sich zu unvorstellbarer Komplexität, Spezialisierung und Eleganz. Die Photosynthese in zehn Tagen technisch nachahmen zu wollen, das war so, als wollte man das Prinzip des Fluges verstehen, indem man eine schwere Saganrakete mit dem Schraubenzieher zerlegte. Mit einer Rechner-Cloud mit Elektronenkern für die Modellbildung ließ sich der Prozess, der die Photosynthese hervorgebracht hatte, jedoch erheblich beschleunigen.

Bislang hatte Arik versucht, die KP dadurch zu knacken, dass er Softwaremodelle des Tulsifarns und des aeroponischen Lebenserhaltungssystems programmierte, doch er hatte den Eindruck, dass er selbst mithilfe eines Teams kompetenter Chemiker und Biologen nur eine grobe Annäherung zustande bringen würde. Computermodelle waren stets nur grobe Annäherungen, und die waren noch nie ausreichend gewesen. Das Wetter hatte man immer nur mit einer gewissen Wahrscheinlichkeit vorhersagen können, und die Modelle des Universums machten nur Vorschläge hinsichtlich dessen Ursprungs und Endes. Von einem bestimmten Punkt der Prozessorleistung an war nicht mehr der Mangel an Rechenpotenzial des Problem, sondern vielmehr die Unfähigkeit des Menschen, ihren binären Gegenstücken die richtigen Fragen zu stellen. Jahrelang hatten die Elektronenrechner relativ untätig darauf gewartet, dass ihre Erschaffer ihnen endlich eine Aufgabe präsentierten, die ihr unvorstellbares Potenzial wirklich ausreizte.

Arik war sich bewusst, dass der effektive Einsatz eines Elektronenrechners eine realistische und praktikable Arbeitsteilung zwischen Computer und Mensch erforderte. Menschen waren gut darin, intuitiv Möglichkeiten zu erfassen, während Computer es hervorragend verstanden, Trillionen dieser Möglichkeiten zu testen. Anstatt mit etwas so komplexem wie der Photosynthese zu beginnen und daraus etwas zu destillieren, das man als Modell darstellen und programmieren konnte, beschloss Arik, mit ein paar einfachen Elementen anzufangen und zu komplexeren Lösungen vorzudringen. Anstatt die Evolution von hinten aufzudröseln, wollte Arik die Photosynthese – oder etwas Besseres – durch einen Prozess realisieren, den er als *evolutionäre Konstruktion* bezeichnete.

Die virtuelle Umgebung für das Experiment zu schaffen, war im Grunde einfach, denn die meisten benötigten Softwaremodelle standen ihm bereits zur Verfügung. Vor einigen Jahren hatte er präzise Softwaremodelle von Protonen, Neutronen und Elektronen programmiert und Algorithmen für die Gravitation, den Elektromagnetismus und die starke und schwache Wechselwirkung entwickelt. (Diese Software gab es natürlich schon seit Jahrzehnten, doch Arik vertraute nur der Software, die er selbst geschrieben hatte.) Als Nächstes konstruierte er mit den Kernmodellen komplexere Modelle. Seit er im Life Pod arbeitete, hatte er zu der Softwarebibliothek mehrere Routinen für die Simulation von Temperatur, Atmosphärendruck und sämtlichen Wellenlängen des Lichts hinzugefügt.

Er verfügte über alle Softwaremodelle und die meisten Algorithmen, die er benötigte; was ihm fehlte, war eine effiziente Methode, sie zu kombinieren und Trillionen von Permutationen zu testen.

Eine zufällige Mischung und Anpassung war nicht ausreichend. Das willkürliche Kombinieren von Modellen der realen Welt mochte in einer virtuellen Umgebung zwar zu interessanten Ergebnissen führen, doch selbst ein Elektronencomputer konnte Monate oder Jahre auf ein solch komplexes und einschränkungsloses Ratespiel verwenden. Arik benötigte eine intelligentere Herangehensweise. Außerdem brauchte er einen Algorithmus, der vielversprechende Wege weiterverfolgte und offensichtliche Sackgassen rasch abbrach. Er musste in der Lage sein, aus Fehlern zu lernen, sich zu verzweigen, verschiedene Möglichkeiten gleichzeitig zu verfolgen und zunehmend komplexe Systeme aus einfachen aufzubauen. Arik brauchte einen Algorithmus, der intelligent genug war, eine Milliarde Jahre Evolution in ein paar Tagen nachzuvollziehen.

Er fragte sich, wie es wohl wäre, der Evolution bei der

Arbeit zuzusehen. Er stellte sich vor, wie neue Spezies entstanden und wieder verschwanden wie platzende Seifenblasen; wie die Eiskappen im Rhythmus des Herzschlags sich ausdehnten und schrumpften; wie Kontinente wie Meeresschaum auseinanderdrifteten. Schon wenn wir eine Ranke mit zehnfacher Normalgeschwindigkeit wachsen sehen, erscheint uns das, was wir normalerweise als primitive, statische Pflanze betrachten, wie der Fortsatz eines intelligenten Primaten, der zielstrebig nach Licht und sicherem Halt sucht. Während Arik arbeitete, teilte er sein Leben neu ein. Er dachte nicht mehr in Kategorien von Tag und Nacht und hielt auch nicht mehr die regulären Mahlzeiten ein. Er schlief, wenn er müde war, und aß, wenn er sich schwach fühlte. Auf Anfragen von Darien reagierte er mit ein, zwei Zeilen, alle anderen Nachrichten ignorierte er. Der einzige Plan, den er einhielt, wurde durch die Einnahmezeiten der Schmerz- und Anregungsmittel definiert. Cadie hörte auf, ihn zu fragen, wann er nach Hause kommen werde, und brachte stattdessen Wäsche zum Wechseln und Fertigmahlzeiten zu seinem Arbeitsplatz. An die Stelle des normalen Tagesrhythmus setzte Arik den Rhythmus des Computers. Aus Gründen, die er nicht verstand, erreichte das Programm Meilensteine in vorhersehbaren Intervallen. Ein Meilenstein war definiert als Abschluss einer Simulation, die mindestens ein Zehntelprozent mehr Sauerstoff lieferte als ein beliebiger früherer Meilenstein. Jedes Mal, wenn ein Meilenstein erreicht war, setzte Arik in einem Borosilikatröhrchen ein Experiment an und brachte es in die Kuppel, um das Ergebnis unter realen Bedingungen zu validieren.

Zwischen den Experimenten versuchte Arik die Formeln zu verstehen, die sein Programm lieferte. Mit Cadies Hilfe hatte er die ersten paar Meilensteine analysiert, doch inzwischen war der Output so komplex, dass sie ihn beide nicht mehr verstanden. Mit jedem Meilenstein näherte der Computer sich dem Ziel, das Problem der KP zu lösen, während Arik und Cadie dem Verständnis immer ferner rückten.

Die Definition dafür, ob das Problem der KP als praktisch gelöst gelten konnte, war subjektiv. Subha hatte vorgeschlagen, dass ein Sauerstoffmolekül für jedes eingesetzte Kohlendioxidmolekül entstehen müsse, bis man von einer tragfähigen Lösung sprechen könne. Das nannte sie die »Eins-zu-Eins-Regel«. Arik und Cadie hatten vor über achtundvierzig Stunden einen Eins-zu-Eins-Meilenstein erreicht, und da sie noch Zeit zur Verfügung hatten, ließ Arik den Computer weiterrechnen. Wenn eine Steigerung der Sauerstoffproduktion um den Faktor zwei keine Garantie für die ungeteilte Aufmerksamkeit der gesamten Einwohnerschaft von V1 war, war ihm nicht zu helfen.

Als der Rechner in der erwartbaren Zeit und ohne große Umschweife den Zwei-zu-Eins-Meilenstein erreichte, setzte Arik zwei Verifizierungsexperimente an. Eins davon brachte er mit Cadie in die Kuppel. Die Absorptionsscheiben färbten sich blau, kaum dass sie dem Sonnenlicht ausgesetzt waren, und die Oximeter in den Röhrchen bestätigten das Ergebnis. Cadie legte Arik die Hand auf die blasse, hagere Wange. Von den Aufputschmitteln waren seine Pupillen unnatürlich erweitert, und er blinzelte in der Helligkeit. Keiner von ihnen sagte ein

Wort, doch sie lächelten erschöpft und beinahe ungläubig in Anbetracht dessen, was sie erreicht hatten.

Arik bereitete vier weitere Borosilikatröhrchen vor. Drei davon gab er Cadie mit, eines behielt er bei sich. Bis zur Geburt war es nur noch ein knapper Monat, und Subha hatte angefangen, Arik und Cadie genau zu beobachten. Sie wusste, dass die beiden Überstunden machten, und hatte ihren eigenen Arbeitstag ebenfalls verlängert. Hin und wieder tippte sie mit Blick zu Cadies Bauch auf das Kristallglas ihrer Uhr. Als Arik ihr eine Anfrage schickte, meldete sie sich fast augenblicklich. Sie klang erwartungsvoll, als sie seine Einladung in die Kuppel annahm.

Bevor er aufbrach, stoppte Arik die Computersimulation und löschte das Programm sowie sämtliche Daten, die es produziert und aufgezeichnet hatte.

32
KURVEN

Cadie und Arik aßen vermutlich zum ersten Mal, seit sie geheiratet hatten, früh zu Abend, dann gingen sie ins Bett, ohne ihre Arbeitsplätze zu öffnen. Arik hatte Cadie erzählt, mit Subha sei es gut gelaufen und die Versammlung werde zum gewünschten Termin stattfinden. Er wusste, dass Cadie ihm zu seinen Bemerkungen in der MSB gerne Fragen gestellt hätte, doch sie tat es nicht. Stattdessen dimmten sie die Wandbeleuchtung und sprachen über Haná und über die Projekte, an denen sie in Zukunft arbeiten könnten. Sie nahmen sich vor, die Freundschaft zu Cam und Zaire wiederzubeleben und ihre eigene Beziehung zu festigen. Und dann lagen sie im warmen Schein der Wände beieinander und sprachen überhaupt nicht mehr.

Bevor sie das Licht ganz ausschalteten, holte Cadie Arik ein Beruhigungsmittel.

»Du musst wieder zum normalen Schlafrhythmus zurückkehren«, sagte sie.

»Ich weiß.« Arik nahm die Tablette aus ihrer flachen Hand und schluckte sie mit Wasser.

»Ich mache mir Sorgen wegen deines Gewichtsverlusts. Wirst du wieder krank?«

»Ich weiß nicht«, sagte Arik. »Kann sein.«

»So kannst du nicht weitermachen. Du musst dich schonen.«

»Keine Sorge«, sagte Arik. »Bald wird alles anders. Das verspreche ich dir.« Cadie legte sich neben ihn und schaltete die Beleuchtung aus. Arik wollte sagen, seine Lippen und seine Nasen fühlten sich taub an, doch er war schon eingeschlafen, bevor er den Gedanken zu Ende denken konnte.

Beim Aufwachen hatte er ein Druckgefühl im Bauch, und als er sich bewegte, wurde daraus ein stechender Schmerz. Er hatte fast elf Stunden lang geschlafen, und Cadie war weg. Er setzte die Füße auf den Boden, drückte die eine Hand auf den Bauch, stützte sich mit der anderen am Bett ab und stemmte sich hoch. Seine Wäsche war schweißnass, und er zitterte. Als er sich die Nase wischte, blieb Blut an seinem Handrücken zurück, und im Bad stellte er fest, dass er auch innere Blutungen hatte.

Die Latenzperiode war vorbei. Die Zellen des Verdauungstrakts starben ab, und er schied das abgestorbene Gewebe aus. Er würde erst dann wieder essen können, wenn er behandelt wurde. In den nächsten beiden Tagen ging die größte Gefahr von Dehydrierung und einem Schock aufgrund eines Wasser-Elektrolyt-Ungleichgewichts aus. Da sein Körper allmählich die Fähigkeit zur Nährstoffaufnahme verlor, wäre er demnächst auf intravenöse Ernährung angewiesen, doch in den nächsten beiden Tagen konnte er sich mit den zur Verfügung stehenden Mitteln noch selbst am Leben erhalten.

Wenn ihm seine Strahlendosis bekannt gewesen wäre,

hätte er gewusst, was er zu erwarten hatte und wie er sich behandeln sollte, doch da er keine Dosimeterplakette getragen hatte, fehlte ihm diese Information. Jedenfalls konnte er sie sich nicht so ohne Weiteres beschaffen. Ariks Erfahrung nach gab es fast immer eine Möglichkeit, verlorene Informationen wiederherzustellen, fehlende Daten zu rekonstruieren oder fehlendes Wissen aus dem vorhandenen abzuleiten. Er glaubte fest daran, dass die meisten Probleme nur deshalb nicht gelöst wurden, weil es an Vorstellungskraft mangelte.

Er hätte seine Kleidung oder ein Ausrüstungsteil untersuchen können, doch das hatte er alles in bleiverkleideten Säcken verstaut und im Wrench Pod in den Müllschlucker geworfen. Er hätte auch anhand der im Freien herrschenden Strahlenbelastung die aufgenommene Dosis schätzen können, doch im Moment wäre es zu riskant gewesen, ins Wrench Pod zurückzukehren. Er überlegte, ob er versuchen sollte, am Robotrover eine Strahlenmessung vorzunehmen, doch der war in der Schleuse gründlich dekontaminiert worden, eher er wieder nach drinnen durfte. Mit Cadies Hilfe hätte er die aufgenommene Strahlendosis vermutlich anhand der Absterberate seiner Körperzellen bestimmen können, doch er bezweifelte, dass die Zeit ausreichte, einen sinnvollen Trend zu bestimmen. Und je weniger sie im Moment über seinen Zustand wusste, desto besser.

Die Suche nach einer Möglichkeit zur Extrapolation einer fehlenden Information glich bisweilen der Suche nach einer verlegten Brille. Manchmal musste man sein Verhalten schrittweise rekonstruieren, bis man schließlich feststellte, dass man sie die ganze Zeit auf der Nase hatte. Plötzlich kam Arik der Gedanke, dass Malyshka die Strahlenwerte möglicherweise beim zweiten Teil ihrer Mission im Zuge der Luftanalyse bestimmt hatte. Diese Daten hatte er nach der Rückkehr vom ERP heruntergeladen, doch bevor er sie durchsehen konnte, hatte die Strahlenkrankheit eingesetzt. Alle benötigten Informationen hatten sich die ganze Zeit über in Reichweite befunden.

Arik setzte sich ins Büro und rief seinen Arbeitsplatz auf. Es waren Nachrichten von Subha und Cadie eingetroffen, doch er öffnete sie nicht. Malyshkas Daten waren im Binärformat gespeichert, und Arik musste sie konvertieren, bevor er sich eine Visualisierung anzeigen lassen konnte. Er öffnete den Softwareeditor und schrieb ein einfaches Skript, um die Datei zu analysieren und die Ergebnisse anzeigen zu lassen.

Die Diagramme wurden auf seinem Arbeitsplatz als virtueller Stapel ausgegeben, und Arik rief sie nacheinander auf. Obwohl er nach detaillierten Strahlendaten suchte, verweilte er unwillkürlich bei der grafischen Darstellung der atmosphärischen Zusammensetzung. Die Volumenkonzentration in ppm wurde im Verhältnis zur Entfernung dargestellt, mit dem äußeren Schleusentor als erstem und einer ein paar Meter vom Public Pod entfernten Stelle als zweitem Referenzpunkt. Die Kurven für Kohlendioxid, Methan, Stickstoff und Sauerstoff blieben den Großteil des Weges über konstant. Der höchste CO_2-Wert betrug 780 000 ppm, was einem Anteil an der Atmosphäre von 78 Prozent entsprach. Zu Anfang waren nur Spuren von Sauerstoff festgestellt worden, doch etwa zwölf Meter vor der Wand des Public Pods sanken die CO_2- und Methanwerte auf einmal, während die von Stickstoff und Sauerstoff anstiegen. Da Arik den Rover darauf programmiert hatte, ein paar Meter vor dem Public Pod zu halten, war das Diagramm unvollständig, doch die Visualisierungssoftware filterte aus den vorhandenen Daten die Trends heraus und extrapolierte die fehlenden Datenpunkte. Unmittelbar an der Wand schätzte der Rechner die atmosphärische Zusammensetzung auf 70 Prozent Stickstoff, 20 Prozent Sauerstoff und 10 Prozent Kohlendioxid. Der Rest verteilte sich auf Methan, Argon, Helium und Wasserstoff. Wenn der Computer richtiglag, gab es einen Bereich am äußeren Umkreis der V1, wo die Luft theoretisch atembar war. Die Strahlung stellte nach wie vor ein Problem dar, doch das radioaktive Material würde mit der Zeit zerfallen, und mit dem nötigen Aufwand war es leicht zu neutralisieren.

Die gleiche Umgebung, die Arik langsam umbrachte, krönte seine Arbeit mit Erfolg in ungeahntem Ausmaß.

Er brauchte eine visuelle Bestätigung. Auf der rationalen Ebene wusste er, was dort draußen war, doch er wollte es mit eigenen Augen sehen, es berühren und vielleicht sogar den Helm abnehmen und es atmen. Allein schon die Visualisierung der Daten war verblüffend – die Kurven, die hartnäckig parallel verliefen, sich dann unvermittelt kreuzten, anstiegen und abstürzten und vom Vorhandensein von Leben kündeten –, doch er musste dieses Wunder, das nur Maryshka gesehen hatte, mit eigenen Augen schauen, um wirklich glauben zu können, dass sich alle, die ihm je gesagt hatten, dies sei unmöglich, geirrt hatten.

Dabei spürte er, dass er immer kränker wurde, absterbende Zelle für Zelle, und er musste seinen Zustand besser verstehen, wenn er das Rendezvous noch erleben wollte. Er scrollte durch die Diagramme zu einer Darstellung der Strahlung in Abhängigkeit von der Zeit. Die Linie stieg wie erwartet stetig an – je länger der Aufenthalt gewährt hatte, desto höher die aufgenommene Strahlung. Arik wandelte die Einheiten der y-Achse von Millirem in Rem um und stellte zu seiner Verblüffung fest, dass Malyshka einer Strahlung ausgesetzt worden war, die einen Menschen ohne Schutzanzug oder entsprechende genetische Disposition binnen Tagesfrist hätte umbringen sollen. Malyshka hatte sich jedoch zwei Stunden im Freien aufgehalten, Arik nur etwa vierzig Minuten. Er zoomte auf die Vierzig-Minuten-Marke der x-Achse und zog eine Linie gerade nach oben. Die y-Koordinate entsprach genau 1200 Rem – einem Wert, der mindestens zweihundert Rem über der als tödlich geltenden Dosis lag.

Arik überprüfte den ganzen Rechenvorgang, extrahierte noch einmal die Strahlenwerte aus den Binärdaten, dann renderte er wieder das Diagramm. Das Ergebnis war das Gleiche. Nach allem, was er herausgefunden hatte, bedeutete eine Strahlendosis von über 1000 Rem den unmittelbaren Tod. Schmerztherapie war die einzige Behandlungsmethode. Man konnte nichts weiter tun, als das Leiden des Patienten zu lindern, während dessen Zellen mutierten und abstarben und er auf die Erlösung durch das Koma wartete, während er sich allmählich auflöste und innerlich verblutete.

Eine Information aber musste noch berücksichtigt werden: die *Dosisfraktionierung.* Arik war zwar insgesamt vierzig Minuten lang der Strahlung ausgesetzt gewesen, jedoch nicht in Folge. Er hatte sich etwa eine Stunde lang im ERP aufgehalten und war in der Luftschleuse zumindest teilweise dekontaminiert worden. Da seine Dosis gesplittet worden war, hatten seine Körperzellen Zeit gehabt, einen Teil der DNA-Schäden zu reparieren. Er hatte zwar keine genauen Zahlen, glaubte aber, mit einer Fraktionierungsformel abschätzen zu können, ob er ein wandelndes Gespenst war oder nicht.

Arik fand eine entsprechende Formel und formulierte die korrekte Gleichung, hielt aber inne, bevor er sie evaluierte. Er betrachtete die lange Kette der Variablen und Konstanten, im Geiste automatisch vereinfachend und rechnend, doch ehe er fertig war, wandte er den Blick davon ab. Selbst wenn er eine konkrete Zahl hätte bestimmen können, wäre dies doch nur eine grobe Schätzung gewesen. Er konnte weder die Dauer seines Aufenthalts im Freien exakt bestimmen, noch wusste er, wie lange er sich im ERP aufgehalten hatte, wie gründlich die Schleusendekontaminierung gewesen war und wie schnell die Körperzellen sich selbst reparieren konnten. Er wusste nicht einmal, ob er die gleiche Strahlendosis aufgenommen hatte wie Malyshka, denn sie waren etwa einen Kilometer weit voneinander entfernt gewesen. Wenn das Ergebnis zu hoch lag, würde er bestimmt eine Möglichkeit finden, den Input anzupassen, bis das Ergebnis günstiger ausfiel. War es niedrig, würde er sich fragen, ob seine Schätzungen nicht allzu optimistisch gewesen waren. Die Datenlage war schlecht. Ungeachtet des Ergebnisses war ihnen nicht zu trauen.

Das war jedoch nicht der Grund, weshalb er die Rechnung nicht abschloss. Er beschloss, die Antwort offenzulassen, nicht deshalb, weil sie falsch sein könnte, sondern weil er inzwischen wusste, dass es darauf nicht mehr ankam. Sein Plan hatte sich verändert. Was er vorhatte, war größer als er selbst, wichtiger als sein eigenes Leben. In achtundvierzig Stunden käme es nicht mehr darauf an, ob er überlebte oder starb. Dann würden die Mauern fallen, die sein Leben einschränkten, und die Gestaltung der Zukunft wäre ihm aus den Händen genommen.

33
DAS UNMÖGLICHE

Subha trug einen langen Sari in Purpurrot und Gold, der die eine Schulter bedeckte und im Sonnenschein funkelte. Arik half ihr, die Übertragung aus der Kuppel vorzubereiten. Sie hielt eines von Ariks versiegelten und ummantelten Borosilikatröhrchen in der Hand, ein zweites lag zur Sicherheit neben dem Nährstofftank. Subha legte Arik die Hand auf den Arm und fragte ihn, ob mit ihm alles in Ordnung sei. Sie meinte, sie könnten die Veranstaltung auch verschieben, dafür werde jeder Verständnis haben. Arik erwiderte, er sehe schlimmer aus, als er sich fühle, und wünsche sich nichts mehr, als die Sache durchzuziehen. Er habe sich nur ein Virus gefangen. Er habe bereits mit Dr. Nguyen gesprochen, und es bestehe kein Anlass zur Sorge. Subha musterte ihn aufmerksam durch ihre getönte Brille hindurch. Seine Augen hatten sich aufgrund der geplatzten Blutgefäße gerötet, die Pupillen waren von den Aufputschmitteln geweitet. Seine Übelkeit hielt er mit Medikamenten im Griff.

Sie wünschten sich gegenseitig viel Glück, dann verließ Arik die Kuppel. Er nahm die Brille ab und schaute kurz in sein Büro. Vor dem Life Pod wartete die MSB darauf, ihn zum Public Pod zu bringen, doch er fuhr in die entgegensetzte Richtung.

Das Wrench Pod war wie erwartet menschenleer. Die Beleuchtung war gedimmt, und es war so still, dass Arik das Rauschen der Belüftungsanlage hörte, als er durch die Werkstatt zum Dock ging. Durch den Torbogen sah er keinen Menschen, und es war zu still. Keine Schritte hallten auf dem Metallrost wider, nirgendwo tickte oder klickte es. Auf einmal kam ihm der Gedanke, dass Cadie, Cam und Zaire vielleicht gar nicht erschienen waren. Er glaubte zwar, er habe sie vor zehn Tagen in der MSB beeindruckt, doch er konnte trotzdem nicht wissen, ob sie ihn ernst genommen hatten. Cam hatte Zaire vielleicht von ihrem blinden Vertrauen zu Arik abgebracht, und ohne ihre Hilfe konnte Cadie die V1 nicht verlassen. Da Arik so großen Wert darauf gelegt hatte, dass sie alle drei mitmachten, konnten schon die Bedenken eines Einzelnen das Unternehmen scheitern lassen.

Als er jedoch durchs Tor trat, standen sie in Schutzanzügen vor den Spinden. Cadies Anzug war bereits geschlossen, bei Cam und Zaire fehlten nur noch Helm und Handschuhe. Zaire stand hinter Cadie und inspizierte gerade deren Patronenhalterung, und Cam vergewisserte sich, dass ihr Helm richtig angeschlossen war. Der Anzug war Cadie zu groß, deshalb passte ihr Bauch problemlos hinein.

»Was machst du denn hier?«, fragte Cam und sah auf die Uhr, die er sich über den Schutzanzug geschnallt hatte. »Solltest du nicht deinen Vortrag halten?«

Arik entnahm Cams Tonfall und Miene, dass er nach wie vor skeptisch war und nicht hier wäre, wenn Zaire und Cadie nicht darauf bestanden hätten; offenbar nahm er es Arik übel, dass er ihre Freundschaft missbrauchte.

»Ich bin schon unterwegs. Ich wollte dir nur das hier geben.«

Er reichte Cam einen Laserprojektor. Der Griff und der Auslöser waren so groß, dass man ihn auch mit Handschuhen bedienen konnte. Cam musterte ihn ausgiebig, bevor er ihn entgegennahm.

»Was soll das?«

»Das sind die Anweisungen, was ihr tun sollt, während ihr auf mich wartet. Sobald ihr draußen seid, schau in die Optik und drücke die Taste nach unten. Dann wird ein seitenverkehrtes Bild auf dein Visier projiziert, das du von innen lesen kannst.«

Zaire trat hinter Cadie hervor. »Wieso kommst du nicht gleich mit? Es ist niemand hier. Dein Ablenkungsmanöver hat funktioniert.«

»Die Zeit würde nicht reichen. Wenn ich nicht in den nächsten paar Minuten im Public Pod auftauche, wird man nach mir suchen.«

»Das da ist dein Spind«, sagte Cam. »Nummer elf. Alles was du brauchst ist da drin. Ich habe das Schloss mit Isolierband blockiert.«

»Isolierband? Eine typische Hightechlösung, wie man sie vom Wrench Pod erwartet.«

»Dem Isolierband vertraue ich mehr als einem Elektronenrechner.« Cam sah Arik in die Augen. »Glaubst du, du schaffst das?«

»Ich sehe schlimmer aus, als ich mich fühle.« Er sah Cadie an. »Hat sie Audiotropfen genommen?«

»Ja, sie hört dich.«

Arik wandte sich an seine Frau. »Du brauchst dir keine Sorgen zu machen«, sagte er. »Bald wird alles klar werden. Das verspreche ich dir.«

Cadie nickte im Innern ihres Helms. Er konnte sehen, dass sie ihn liebte.

»Ich liebe dich auch«, sagte Arik. »Euch beide.« Er legte ihr die Hand auf den Bauch und versuchte, das Kind durch die Gewebeschichten hindurch zu spüren. Cadie weinte. »Es gibt keinen Grund, traurig zu sein. Das ist eine gute Sache. Das verspreche ich dir. Bis bald.«

Arik wandte sich an Cam.

»Pass gut auf sie auf«, sagte er. »Ganz gleich, was dort draußen passiert. Lass sie nicht im Stich.«

Verwirrung zeichnete sich in Cams Blick ab; mit den Lippen formte er lautlos eine Frage, doch Arik ging fort, ehe sein Freund ihn aufhalten konnte.

Als er durch die Werkstatt schritt, zeigte die Polymeth-Wand eine eingehende Anfrage an. Er wartete, bis er den Ausgang erreicht hatte, und ließ nur eine Audioverbindung zu.

»Arik? Wo stecken Sie? Wir sind bereit anzufangen.« Es war die Frau aus dem Juice Pod, die die Veranstaltung koordinierte. Sie klang gereizt.

Arik lehnte sich an die Wand und versuchte, seinen Atem zu verlangsamen, bevor er antwortete. »Fangen Sie schon an. Ich komme gerade aus der Kuppel. In fünf Minuten bin ich da.«

Er schloss die Verbindung, ehe sie weitere Fragen stellen konnte.

In der MSB konnte er sich ein wenig ausruhen, doch

es reichte nicht. Er hätte Cadie den Laserprojektor mitgeben sollen, dann hätte er sich die Fahrt zum Wrench Pod sparen können. Er war viel schwächer, als er gedacht hatte. Er war sich nicht einmal sicher, ob er die Treppe zum Podium würde bewältigen können. Er brauchte dringend eine Dosis Aufputschmittel, doch die Zeit war zu knapp, als dass die Wirkung noch rechtzeitig eingesetzt hätte.

Vor dem Public Pod schöpfte er Atem. Die Haut spannte über den Rippen, die elastische Hose umschlotterte seine Beine. Er hatte seit zwei Tagen nichts mehr gegessen und immer mehr Blut ausgeschieden. Er hatte versucht, Wasser zu trinken, doch nicht einmal die Medikamente gegen Übelkeit konnten verhindern, dass er alles wieder auswürgte. Sein Körper wollte es nicht aufnehmen. Die Blutgefäße in den Armen hatten sich so stark verengt, dass es schwer gefallen wäre, ihm eine Infusion zu setzen, und wegen der Dehydrierung hatte er pochende Kopfschmerzen, die er mit doppelten und dreifachen Dosen Schmerzmittel bekämpfte. Da das Zahnfleisch und die rissigen Lippen bluteten, hatte er ständig einen metallischen Geschmack im Mund.

Als er die Tür zum Public Pod öffnete, erblickte er an der Polymeth-Wand über der Bühne das stark vergrößerte Bild Subhas. Die Beleuchtung war gedimmt, und Kelley stand neben ihr auf dem Podium und schaute nach oben. Das Glasröhrchen in ihrer Hand war noch ummantelt.

»... typischerweise ein Eins-zu-Eins-Verhältnis, das heißt, sechs Moleküle Kohlendioxid ergeben sechs Moleküle Sauerstoff. Der Prozess erfordert des Weiteren zwölf Moleküle Wasser, die Hälfte davon wird als Nebenprodukt zurückgewonnen. Dafür hat die Evolution 1,2 Milliarden Jahre gebraucht. Und *das hier* haben wir in wenigen Monaten zustande gebracht.«

Sie zog die Hülle ab und hielt das Röhrchen hoch. Die Absorptionsscheibe färbte sich im Sonnenschein blau, und das Oximeter zeigte die ersten Werte an.

»Unsere Version der Photosynthese weist eine doppelt so hohe Sauerstoffausbeute auf wie die natürliche Photosynthese, erfordert lediglich sechs Moleküle Wasserstoff, keinerlei Wasser und nur die Hälfte der Photonen. Ich glaube« – Subha legte eine Kunstpause ein und lächelte selbstbewusst –, »wir können mit Fug und Recht sagen, dass wir Mutter Natur ausgestochen haben.«

Das Publikum applaudierte begeistert. Jemand erhob sich, dann ein Zweiter, und schließlich standen alle Bewohner der V1. Subha strahlte im gelben Licht der Kuppel und drehte sich so, dass ihr Sari glitzerte. Kelley bemerkte Arik am Eingang und streckte die Hand aus. Er lächelte nicht. Er musterte Arik mit einer Art stiller, intensiver Dankbarkeit, die Arik beunruhigend fand. Trotz der Entfernung sah er den Stolz in Kelleys schwerlidrigen Augen. Das Publikum wandte die Köpfe, drehte sich um, und der Beifall schwoll an, als Arik durch den Mittelgang schritt.

Als er auf der Treppe zum Podium stolperte, verstummte der Beifall jäh, und verwirrtes Raunen setzte ein. Die Scheinwerfer betonten Ariks geisterhafte Erscheinung. Die eingesunkenen, geröteten Augen glühten in seinem blassen, ausgemergelten Gesicht, stellenweise war ihm das Haar ausgefallen. Er schlurfte in die

Mitte der Bühne, gebeugt vom Schmerz. Die Zuschauer blieben stehen und verrenkten sich die Hälse.

Kelley hatte die Bühne verlassen. Arik rief seinen Arbeitsplatz auf, dann schaute er hoch. Vorne stand L'Ree, sie wirkte eher verwirrt als besorgt. Darien machte er weiter hinten aus, zusammen mit Priyanka, Zorion und Fai. Die meisten Vertreter der Gen V saßen links außen.

»Danke, dass Sie gekommen sind.« Er räusperte sich und blinzelte in das blendende Licht. »Ich glaube, Sie haben bereits gesehen, was Sie sehen wollten, doch ich möchte Ihnen noch etwas zeigen.«

Er sah auf die Uhr. Cadie, Cam und Zaire mussten inzwischen die Wand erreicht haben, und Cam würde seine Nachricht lesen. Er würde erfahren, welche Geheimnisse das Kind in sich trug und wie wichtig es war, sein Leben zu schützen. Er würde erfahren, wie sehr Arik sie alle liebte, und dann würde er Cadie sagen, wie sehr Arik es bedauerte, dass er seine Tochter nie in den Armen halten werde. Sie würden überlegen, ob sie auf der Stelle in die Station zurückkehren sollten, doch ehe sie sich entscheiden könnten, würde sich das Tor in der Wand öffnen, und sie würden begreifen, dass sie nicht mehr allein waren und dass ihr Leben gerade erst begann.

Arik berührte das Podium und unterbrach die Stromversorgung des Public Pods. Das Licht ging aus, Subhas Gesicht flackerte und verschwand. Einen Moment lang herrschte Stille, dann lösten sich mit einem gewaltigen Knall die Fensterabdeckungen und fielen herab. Natürliches grünliches Licht fiel in den Saal, gefiltert durch die üppigen tropfenförmigen Blätter der dicken Ranken, die sich an die Außenwände der V1 klammerten.

Die Anwesenden drängten auf die Gänge, strömten zu den Fenstern und drückten sich an die Glasscheiben. Sie stiegen auf die Bühne und verteilten sich entlang der Wand, um dem Phänomen so nahe wie möglich zu kommen. Niemand bemerkte, dass Arik sich hinter dem Podium auf den Boden setzte, sich dann so hinlegte, dass er den Fenstern zugewandt war, die Augen schloss und das Bewusstsein verlor. Er hatte das Unmögliche wahr gemacht.

DANKSAGUNG

Ich möchte meiner Frau Michelle danken, meinen Töchtern Hannah und Ellie sowie meinen Freunden Ben Yaroch und Ben Rossi – für ihre Liebe, ihre Freundschaft und die Unterstützung bei all meinen Unternehmungen.

John Scalzi

Ausgezeichnet als bester Science-Fiction-Autor des Jahres

In ferner Zukunft wird der interstellare Krieg mit scheinbar bizarren Mitteln geführt: Für die Verteidigung der Kolonien weit draußen im All werden nur alte, betagte Menschen rekrutiert. Menschen wie John Perry, der mit fünfundsiebzig noch einmal einen neuen Anfang machen will – und nicht ahnt, dass das größte Abenteuer seines Lebens auf ihn wartet …

978-3-453-52267-1

Krieg der Klone
978-3-453-52267-1

Geisterbrigaden
978-3-453-52268-8

Die letzte Kolonie
978-3-453-52442-2

Zwischen den Sternen
978-3-453-52561-0

Der wilde Planet
978-3-453-53399-8

Die letzte Einheit
978-3-453-31516-7

Leseproben unter **www.heyne.de**

HEYNE

George R. R. Martin

Planetenwanderer

Der neue Science-Fiction-Bestseller vom Schöpfer
der *Game of Thrones*-Saga

»George R. R. Martin ist ein nahezu übernatürlich begabter Erzähler.«
The New York Times

Die Menschheit hat sich in den unendlichen Weiten des Weltalls ausgebreitet. Überall sind neue Siedlungen entstanden, und jede Welt birgt neue Gefahren. Als der interplanetarische Händler Haviland Tuf eines der letzten Saatschiffe der Erde erwirbt, beginnt seine Odyssee quer durch den Weltraum. Eine Odyssee, auf der Haviland Tuf vom einfachen Händler zum gefeierten Retter der Menschheit wird ...

978-3-453-31494-8

Leseproben unter **www.heyne.de**

HEYNE

Die Zukunft

Eine Einführung

Seit es Menschen gibt, denken sie über die Zukunft nach.
Aber heißt über die Zukunft nachzudenken auch, diese Zukunft zu »gestalten«? Was ist das eigentlich: die Zukunft? Ein Raum, in dem wir die Ängste und Hoffnungen der Gegenwart deponieren? Oder etwas, das wir verstehen, ja vielleicht sogar erfinden können? Dieses Buch erzählt eine einzigartige Ideengeschichte der Zukunft.

978-3-453-31595-2

Leseprobe unter: **www.heyne.de**

HEYNE

Dmitry Glukhovsky

Das neue Meisterwerk vom Metro-2033-Bestsellerautor

Europa, in der Zukunft: Seit die Sterblichkeit überwunden wurde, ist die Erde total überbevölkert. Der gesamte Kontinent ist zu einer einzigen Megapolis aus gigantischen Wohntürmen zusammengewachsen. Nur die Reichen und Mächtigen können sich in den obersten Etagen noch ein unbeschwertes Leben leisten, während die Mehrheit der Bevölkerung auf den niederen Ebenen ein beengtes Dasein fristet. Die Fortpflanzung ist streng reglementiert, und illegale Geburten werden unnachgiebig verfolgt. Als der Polizist Nr. 717 auf den Anführer einer Terrorgruppe angesetzt wird, gerät er in das Netz eines Komplotts, das bis in die höchsten Etagen der Gesellschaft reicht – und das die brutale Ordnung ins Wanken bringen wird ...

978-3-453-31554-9

Leseprobe unter: **www.heyne.de**

HEYNE

Die Welt von morgen in Literatur & Film, Comic & Game, Technik & Wissenschaft

diezukunft.de ist ein einzigartiges Portal, das aktuelle Nachrichten, Rezensionen, Essays, Videos und Kolumnen versammelt.

diezukunft.de bietet Hunderte von E-Books zum Download an – die wichtigsten aktuellen Science-Fiction-Romane ebenso wie die großen Klassiker des Genres.

diezukunft.de lädt zum Mitdiskutieren über die Welt von morgen und übermorgen ein.

diezukunft.de